Veröffentlicht von
DREAMSPINNER PRESS

8219 Woodville Hwy #1245
Woodville, FL 32362 USA
www.dreamspinnerpress.com

Dies ist eine erfundene Geschichte. Namen, Figuren, Plätze, und Vorfälle entstammen entweder der Fantasie des Autors oder werden fiktiv verwendet. Ähnlichkeiten mit lebenden oder verstorbenen Personen, Firmen, Ereignissen oder Schauplätzen sind vollkommen zufällig.

Feuer und Hagel
Urheberrecht der deutschen Ausgabe © 2024 Dreamspinner Press.
Originaltitel: Fire and Hail
Urheberrecht © 2017 Andrew Grey
Original Erstausgabe. Januar 2017
Übersetzt von Teresa Simons.

Umschlagillustration
© 2018 Kanaxa
Umschlaggestaltung
© 2024 L.C. Chase
http://www.lcchase.com
Die Illustrationen auf dem Einband bzw. Titelseite werden nur für darstellerische Zwecke genutzt. Jede abgebildete Person ist ein Model.

Deutsche ISBN. 978-1-64108-743-8
Deutsche eBook Ausgabe. 978-1-64108-742-1
Deutsche Erstausgabe. Februar 2024
v 1.0

FEUER UND HAGEL
ANDREW GREY

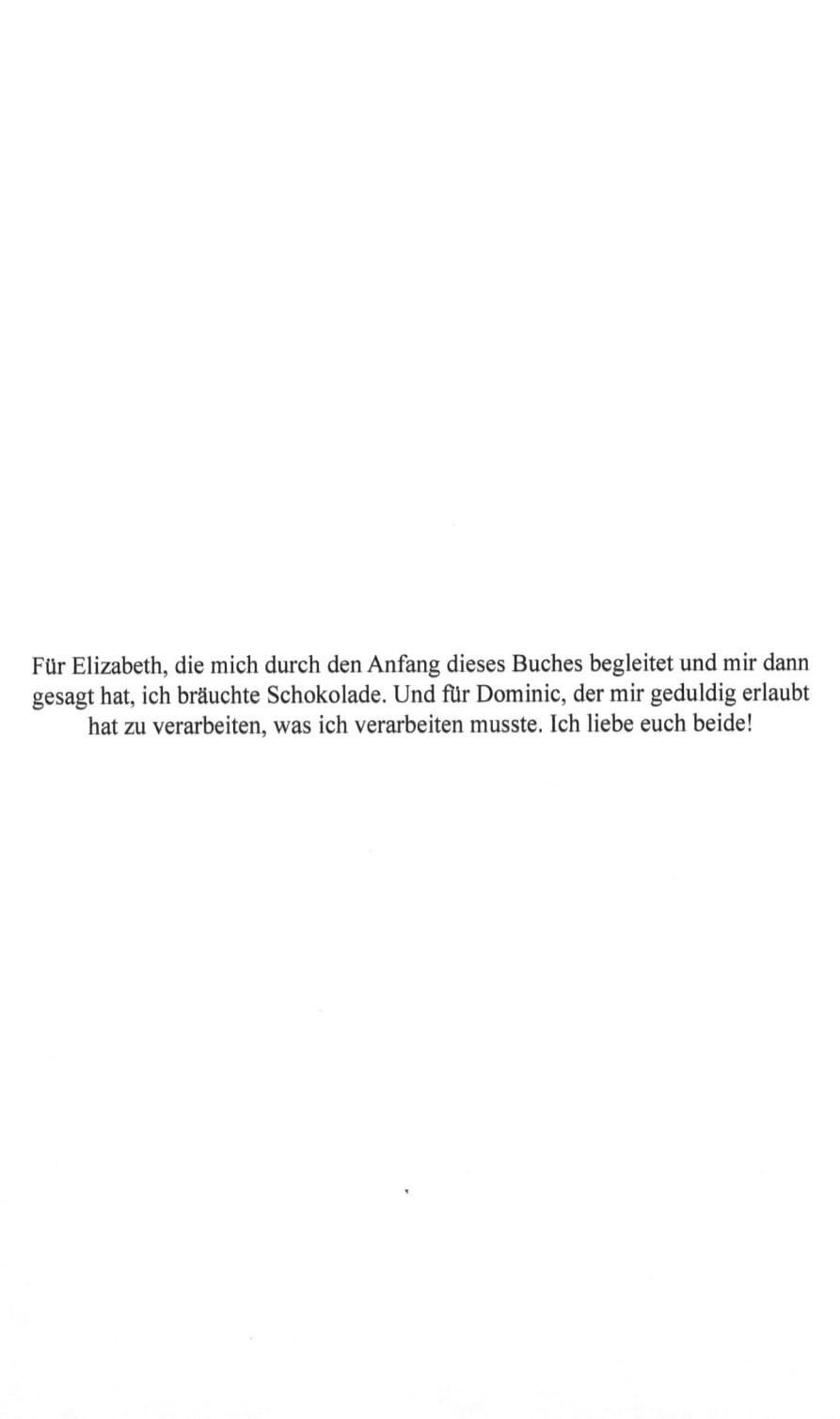

Für Elizabeth, die mich durch den Anfang dieses Buches begleitet und mir dann gesagt hat, ich bräuchte Schokolade. Und für Dominic, der mir geduldig erlaubt hat zu verarbeiten, was ich verarbeiten musste. Ich liebe euch beide!

Anmerkung des Autors

Der Beginn dieses Buches basiert auf einem echten Vorfall, der in meinem Heimatort geschah. Er hat mich so erschüttert und verärgert, dass ich darüber schreiben musste. Jemand hat das tatsächlich seinen Kindern angetan.

1

VERKEHRSÜBERWACHUNG. NATÜRLICH hatte man ihn dafür eingeteilt. Brock Ferguson war in jeder Hinsicht der Neuling des Reviers.

Verdammt, er würde sich nicht beklagen – es war ihm bewusst, dass er sich als den glücklichsten Menschen der Welt bezeichnen konnte, weil er diese Stelle überhaupt bekommen hatte. Bei Abgabe seiner Bewerbung hatte man ihm mitgeteilt, es gäbe keine freien Stellen und man würde seinen Lebenslauf abheften für den Fall, dass sich mal etwas ergeben sollte. Er hatte sich kaum Hoffnungen gemacht, doch nur zehn Tage später war er zu einem Vorstellungsgespräch eingeladen worden, da sich einer der Polizisten entschlossen hatte, wieder in den Süden zu ziehen. Er hatte sich sehr um einen guten Eindruck bemüht und es schien ihm gelungen zu sein. Was nun bedeutete, dass er in einem Streifenwagen sitzen durfte und vorbeifahrenden Fahrzeugen zusah, während das im Armaturenbrett angebrachte Radargerät ihre Geschwindigkeit aufzeichnete.

Fahrzeuge aller Art fuhren vorbei, alles von winzigen Smarts bis hin zu riesigen Sattelschleppern. Er überprüfte die Geschwindigkeit jedes einzelnen und gähnte. Stundenlang hatte er dort mit laufendem Motor gesessen und selbst dann kam die Klimaanlage kaum gegen die Hitze der Sonne an, die durch die Fenster hineinschien. Er fühlte sich wie in einer im Ofen gebackenen Blechbüchse, aus der er nicht fliehen konnte. Brock hatte sich seit Ewigkeiten nicht von der Stelle bewegt. Offenbar hatte sich seine Überwachung herumgesprochen, denn alle bremsten ab, fuhren ruhig an ihm vorbei und beschleunigten vermutlich wieder, sobald sie außer Sichtweite waren. Doch er wusste, dass seine Anwesenheit dort ohnehin eher der Abschreckung dienen und die Fahrer zum Abbremsen veranlassen sollte.

Ein roter Sportwagen mit offenem Verdeck kam vorbei, schnell genug, um das Radargerät zum Piepen zu bringen. Brock legte den Vorwärtsgang ein, warf das Blaulicht an und fuhr los, wobei er sich in den Verkehr einfädelte und den Verkehrssünder im Auge behielt. Während er fuhr, meldete er sich bei der Zentrale und gab das Nummernschild durch, um sicherzugehen, dass das Auto nicht als gestohlen gemeldet war. Die anderen Autos machten ihm Platz, und da er direkt hinter dem Verkehrssünder blieb, hielt der Fahrer schließlich am Straßenrand an. Nun musste er vorsichtig sein: Verkehrskontrollen gehörten zwar zur Routine, konnten aber gefährlich sein. Er stieg aus seinem Auto und näherte sich dem anderen Fahrzeug, in dem über dem Sitzrand ein Kopf mit vollem, schwarzem Haar aufragte.

„Dürfte ich bitte Ihren Führerschein und die Fahrzeugpapiere sehen?", fragte Brock, während er mit seinen Augen das Innere des Autos nach jeglicher Art von Waffen absuchte. „Wissen Sie, wie schnell Sie gefahren sind?"

Der Fahrer wandte sich ihm zu und Brock blickte in ein sehr vertrautes Augenpaar.

„Vinny!", sagte Brock und entspannte sich ein wenig. „Wie ich sehe, fährst du immer noch, als wäre der Teufel hinter dir her." Er wartete darauf, dass der Mann ihm seinen Führerschein reichte. „Ich schätze, manches ändert sich nie."

„Ich bevorzuge jetzt Vincent", antwortete dieser.

Brock ignorierte die Bemerkung und kehrte zu seinem Auto zurück, um die Daten zu überprüfen. Nicht, dass er den Führerschein brauchte. Er wusste alles, was es über Vincent Geraldini zu wissen gab. Er hatte genug über ihn erfahren, als er vor Jahren mit ihm zusammen gewesen war. Zugegeben, lange hatte es nicht gehalten, aber gerade als Brock glaubte, es könnte etwas Ernstes daraus werden, hatte Vinny – Vincent – sich zurückgezogen.

Obwohl die Überprüfung keine Makel ergab, blieb Brock etwas länger als nötig im Auto sitzen und überlegte, was er tun sollte. Bei Vinnys Geschwindigkeit war ein Bußgeldbescheid eine Ermessensentscheidung, also war er noch unentschlossen. Vielleicht konnte er ihm einen dafür ausstellen, dass er ein Arschloch war. Brock öffnete die Tür, stieg wieder aus dem Auto und kehrte zu Vinny zurück.

„Brummst du mir ein Bußgeld auf?", wollte dieser wissen. Er war der Typ, der Dinge stets direkt ansprach. Das war eine der Eigenschaften, die Brock von Beginn an gemocht hatte. Vinny gab nicht klein bei. Er fragte immer nach, wenn er etwas wissen wollte, und zwang Menschen mit seinem Blick nieder, bis er eine Antwort bekam.

„Ich überlege noch." Brock schlug seinen Notizblock auf und begann zu schreiben. Normalerweise machte er das im Auto, allerdings wollte er, dass Vinny ein wenig unsicher wurde und sich fragte, was genau er tat. Brock wusste, dass es Vinny irritierte, nicht die gewünschte Antwort zu bekommen, und jetzt gerade wollte Brock das. Manchmal war das einfach, besonders in Situationen wie dieser, die Vinny nicht unter Kontrolle hatte. „Besuchst du jemanden?", erkundigte sich Brock, der registriert hatte, dass Vinnys Führerschein eine Adresse in Shippensburg angab.

„Nein. Ich bin vor Kurzem wieder nach Carlisle gezogen und muss noch die Adresse auf meinem Führerschein ändern lassen." Vinny nannte ihm seine neue Adresse, die Brock zu den Daten auf der Seite hinzufügte.

Brock musste sich zum Weiterschreiben zwingen, als Vinny sich ihm wieder zuwandte und gerade weit genug den Kopf hob, um Brock einen guten Blick auf seine mit Gold gesprenkelten, eindringlichen braunen Augen zu bieten. Für einen Sekundenbruchteil blitzte eine Erinnerung daran auf, wie diese Augen in der Nachmittagssonne geleuchtet hatten und seine olivfarbene

2

Haut sich leicht schweißglänzend von der Decke abgehoben hatte, wenn Brock sich über ihn beugte … Brock holte tief Luft, ließ sie wieder entweichen und hoffte inständig, dass Vinny an seinem Gesichtsausdruck nichts auffiel. Was einmal zwischen ihnen gewesen war, hatte keinen Einfluss auf den heutigen Tag und seine Entscheidung.

„Ich werde dich verwarnen. Aber …“ Brock beugte sich zum Auto hinunter, blickte Vinny fest an und unterdrückte ein Lächeln, als er ihn leicht erzittern sah, „es kommt in deine Akte und solltest du ein weiteres Mal angehalten wirst, verwandelt sich die Verwarnung in ein Bußgeld, zusätzlich zu dem, das du dann sicher vom zuständigen Polizisten bekommst. Also brems dich und fahr anständig.“

„Natürlich, Brock.“ Die kurzzeitige Hitze in Vinnys Augen verschwand, als er den Zettel entgegennahm. „Ich passe auf.“

Brock warf ihm einen kurzen, bösen Blick zu. Er glaubte ihm keinen Moment. Vinny war noch nie der Typ gewesen, der auf Nummer sicher ging. Zumindest, soweit Brock es wusste.

Er klopfte zweimal gegen die Autotür und trat zurück. „Einen schönen Tag noch.“ Er wandte sich ab, um zu seinem Streifenwagen zurückzukehren.

„Ist das alles?“, fragte Vinny.

Brock ging weiter, stieg ein und sah zu, wie Vinny sich wieder in den Verkehr einfädelte und sein Auto zur nächsten Kreuzung lenkte. Brock schaltete das Blaulicht aus, mischte sich ebenfalls in den Verkehr und kehrte zu seinem ursprünglichen Standort zurück. Dort schaltete er das Radargerät ein und folgte seiner Routine. Nachdem er der Zentrale mitgeteilt hatte, dass er sich wieder an seinem Platz befand, versuchte er, es sich so gemütlich wie möglich zu machen.

Diese eine Kontrolle war alles, was er an diesem Morgen an Aufregung erleben sollte. Nun, sie und die Tatsache, dass er jetzt Vinny wiedergesehen hatte, was offenbar dafür sorgte, dass sich seine Aufmerksamkeit nicht mehr dort befand, wo sie hingehörte. Zwar sah er den vorbeifahrenden Autos zu und achtete auf das Radargerät, doch seine Gedanken schweiften immer wieder ab zu jenem Sommer zwischen seinem dritten und vierten Studiensemester. Vielleicht waren Vinny und er damals zu jung für eine erfolgreiche Beziehung gewesen, doch Brock hatte sich in den olivhäutigen, lebhaften und kompromisslosen Vinny verliebt. Dieses Gefühl war offenbar nicht erwidert worden. Entweder das oder die Sache zwischen ihnen war für Vinny lediglich ein Sommerabenteuer gewesen, das mit dem Wetterwechsel und der Rückkehr zum College geendet hatte. Die Hitze dieser Sommermonate, sowohl draußen als auch die zwischen ihnen, würde Brock vermutlich niemals vergessen. Allein beim Gedanken daran wurde ihm warm und er rutschte auf seinem Sitz hin und her.

Nicht, dass er besonders scharf darauf war, seinen Tag mit Gedanken an Vinny zu verbringen und daran, wofür er das zwischen ihnen gehalten hatte. Brock war seither mit anderen Männern zusammen gewesen, doch keiner von ihnen hatte ihm das gleiche Gefühl wie Vinny gegeben. Oh, sie hatten ihn angemacht und

3

einmal hatte er sich sogar verliebt, allerdings auf weniger seelenberührende Weise, während Vinny sein Herz mit nur einem einzigen neckischen Blick zum Klopfen bringen konnte. Sie mussten sich nicht einmal im selben Raum befinden. Schon auf eine Nachricht von ihm reagierte Brock begeistert, nur weil er von ihm hörte. Rückblickend war es natürlich dumm gewesen, ihm sein Herz zu schenken und die Sache zwischen ihnen so schnell so ernst zu nehmen. Letztendlich hatte Vinny ihm das Herz gebrochen – Brock ließ die schmerzhafte Erinnerung daran bewusst eine Weile zu, damit sich sein Verstand wieder einschaltete und er sich wieder auf seine Arbeit konzentrieren konnte.

Eine Nachricht über den Car-PC informierte ihn, dass es zurzeit keine unerledigten Einsätze gab, also entschied er sich, die Zeit für seine Mittagspause zu nutzen. Erleichtert seufzend fuhr er los und bog nach rechts auf die Hanover ab, um sich auf den Weg in die Innenstadt zu machen. Er war mit Carter Schunk, einem Freund und Arbeitskollegen, im Hanover Grille zum Mittagessen verabredet.

Brock erreichte die Stadtmitte, fuhr an Reihen denkmalgeschützter Wohnhäuser und dem aus der Kolonialzeit stammenden Gerichtsgebäude aus rotem Backstein mit seinem weißen Uhrenturm vorbei, dann über den Platz mit seinen beeindruckenden Kirchen. Es gefiel ihm, dass die alte Stadt eine Geschichte besaß, und wie gut sie ihr stand. Brock stellte sein Auto hinter dem Restaurant auf einem der für Ordnungskräfte vorbehaltenen Parkplätze ab, die sich dort wegen der Nähe zum Gericht befanden, und ging um das Gebäude herum zur Eingangstür. Carter hatte sich bereits einen Tisch gesucht und Brock setzte sich zu ihm.

„Wie war's?"

„Langweilig", antwortete Brock lächelnd. „Genau, wie du es mir vorhergesagt hast."

„Ich habe deine Meldung gehört, dass du jemanden anhalten musstest." Carter reichte Brock eine Speisekarte, schlug selbst jedoch keine auf. Der Grille war ein beliebter Ort zum Mittagessen und auch Brock kannte die Speisekarte praktisch auswendig. Es war das Lokal, das schon seine Mutter mit ihm besucht hatte, wenn sie essen gingen, und es hatte sich über die Jahre nicht viel verändert.

„Das musste ich, und wie sich herausstellte, war es Vinny …"

„Jemand, den du kanntest?" Carter beugte sich näher zu ihm herüber.

„Mal ziemlich gut, wenn du verstehst, was ich meine."

Mary, die Kellnerin, die sie an den meisten Tagen bediente, brachte ihnen Wasser und sie bestellten Hamburger mit Salat und Eistee. Nachdem sie sich bedankt hatten, eilte sie davon, um ihre Bestellungen weiterzugeben.

„Ich habe ihn verwarnt, weil ich glaube, dass ich es so auch bei einem Fremden gemacht hätte."

„Gut. Sei immer fair. Mehr können wir nicht tun."

„Ich bemühe mich." Brock lächelte Mary zu, als sie ihnen die Getränke brachte, und nahm dann einen Schluck, um seine trockene Kehle zu kühlen.

„Ich muss das Thema wechseln, bevor ich es vergesse. Du hattest dich für zusätzliche Schichten eingetragen und jetzt kommen welche auf dich zu. Red macht Urlaub."

„Der große Typ mit den Narben?" Brock war noch dabei zu lernen, wer wer war.

„Genau der." Carter sah sich im Raum um und blickte sogar hinter sich. Brock tat es ihm nach. Es war gut zu wissen, was um einen herum geschah. Sie waren in Uniform, und nach den vielen Meldungen über erschossene Polizisten in den landesweiten Nachrichten zu urteilen mussten sie auf der Hut sein.

„Bei meiner ersten Begegnung mit ihm hat er recht einschüchternd gewirkt, aber er scheint ein echt netter Kerl zu sein."

„Er reist morgen nach Rio zu seinem Partner. Terry ist im olympischen US-Schwimmteam und Red möchte ihm bei den Wettkämpfen zusehen. Ich wünschte, ich könnte es mir auch leisten, aber da er jetzt weg ist, habe ich beantragt, dass du mich einige Wochen begleitest, und der Captain hat zugestimmt. Wie es aussieht, bist du den Verkehrsdienst also los. Zumindest für einige Zeit."

Brock war vollkommen überrascht. Das hatte er so schnell nicht erwartet. „Danke."

„Bedank dich nicht zu früh. Nach zwei Wochen Spätschicht wünschst du dir vielleicht den Verkehrsdienst zurück. Es kann sehr viel los sein, vor allem im Sommer. Tagsüber verkriechen sich die Menschen im Haus und kommen heraus, wenn die Sonne untergeht und es kühler wird, mit einer Menge angestauter Energie und Frustration. Die Gemüter sind erhitzt. Wir werden häufig wegen Hausfriedensbruch gerufen."

„Es muss besser sein, als den ganzen Tag im Auto zu sitzen und wie ein Schinken gebraten zu werden."

Carter warf ihm einen amüsierten Blick zu. „Gutes Wortspiel."

Brock blinzelte. Er verstand es nicht.

„Schinken … Bullenschweine … "

Brock stöhnte und wechselte das Thema. „Weißt du, ob Terry und Red wegen des Zika-Virus und so irgendwelche besonderen Vorkehrungen treffen mussten?"

„Red meinte, er hätte so viele Spritzen bekommen, dass er sich wie ein Nadelkissen gefühlt hat. Er und Terry mussten gegen alles Mögliche geimpft werden, und anscheinend bringt das US-Olympiakomitee sogar sein eigenes Trinkwasser für die Sportler und ihre Familien mit. Niemand soll krank werden. Sie haben sogar kurz überlegt, ob Terry einen Rückzieher machen soll, aber in Terrys Alter ist es seine letzte Chance auf die olympischen Spiele. In vier Jahren ist er zu alt, also haben sie sich entschieden, das Risiko einzugehen." Carter grinste. „Red würde Himmel und Hölle in Bewegung setzen, um Terry glücklich zu machen, und umgekehrt trifft das ebenfalls zu."

5

„Und wie sieht es bei euch aus? Wie geht es Alex?" Brock war Carters und Donalds Sohn einige Male begegnet und fand den Sechsjährigen absolut bezaubernd.

„Er wächst wie Unkraut und wird jeden Tag größer. Er freut sich so darauf, in die erste Klasse zu gehen. Leider hat er seine Vorschullehrerin nicht gemocht, sodass Donald einschreiten und ihn einer anderen Gruppe zuteilen lassen musste. Mrs. Bobb hat er geliebt und ihretwegen alles nachgeholt, was er verpasst hatte. Er war dieses Jahr erst ängstlich, als Donald und ich mit ihm zusammen seinen neuen Lehrer besucht haben. Erst hat er sich hinter meinen Beinen versteckt und geweigert, ihn anzusehen, weil er sich immer noch Mrs. Bobb als Lehrerin gewünscht hat und nicht verstehen konnte, warum sie nicht mit ihm in die erste Klasse kommen kann. Mr. Keller war geduldig und hat Alex Zeit gegeben. Bei unbekannten Männern ist er immer noch etwas ängstlich, aber nach einiger Zeit haben sie sich unterhalten und letztendlich hat sich Alex an uns gewandt und gefragt, ob die Schule schon am nächsten Tag anfangen könnte." Carter trank einen Schluck von seinem Tee. „Tut mir leid, ich bin in den Stolze-Eltern-Modus verfallen."

„Das muss dir nicht leidtun. Ich habe doch gefragt." Brock vermisste seine Nichte und seinen Neffen – er hatte sie zuletzt gesehen, als sie noch Kleinkinder waren.

Mary brachte ihre Gerichte und nahm ihre Gläser zum Nachfüllen mit. „Bitte sehr. Ich bin in einer Minute zurück. Kann ich euch außer den Getränken noch etwas bringen?"

„Scheint alles zu passen."

„Danke."

Sie ging und Brock widmete sich seinem Hamburger. Er war so verflixt hungrig, er hätte ein ganzes Maultier verdrücken können. Ihr Gespräch kam einige Zeit zum Stillstand, bis der schlimmste Hunger gestillt zu sein schien.

„Machen wir dann Doppelschichten, während Red und Terry nicht da sind?"

„Vielleicht ein paar. Aber der Plan ist, dass wir sieben Tage arbeiten, und einige der anderen Jungs geben ebenfalls freie Tage auf. Es wird gut bezahlt und es sind nur wenige Wochen, also achte gut darauf, dass du dich ausreichend ausruhst, wenn du freihast. Diese durchgehenden Arbeitstage können sich in die Länge ziehen, wenn man nicht gut isst und schläft."

Sie widmeten sich wieder ihrem Essen und Mary brachte neue Getränke. Nach dem Essen entschuldigte sich Carter, um die Toilette aufzusuchen. Brock sah sich erneut im Raum um und entdeckte Vinny, der mit einer Gruppe von Männern eintrat. Vinny schien ihn nicht bemerkt zu haben, was gut war.

Nun aber richtete sich Brocks Aufmerksamkeit alle paar Sekunden auf Vinny und die Gruppe. Vinny konnte ihn nicht sehen, weil er ihm größtenteils den Rücken zugewandt hatte, doch Brock sah zu, wie er sich lebhaft unterhielt und gestikulierte, bevor er sich zurücklehnte, um zu lachen – ein tiefer, voller Laut, den Brock zwar kaum hören konnte, aber allzu gut kannte. Als die anderen am Tisch mit einstimmten, wandte Brock sich ab. Er war nicht Teil ihres Spaßes, und selbst als Vinny und er zusammen gewesen waren – oder miteinander geschlafen hatten oder was auch immer es gewesen war –, hatte Vinny ihn nicht in die anderen Teile seines Lebens mit einbezogen.

„Ist irgendetwas?", fragte Carter.

Brock schüttelte den Kopf und schalt sich innerlich dafür, seine Umgebung nicht aufmerksamer beobachtet zu haben. Er hatte nicht mitbekommen, wie Carter zurückgekommen war, weil er seinen privaten Gedanken erlaubt hatte, sich auf eine Expedition in Tagträume zu begeben, und das musste aufhören.

Carter setzte sich und Brock stand auf, um ebenfalls die Toilette zu benutzen. Er erledigte sein Geschäft, wusch sich die Hände und tupfte sich mit einem kühlen Tuch das Gesicht ab. Als er fertig war, kehrte er zu Carter zurück und sie bezahlten ihre Rechnungen.

„Einen schönen Nachmittag, und morgen sind wir dann zusammen unterwegs." Sie gingen zu ihren Autos, stiegen ein und fuhren in unterschiedliche Richtungen davon.

Brock verbrachte den Rest des Tages an verschiedenen Orten in der Stadt, die berüchtigt waren für Raser, und verteilte etliche Bußgeldbescheide. Wenigstens hatte er dadurch etwas zu tun. Er warf einen Blick auf die Uhr und lächelte. In weniger als einer halben Stunde würde er zum Revier zurückkehren und sich für den Tag abmelden können. Dazu war er mehr als bereit.

„An alle Einheiten", hörte er in dem Moment aus dem Funkgerät. „Bitte Ausschau halten nach einem gelben Corvette-Cabrio, neueres Modell, gefahren von zwei Frauen. Anhalten, wenn ihr es entdeckt, aber Vorsicht. Uns wurde gemeldet, dass sich Kinder im Kofferraum befinden." Brock blinzelte und hörte aufmerksamer zu, um sicher zu sein, dass er es richtig verstanden hatte. „Ich wiederhole, angeblich sind Kinder im Kofferraum des Autos eingeschlossen."

„Verdammte Scheiße", sagte Brock zu sich selbst. Er hatte viele Geschichten darüber gehört, was Menschen einander und auch Kindern antaten, doch dies überraschte ihn doch.

Brock richtete seine Aufmerksamkeit wieder auf die Straße vor ihm, eine der Hauptstraßen von Carlisle nach Harrisburg, und tatsächlich bog am Ende des Häuserblocks eine gelbe Corvette in seine Richtung ab. „Ich habe die Corvette möglicherweise auf der Harrisburg Pike gesichtet, wo sie in östliche Richtung fährt. Zwei Frauen, offenes Verdeck, Nummernschild HUF-9080. Ich werde sie anhalten und es wie eine übliche Verkehrskontrolle aussehen lassen. Schickt Verstärkung."

„Ich bin auf dem Weg", antwortete Carter.

Brock fuhr los, positionierte sich hinter dem anderen Auto und schaltete dann das Blaulicht ein. Da die Corvette weiterfuhr, setzte er auch die Sirene ein. Jetzt hielten die Frauen am Straßenrand an und Brock stieg aus.

Hinter ihm parkte Carters Streifenwagen. Er stieg ebenfalls aus und gemeinsam näherten sie sich den Frauen, die in dem teuren Zweisitzer-Cabrio saßen. „Dürfte ich bitte Ihren Führerschein und den Fahrzeugschein sehen?", forderte Brock die Fahrerin auf. Gedämpfte Geräusche vom hinteren Teil des Autos ließen ihn innehalten. „Öffnen Sie bitte den Kofferraum." Er sah der Fahrerin in die Augen, doch sie machte keine Anstalten, der Aufforderung nachzukommen, und starrte ihn mit leerem Blick an.

„Steigen Sie aus dem Auto und halten Sie ihre Hände so, dass ich sie sehen kann, Sie beide", bellte Carter mit einer Hand an seiner Waffe, bereit, sie zu ziehen, und Brock trat zur Seite, um der Fahrerin Platz zu machen, während die Frauen der Aufforderung nachkamen.

„Das können Sie nicht tun", sagte die Beifahrerin, als Carter sie anwies, beide Hände auf das Autodach zu legen und die Beine zu spreizen.

Als Carter beide Frauen gut im Blick hatte, streckte Brock eine Hand in das Auto und fand die Entriegelung für den Kofferraum. Er betätigte sie, ging zur Rückseite und öffnete den winzigen Kofferraumdeckel. Zwei Augenpaare blickten ihn an.

„Schon gut, ihr Lieben. Niemand wird euch etwas tun." Er öffnete den Deckel vollständig, woraufhin sich ein kleines Mädchen in einem pinkfarbenen Sommerkleid und weiß-pink gestreifter Strumpfhose erhob. Brock schätzte sie auf etwa drei Jahre. „Wir brauchen Unterstützung an der Harrisburg Pike nähe East. Ich kann zwei Kinder im Kofferraum bestätigen. Es scheint ihnen so weit gut zu gehen." Er sprach möglichst ruhig, ohne die Stimme zu heben.

Ein Junge, etwa fünf Jahre alt, kletterte vorsichtig aus dem Kofferraum. „Mama", sagte er und zeigte auf die Frau, die das Auto gefahren hatte.

Brock warf der Frau einen bösen Blick zu. Er konnte sich nur schwer vorstellen, wie man so herzlos und grausam sein konnte, an einem der heißesten Tage des Jahres zwei kleine Kinder in einen Kofferraum einzuschließen und dann eine Spritztour zu machen. Es war nicht nur ein Wunder, dass sie in der Enge nicht verletzt worden waren, sondern sie hatten auch das Glück gehabt, keinen Hitzeschaden bekommen zu haben.

Er begleitete die Kinder auf das Gras im Schatten eines nahe gelegenen Baumes, wo er sich vor sie hinkniete, um auf ihrer Höhe und damit weniger einschüchternd zu sein. „Ich bin Brock. Wie heißt ihr?"

„Abey, und das ist Penny", antwortete der kleine Junge und zeigte dann zum Auto. „Da drinnen war es gruselig."

Penny hatte einen Daumen im Mund und hielt sich dicht an Abeys Seite.

„Ist Penny deine Schwester?", fragte Brock und Abey nickte. „Hast du auf sie aufgepasst, während ihr da drinnen wart?"

„Ja. Ich habe sie festgehalten, als wir rumgerollt sind."

„Dann warst du ein tapferer, großer Junge." Brock wusste nicht, was er sonst noch sagen sollte, aber Abey nickte. „Kannst du mit Penny hierbleiben?", fragte

8

Brock, als er Autos hörte, die sich näherten. Er stand auf, um die Vorgänge zu beobachten, wobei er jedoch in der Nähe der Kinder blieb.

Nicht weit entfernt hielten zwei weitere Streifenwagen an. Sowohl Kip Rogers als auch Aaron Cloud stiegen aus ihren Fahrzeugen. Als ranghöchster Polizist würde Aaron vermutlich die Führung übernehmen. Brock blieb an seinem Platz, während Kip Carter dabei half, beiden Frauen Handschellen anzulegen und sie auf die Rücksitze verschiedener Streifenwagen zu verfrachten. Dann kam Aaron zu Brock und den Kindern.

„Hast du herausgefunden, warum sie im Kofferraum waren?" Bei der Frage regte sich Brocks Mitgefühl für die Kinder, während er sich mit Aaron ein bisschen entfernte.

„Das Auto gehört der Beifahrerin, Brenda Weaver, und anscheinend hat sie es soeben gekauft und ist zu Rhonda Geraldini gefahren, um es ihr vorzuführen. Rhonda wollte eine Runde fahren, und da das Auto keinen Rücksitz hat und sie keinen Babysitter, sperrten sie die Kinder in den Kofferraum und machten eine Spritztour."

„Meine Güte", sagte Brock leise. Vinnys Schwester. Manchmal war es eine kleine, kranke Welt.

„Ihre Ausrede war, dass sie dachte, den Kindern würde nichts passieren, und dass sie nicht sehr weit oder schnell gefahren sind. Oh, und dass es nun mal keine Rückbank für Kinder gibt in dem Auto." Aaron rollte die Augen.

Brock wandte sich wieder den Kindern zu und zwang sich zum Lächeln. „Das sind Abey und Penny. Abey hat seine Schwester festgehalten und beschützt, als sie dort drinnen waren, damit sie sich nicht verletzen würde. Er ist ein sehr guter großer Bruder."

„Wo haben sie die Mama hingebracht?" Abey zupfte an seinem Ärmel und trat von einem Fuß auf den anderen.

„Es ist alles in Ordnung. Sie hätte dich und Penny nicht in den Kofferraum stecken dürfen, also werden die Polizisten mit ihr reden." Er wusste nicht weiter und wandte sich zu Aaron.

„Carter hat Unterstützung angefordert und sein Ehemann Donald ist unterwegs."

Brock nickte. „Ich habe seine Familie kennengelernt." Er verspürte große Erleichterung. Donald würde genau wissen, was zu tun war und wie sie dafür sorgen konnten, dass die Kinder ruhig blieben. „Wenn du willst, bleibe ich mit den Kindern hier im Schatten."

„Perfekt. Wir kümmern uns um den Rest." Aaron ließ sie zurück und kurz darauf zupfte Penny an Abeys Ärmel.

„Penny muss mal", sagte Abey.

„Okay." Er machte Aaron auf sich aufmerksam und deutete auf die Tankstelle neben ihnen. Dann nahm er beide Kinder an die Hand und führte sie vorsichtig über die Wiese und in den Tankstellenshop. Es gab nur eine einzige Toilette und Brock wartete draußen, während Abey mit Penny hineinging. Er passte auf und horchte für den Fall, dass es zu Problemen kommen sollte. Bald bewegte sich die schwere Tür und Brock half, sie zu öffnen. Sie kamen heraus, wobei Abey Pennys Hand hielt.

„Habt ihr euch die Hände gewaschen?" Brock lächelte, als sie nickten, und führte sie durch den Laden. An der Kasse kaufte er zwei Pakete mit Tierkeksen und reichte jedem eins. Nachdem er außerdem einige Wasserflaschen gekauft hatte, ging er mit den Kindern über den Parkplatz auf Donald zu, der bereits auf sie wartete. „Abey und Penny, das ist Mr. Donald. Er ist euer Freund und wird euch helfen. Versprochen. Er ist ein sehr netter Mann."

Abeys Unterlippe bebte und Penny trat hinter ihren Bruder. Brock vermutete, dass das Ganze viel zu viel für sie war, um es bewältigen zu können, und dass allmählich echte Angst einsetzte.

„Ich bringe euch beide zu einem Freund von mir, bei dem ihr bleiben könnt. Okay?" Selbst Brock fand Donalds Stimme beruhigend.

Abey schüttelte den Kopf, wandte sich Penny zu und schloss sie in die Arme, um sie vor Donald zu schützen. „Keine Fremden. Das sagt Mama."

„Bin ich ein Fremder?", fragte Brock und Abey sah ihn an, ließ Penny aber nicht los.

„Ja", antwortete er. „Aber du bist ein netter Fremder." Er drehte sich um und presste seine Keksschachtel dicht an sich, woraufhin Penny ihren Bruder nachahmte.

Am liebsten hätte Brock gleich dort am Straßenrand geweint. Er blinzelte und musste sich abwenden. Verdammt, er sollte bei der Arbeit nicht emotional werden. Alles, was man sah, in sich aufnehmen, vergraben, zudecken und dort lassen: das sollte er tun. Doch wie zum Teufel sollte das gehen, wenn er nun in zwei Paar weit aufgerissene, verängstigte, blaue Augen blickte?

„Soll ich mit euch kommen?"

Abey dachte einen Augenblick nach, sein Gesicht voll konzentriert, und nickte schließlich. Abey schien Brock zu vertrauen, zumindest vorerst.

„Bleibst du hier bei Penny?", bat Brock Abey, der nickte und die Hand seiner Schwester in seine nahm. Dann entfernten sich Brock und Donald einige Schritte.

„Ich kann euch dahin, wo du sie hinbringen willst, begleiten."

„Das ist das Problem. Ich habe keine einzelne Unterbringungsmöglichkeit mit Platz für zwei Kinder. Ich habe lediglich zwei getrennte Notfallpflegestellen, die zurzeit auf ein Kind beschränkt sind."

Brocks Blick wurde hart und er sah Donald wütend an. „Du kannst sie nicht trennen. Sie mussten gerade zusehen, wie ihre Mutter in einem Polizeiauto weggebracht wurde. Sieh den Kleinen an – er würde sich mit Händen und Füßen dagegen wehren, wenn du versuchen würdest, ihn von Penny zu trennen, und das arme kleine Ding würde zusammenbrechen. Sie ist jetzt schon so gestresst, dass sie ihre halbe Hand im Mund hat."

„Notfallstellen müssen über eine bestimmte Zulassung verfügen, ich kann nicht einfach improvisieren. Ich muss mich an die Vorschriften halten. Hier geht es um rechtliche Vorgaben."

„Mist …" Brock wünschte, er könnte etwas – irgendetwas – gegen die Angst in Pennys Augen tun. „Du musst tun, was du tun musst, aber so wahr mir Gott helfe …" Vielleicht war dieser Beruf nicht das Richtige für ihn. „Ich habe geschworen, Menschen zu schützen und ihnen zu dienen, und wenn ich nicht mal Kindern helfen kann, wofür bin ich dann überhaupt gut?" Brock konnte sie nicht einfach im Stich lassen.

Donald seufzte und blickte zu Carter hinüber, der das Auto durchsuchte. Brock nahm den Moment wahr, in dem Carter bemerkte, dass Donald ihn ansah. Die zwischen ihnen aufblitzende Verständigung war beinahe sichtbar, so stark war sie.

Carter und Donald schienen wortlos zu kommunizieren, bis Carter Donald zunickte, der lächelte und sich wieder Brock zuwandte. „Carter und ich werden sie aufnehmen. Ich bin als Notfallpflegestelle zugelassen und wir haben genug Platz für beide, wenn sie sich ein Zimmer teilen."

„Ich bezweifle, dass man sie getrennt zum Einschlafen bringen könnte."

„Da hast du wahrscheinlich recht, auch wenn Penny vermutlich ein Gitterbett braucht, um nicht hinauszufallen. Aber dafür kann ich sorgen."

Brock wandte sich den Kindern zu, die immer noch verängstigt dastanden. Penny hatte ihre Schachtel Kekse aufgerissen und aß welche, während Abey seine noch fest umklammernd in den Fäusten hielt. Er sah so trotzig aus, wie es einem Fünfjährigen möglich war, wenn sich die Angst an ihn heranschlich.

„Mr. Donald nimmt euch mit nach Hause."

Abey schüttelte erneut den Kopf und schob sich dichter an Penny.

„Wäre es in Ordnung, wenn ich mitkommen würde?", fragte Brock, woraufhin Abey nach einigen Sekunden zustimmend nickte und von Donald zu ihm blickte.

„Ich habe einen Kindersitz und eine Sitzerhöhung im Auto, also können die Kinder mit mir fahren."

„Ich muss mich abmelden und dann komme ich so schnell wie möglich zu eurem Haus." Brock kniete sich hin. „Mr. Donald bringt euch zu seinem Haus, wo er viele richtig lustige Spielzeuge hat und ihr mit seinem Sohn Alex spielen könnt. Ich verspreche, dass ich nachkomme, so schnell ich kann." Brock nahm beide Kinder an die Hand, führte sie zu Donalds Auto und schnallte sie in den Sitzen an. „Ich verspreche, dass ich bald zu euch komme." Brock schloss die Tür und trat vom Auto zurück. Sobald Donald davongefahren war, eilte Brock zu Carter und Aaron hinüber, die sich austauschten.

„Machst du Feierabend?", fragte ihn Carter.

„Ja. Die Kinder sind bei Donald und ich habe zugesagt, dass ich so bald wie möglich rüberfahre."

„Weshalb?", fragte Aaron.

In Brocks Augen war das eine der dümmsten Fragen, die er je gehört hatte, was er jedoch nicht zeigte. „Aus irgendeinem Grund trauen mir die Kinder, aber misstrauen Donald. Also möchte ich sicherstellen, dass es ihnen gut geht."

„Gut. Sag Donald, dass ich nach Hause komme, sobald hier alles unter Dach und Fach gebracht ist und ich den Papierkram zu unserer *Mutter des Jahres* erledigt habe."

Brock stieg in sein Auto, meldete sich über das Funkgerät und fuhr zum Revier. Dort angekommen meldete er sich vom Dienst ab und machte sich möglichst schnell wieder auf den Weg. Er machte einen kurzen Zwischenstopp in seiner Wohnung über dem Victorian Antiques Shop in der Hanover Street, wo er sich umzog. Dann verließ er die Wohnung und legte die kurze Strecke zu Donalds Haus zu Fuß zurück, so schnell er konnte. Er klopfte und Donald öffnete die Tür mit Penny im Arm, deren Gesicht tränenüberströmt war. Da sie die Arme zu ihm ausstreckte, nahm er sie entgegen und streichelte ihr beruhigend über den Rücken, während er eintrat.

Abey saß auf dem Sofa, die kleinen Beine vor sich ausgestreckt, und starrte ins Nichts. Er wirkte total verloren, doch als er Brock entdeckte, wurde er munter, rutschte vom Sofa und kam herüber.

„Penny geht es gut, kleiner Beschützer", sagte Brock und ließ sich auf der Couch nieder. Abey kletterte wieder hinauf, um sich neben ihn zu setzen. „Wo ist Alex?"

„Er ist bei den Nachbarn und spielt mit einem Freund. Ich muss rübergehen und ihn abholen, aber ich wollte auf dich warten. Bin gleich wieder da." Donald ging und Brock zog Abey mit seinem freien Arm an sich.

„Hast du Hunger? Du kannst deine Kekse essen, wenn du möchtest."

Abey blickte auf die mit Zirkustieren bedruckte Schachtel hinunter und öffnete sie langsam. Er aß einen der tierförmigen Kekse und reichte Brock ebenfalls einen hinauf. Brock aß ihn und bedankte sich bei Abey fürs Teilen. Da Pennys Schachtel auf dem Tisch stand, beugte er sich hinüber, nahm einen heraus und reichte ihn ihr. Sie nahm ihn an, klammerte sich jedoch weiter an ihn, als hätte sie nicht vor, ihn loszulassen.

Donald kehrte mit Wirbelsturm-Alex zurück, der mit einem Wortschwall hineinraste. „Mark hat gesagt, er wäre der besteste Fahrradfahrer, und ich habe gesagt nee-ee, und er hat gesagt doch, aber ich habe gegen ihn gewonnen, also hatte ich recht. Aber er …" Er brach mitten im Satz ab, als er Brock und die Kinder sah.

„Alex, das sind Penny und Abey. Sie bleiben eine Weile bei uns. Ist das in Ordnung?"

Alex sah zu Donald hinauf und dann zu den zwei Jüngeren hinüber, als müsste er darüber nachdenken. Dann wandte er sich wieder Donald zu. „Sind sie wie ich?"

„Sie sind wie du, als du zu mir gekommen bist. Sie brauchen meine Hilfe. Ist das okay?" Brock gefiel es, dass Donald die Kinder immer fragte, anstatt ihnen seine Wünsche einfach aufzuzwingen. Zugegeben, am Ende bekam Donald, was er wollte, aber er bezog Alex stets in die Vorgänge ein.

„Ich behalte trotzdem mein Zimmer, oder?" Misstrauen verfinsterte Alex' hinreißendes Gesicht.

„Natürlich. Sie schlafen im Zimmer neben dir."

„Okay." Alex ging direkt zu Abey hinüber. „Willst du Lego spielen? Ich hab ganz viel."

Nach kurzem Zögern rutschte Abey vom Sofa, reichte Brock seine Tierkekse und folgte Alex in die Zimmerecke, wo dessen Spielzeugkiste stand.

„Willst du auch spielen?", fragte Brock Penny, doch sie schien an ihrem Platz zufrieden zu sein. Sie hob lediglich den Kopf, um den Jungen zuzusehen.

„Sie haben in kurzer Zeit viel durchgemacht. Wir können sie nur trösten. Würde ich sie kennen, könnte ich mich an ihre gewohnte Routine halten. Aber wir müssen wohl improvisieren." Donald näherte sich langsam. „Bist du hungrig, süßes Mädchen?"

Penny nickte langsam.

„Magst du Makkaroni mit Käse?", fragte Donald, woraufhin sie erneut nickte.

„Dann koche ich welche. Willst du mir helfen?" Donald streckte ihr seine Hand entgegen und Penny blickte sie einen Moment lang prüfend an. Brock rechnete nicht damit, dass sie sich dafür entscheiden würde, doch dann ergriff sie Donalds Hand und Brock entließ sie in dessen Arme. „Na bitte. Lass uns etwas kochen." Er trug Penny in die Küche, während Brock an seinem Platz sitzen blieb und den Jungen beim Spielen zusah. Abey schien zufrieden damit, Zeit mit Alex zu verbringen, und wirkte entspannt, während sie auf dem Boden umherrutschten und quasselten wie alte Freunde.

Schließlich stand Brock auf und folgte Donald in die Küche „Ich glaube, sie haben sich jetzt eingewöhnt, also lasse ich euch in Ruhe." Er hatte wirklich keinen Grund, noch länger zu bleiben. Penny und Abey waren in Sicherheit. Donald wusste, wie er sich um sie kümmern musste, und würde während der Suche nach einem dauerhafteren Wohnort für sie sorgen.

„Bleib zum Essen. Wenn die Kinder satt sind, habe ich für uns noch reichlich marinierte Steaks." Donald bewegte sich mit der Selbstverständlichkeit der Gewohnheit in der Küche, selbst mit Penny im Arm.

„Ich will mich nicht aufdrängen und …"

Donald unterbrach ihn. „Unsinn. Du hast heute etwas Gutes getan und dafür kann ich dich wenigstens mit Essen versorgen. Was würdest du denn sonst tun? Ausgehen und noch mehr frittiertes Zeug essen oder dich mit einem Fertiggericht vor den Fernseher setzen?" Donald holte eine Plastiktüte hervor und legte sie auf die Arbeitsplatte. Die Steaks sahen in ihrer Marinade verflixt gut aus, was Brocks

Magen ihn auch wissen ließ. „Außerdem könnte ich deine Hilfe gebrauchen. Ich weiß nicht genau, wann Carter nach Hause kommt, und ich muss mich einloggen, um zu sehen, was ich über die zwei herausfinden kann, und sie dazu in die Datenbank eintragen, also würdest du mir einen Gefallen tun." Donald lächelte und Brock gab nach und kehrte ins Wohnzimmer zurück.

Es dauerte nicht lange, bis Donald die Jungen rief und Alex hielt Abeys Hand, als sie zum Essen gingen. Brock folgte ihnen und nahm am Tisch Platz. „Ich kann hierbleiben, wenn du zu tun hast", bot Brock an.

„Großartig." Donald eilte aus dem Zimmer.

„Wie geht es dir, putzige Penny?", erkundigte sich Brock. Von ihrem Essen landete mehr auf als in ihr, weshalb Brock ihr zur Hand ging und sie mit dem Löffel fütterte. Dafür bekam er ein Lächeln und sogar das eine oder andere Kichern. Abey unterhielt sich zufrieden mit seinem neuen Freund Alex.

Die Kinder waren beinahe mit dem Essen fertig, als Donald zurückkehrte. „Es ist mir gelungen, für morgen einen Gerichtstermin zu bekommen." Donalds Tonfall verriet nichts von der ernsten Bedeutung seiner Worte und die Kinder beachteten ihn nicht. „Wir können weiterreden, wenn sie im Bett sind."

Brock nickte und kehrte zum Flugzeugspiel zurück, mit dessen Hilfe er Penny fütterte.

Als das Essen beendet war, traf Carter ein und die Jungen gingen zum Spielen ins Wohnzimmer. Carter beugte sich zu Donald hinunter, der am Tisch saß, und küsste ihn gründlich. „Ich bin so schnell nach Hause gekommen, wie es ging." Carter schüttelte Brock die Hand und setzte sich zu ihnen. „Ich habe die Informationen, die du brauchen wirst. Der Nachname der Kinder ist Geraldini. Ich konnte sie im Geburtenregister finden. Ihre Mutter ist Rhonda Geraldini, die zurzeit unser Gast ist und es vermutlich eine Weile bleiben wird. Sie könnten unterschiedliche Väter haben und Rhonda war nie verheiratet."

„Danke. Ich suche gleich in der Datenbank nach ihnen."

„Rhonda hat einen …"

„Bruder … Vincent", informierte sie Brock, woraufhin Carter innehielt und ihn verblüfft ansah.

„Okay. Entweder hast du übersinnliche Wahrnehmung entwickelt oder irgendetwas stimmt hier nicht." Er wandte sich Donald zu, der mit den Schultern zuckte.

„Ich war mal mit Vincent zusammen, aber das ist länger her. Er hat die Stadt verlassen und ist nach Shippensburg gezogen, allerdings ist er jetzt wieder hier und wir haben seine Adresse." Brock grinste. „Das Kleinstadtleben zahlt sich manchmal aus. Ich habe ihn heute Morgen wegen Geschwindigkeitsüberschreitung verwarnt."

„Okay. Dann lass mich das Revier anrufen und sehen, ob wir an seine Telefonnummer kommen, um ihn als möglichen Vormund zu kontaktieren." Carter küsste Donald ein weiteres Mal und verließ den Raum.

Bald hörte Brock, wie er ein Telefongespräch führte. „Läuft es bei deiner Arbeit immer so?", fragte Brock.

„Manchmal. Die Leute halten sich nicht immer an geregelte Arbeitszeiten, wenn sie ihre Kinder vernachlässigen oder misshandeln." Donald holte einen Teller. „Der Grill ist hinter dem Haus. Würde es dir etwas ausmachen, ihn anzuzünden? Sonst kommen wir niemals zum Essen."

„Kein Problem." Brock fand den Grill auf der Terrasse im Garten und zündete ihn ohne Probleme an. Nachdem er den Deckel geschlossen hatte, damit der Grill sich aufheizen konnte, kehrte er zu Donald zurück, der sich um die Vorbereitungen kümmerte. Penny saß mit schweren Lidern auf ihrem Stuhl und Brock hielt es für das Beste, sie schlafen zu lassen. Er sah nach den Jungen und stellte fest, dass sie Spaß hatten. Zwar waren auf dem gesamten Wohnzimmerboden Legosteine verstreut, doch die Jungen schienen dazu übergegangen zu sein, mit Autos und Lastwagen zu spielen.

„Alex, Kumpel, warum hebt ihr nicht die Legosteine auf?"

Alex sah ihn an, als hätte er die dümmste Bemerkung aller Zeiten von sich gegeben. „Sie sind die Straße." Sie ließen die Autos durch den Raum sausen und brauchten einige Zeit, um festzustellen, dass sich Legosteine nicht besonders gut als Straße eigneten. Alex sammelte sie ein und dann ließen sie die Autos über den Boden fahren, spielten zusammen, als hätten sie einander schon ewig gekannt.

Carter hatte sich um alles gekümmert, gab die Informationen an Donald weiter und löste ihn dann in der Küche ab, damit Donald sich seinen Laptop schnappen und damit zu Brock auf die Couch setzen konnte. Es wirkte wie eine Choreographie zwischen Carter und Donald. Sie schienen instinktiv zu wissen, was der andere brauchte, und sorgten dafür, dass er es bekam.

Von seinem Platz aus konnte Brock sowohl die schlafende Penny auf ihrem Hochstuhl sehen als auch Abey und Alex beobachten, also passte er auf, während sich die beiden Männer um ihre Aufgaben kümmerten.

„Hab sie."

„Was?"

„Eine Telefonnummer." Donald schnappte sich sein Handy und wählte. Nachdem er eine Nachricht hinterlassen hatte, legte er auf. „Zumindest ist es der Mailbox zufolge die richtige Nummer."

Während Donald in die Küche zurückkehrte, passte Brock auf die Kinder weiter auf und bemühte sich, nicht im Weg zu sein. „Brauchen die Kinder keine Kleidung?", fragte er.

„Ich habe was hier, was sie heute benutzen können, und morgen müssen wir uns darum kümmern, ihnen mehr zu besorgen." Donald blieb in der Küche, aber Carter kam und ließ sich neben Brock auf dem Sofa nieder.

„Gegen ihre Mutter gibt es mehrere Anklagepunkte, und auch wenn sie vielleicht gegen Kaution freigelassen wird, ist es nicht sehr wahrscheinlich, dass sie die Kinder so einfach zurückbekommt. Nicht bei ihrer Vorgeschichte. Aber das hängt natürlich vom Gericht ab. Donald und ich werden die Kinder hierbehalten, bis wir entweder einen dauerhaften Platz für sie gefunden haben oder sie wieder ihrer Mutter zugesprochen werden."

„Mama", rief Penny plötzlich wimmernd aus der Küche.

Brock stand auf, hob sie von ihrem Stuhl und trug sie ins Wohnzimmer. Abey hörte auf zu spielen und stellte sich neben seine Schwester, um sie zu beschützen, wie er es schon früher am Tag getan hatte. Penny weinte an Brocks Schulter weiter.

„Alles ist in Ordnung, Schatz", tröstete er sie. Da ihr Weinen Abey beunruhigte, hob Carter ihn hoch und setzte ihn auf seinen Schoß. Auch Alex kletterte auf das Sofa, sodass sie bald von Kindern umgeben waren. So gebraucht zu werden, war ein großartiges Gefühl.

Allmählich ließ Pennys Weinen nach und die Energie der Jungen gewann die Oberhand, also kehrten sie zu ihren Spielzeugen zurück.

Im Nebenraum klingelte das Telefon und Donald nahm ab, bevor er Carter mit dem Teller voller Steaks in den Garten schickte. Donald telefonierte beim Arbeiten weiter, bis er schließlich auflegte.

„Was ist los?" Brock bemerkte Donalds Beunruhigung.

„Das war der Onkel der Kinder. Er sagt, er und seine Schwester hätten sich entfremdet und er hätte Abey nicht gesehen, seit dieser achtzehn Monate alt gewesen war – Penny sei er nie begegnet. Er war schockiert zu erfahren, dass er überhaupt eine Nichte hat."

„Kommt er, um die Kinder zu sehen?"

„Ich weiß, dass es zwischen euch beiden eine Vorgeschichte gibt, aber ich muss tun, was das Beste für die Kinder ist, und das Beste ist eine Beziehung zu Familienmitgliedern. Also habe ich ihn eingeladen, uns in einer Stunde zu besuchen. Zumindest kann er die Kinder dann kennenlernen." Donald ging langsam auf und ab. „Ich hatte auf jemanden gehofft, den die Kinder kennen, damit die ganze Sache nicht so ein großer Schock wird."

„Ich glaube, das ist jetzt unvermeidbar." Brock wandte sich den drei spielenden Kindern zu. „Sie verdienen etwas so viel Besseres als das, was ihnen passiert ist." Er konnte sich nur schwer von der Erinnerung an das Bild lösen, als er den Kofferraum geöffnet und darin diese süßen Kinder gefunden hatte. Zwar war er vorgewarnt gewesen, doch darauf hätte ihn nichts wirklich vorbereiten können. Absolut nichts. Brock wandte sich ab und erinnerte sich daran, dass es nicht wichtig war, was er über ihren Onkel dachte, sondern nur darauf ankam, was das Beste für Penny und Abey war.

Donald rief ihn zum Essen. Der Essbereich war durch einen offenen Türbogen mit dem Wohnzimmer verbunden, sodass sie beim Essen problemlos die Kinder sehen konnten. Keiner von ihnen redete viel, da ihre Aufmerksamkeit auf die drei Kinder gerichtet war. Schließlich kam Penny zu ihnen und blieb neben Brocks Stuhl stehen. Er hob sie auf seinen Schoß, wo sie es sich bequem machte. Auch wenn sie nicht hungrig zu sein schien, bot er ihr etwas von seinem Essen an.

„Du scheinst eine echte Freundin gefunden zu haben."

„Ich habe keine Ahnung, warum", teilte Brock Carter mit.

„Weil du ihnen geholfen hast. In diesem Kofferraum hatten sie Angst, du hast sie befreit und warst nett zu ihnen."

Auch Abey näherte sich dem Tisch, ging zu Donald und flüsterte ihm etwas zu. Donald stand auf, nahm Abey bei der Hand und führte ihn aus dem Zimmer. Dann kam er zurück zum Tisch und setzte sich wieder.

„Geht es ihm gut?" Brock vermutete, dass Abey hatte wissen wollen, wo die Toilette war, und Donald bestätigte seinen Verdacht.

„Ja. Er muss nur zur Toilette." Donald hielt die Augen offen und tatsächlich kam Abey bald zurück und setzte sein Spiel mit Alex fort.

Als sie gerade mit dem Essen fertig waren, klingelte es an der Tür. Donald brachte seinen Teller in die Küche und ging dann zur Tür, um sie zu öffnen. Brocks Anspannung nahm augenblicklich zu, und als Donald Vincent ins Wohnzimmer führte, war er sich nicht sicher, was er bei dem Wiedersehen fühlte. Doch Vincents nahezu panischer Gesichtsausdruck half ihm dabei, sein eigenes Unbehagen den Kindern zuliebe von sich zu schieben.

„Ich bin Donald, Sozialarbeiter am Jugendamt, und das ist mein Mann Carter. Und ich glaube, Brock kennen Sie bereits. Er und Carter sind Arbeitskollegen."

Vinny nickte, doch seine Aufmerksamkeit richtete sich gleich auf das kleine Mädchen, das noch auf Brocks Schoß saß. Sie steckte sich ihren kleinen Daumen in den Mund und wandte sich ab, um ihr Gesicht an Brocks Brust zu verstecken.

„Ich habe Abey seit Jahren nicht gesehen, und dieses kleine Mädchen ..." Brock bemerkte das leichte Stocken in Vinnys Worten.

„Warum kommen Sie dann nicht und lernen die beiden kennen?" Donald ging ins Wohnzimmer vor und lud Vinny ein, sich zu setzen. Brock hob Penny hoch, stand auf und folgte Vinny. Zusammen mit Penny setzte er sich neben ihn. Penny drückte sich wieder an seine Brust, doch Brock hoffte, dass sie ihre anfängliche Schüchternheit mit etwas Geduld überwinden würde.

„Warst du derjenige, der ihnen geholfen hat?", fragte Vinny.

„Ja. Weißt du, was passiert ist?"

Vinny schüttelte den Kopf. „Nur, dass man sie ihr weggenommen hat."

„Ich habe es für das Beste gehalten, es ihm persönlich anstatt am Telefon zu erzählen." Donald ließ sich auf einem der zwei Lederlehnstühle nieder und winkte Abey zu sich. „Das ist dein Onkel Vincent. Er ist der Bruder eurer Mutter."

„Ich habe dich getroffen, als du ein Baby warst." Vinny lächelte.

„Ich bin kein Baby mehr. Ich bin ein großer Junge." Abey lehnte sich nach hinten gegen Donald. Das alles war offensichtlich zu viel für die Kinder.

„Das sehe ich." Vinny schaute sich immer wieder im Zimmer um, nach wie vor völlig überrumpelt von allem.

Abey starrte Vinny kurz an und gesellte sich dann wieder zu Alex, um weiterzuspielen.

„Ich glaube, er ist ganz durcheinander. Die Kinder mussten zusehen, wie die Polizei Ihre Schwester und deren Freundin abgeführt hat."

Vinny rührte sich nicht, als wäre er unsicher, was er tun sollte.

Donald erhob sich, kam zu Brock auf dem Sofa herüber und hob Penny in seine Arme. „Ich glaube, für sie hier wird es Zeit, ein Bad zu nehmen und dann zu schlafen." Donald ging mit ihr hinauf und Brock sah Abey beim Spielen zu.

„Offenbar hat sich eine Freundin deiner Schwester ein neues Auto gekauft und sie haben beschlossen, eine Spritztour zu machen. Es war eine Corvette ohne Rückbank, also hat deine Schwester die Kinder in den Kofferraum gesteckt." Als Vinny aufkeuchte, nickte Brock, um seinen Worten Nachdruck zu verleihen. „Jemand hat es gemeldet und ich habe ihr Auto angehalten und die Kinder gefunden."

„Wo ist Rhonda jetzt?"

„Sie ist im Gefängnis, mit einer bevorstehenden Anhörung morgen früh."

„Kannst du ihr Hilfe besorgen?", fragte Vinny, während Carter sich zu ihnen gesellte. „Meine Schwester hat psychische Probleme. Manchmal hört sie Stimmen und bekommt eigentlich Medikamente, nimmt sie allerdings nicht immer. Aber selbst wenn sie es tut, ist ihre Fähigkeit, vernünftige Entscheidungen zu treffen, beeinträchtigt."

„Ich weiß es nicht. Im Moment hängt so ziemlich alles vom Gericht und von den Sozialarbeitern ab. Aber was ist mit ihrer Freundin? Man sollte doch hoffen, dass zumindest eine von ihnen klar denken kann."

„Rhonda sucht sich ihre Freundinnen nicht wegen ihres klaren Verstands aus, sondern danach, wie sehr sie in der Lage sind, bei ihren Ideen und Vorstellungen mitzuspielen. Also ist es bei Rhondas Freunden nicht sehr wahrscheinlich, dass sie der Typ Mensch sind, der als Stimme der Vernunft auftritt. Wird sie getestet?"

„Ja. Wir führen eine Reihe von Untersuchungen durch, um zu sehen, ob sie auf irgendeine Weise beeinträchtigt war. Sie schien nicht bei besonders klarem Verstand zu sein, als wir sie festgenommen haben."

Vinny nickte. Er lehnte sich zurück und bedeckte seine Augen mit einer Hand. „Vor so etwas habe ich mich immer gefürchtet. Ich wusste, dass sie Abey hatte, aber von Penny hatte ich keine Ahnung. Ich schätze, ich habe zuletzt vor ungefähr sechs Monaten mit ihr gesprochen, und dann vielleicht ein Jahr davor. Sie hat nur dann angerufen, wenn sie etwas wollte, und die letzten Male musste ich nein sagen. Ich wollte helfen, das wollte ich wirklich, aber sie hat meine Eltern ruiniert und sie in Schulden gestürzt. Was für die beiden recht angenehme Rentnerjahre hätten sein sollen, wurde zu einer schweren Zeit. Sie hat sie bedrängt und angefleht, ihr alles zu geben, was sie hatten, und weil sie ihre Tochter war, haben sie getan, was sie konnten." Vinny schien kurz vor einem Zusammenbruch zu stehen, was

18

Brock bei ihm noch nie erlebt hatte. Vinny holte tief Luft und blinzelte. „Immerhin sind die Kinder in Sicherheit." Er atmete aus. „Und was passiert jetzt?"

Die Bestürzung in Vinnys Stimme rührte Brock. Diese Kinder waren ihm wirklich wichtig und das sagte etwas über ihn aus. Brock wollte Vinny gerne als selbstsüchtig und gefühllos abstempeln – das machte es leichter, damit klarzukommen, dass er von ihm zurückgewiesen worden war. Doch das war er nicht, und auch wenn Brock um Abeys und Pennys willen erleichtert war, blieb er ratlos darüber zurück, was er damals falsch gemacht hatte.

2

WIE HATTE sich alles, von dem er glaubte, Bescheid zu wissen, innerhalb weniger Stunden in Luft auflösen können? Seine Schwester, mit der er seit Jahren kaum gesprochen hatte, befand sich nun im Gefängnis. Sie hatte sich von der gesamten Familie abgewandt, weil diese ihr nicht helfen konnte, ihr Wunschleben zu führen. Rhonda war der Meinung gewesen, dass sie ein leichtes Leben verdiente, und hatte alles aufgebraucht, was die Familie besaß, bis einfach nichts mehr möglich gewesen war. Jetzt waren es ihre Kinder, die den Preis zahlen mussten. Verdammt, von Penny hatte Vincent nicht einmal etwas gewusst. Abey war ein bezaubernder kleiner Junge, und nun sah er ihm beim Spielen zu.

Donald kam wieder herunter und Vincent erhob sich. „Also, was passiert als Nächstes?"

„Da gibt es Abläufe", antwortete Donald und wandte sich den beiden Jungen zu. „Alex, ihr müsst hochgehen und euch bettfertig machen. Ich habe einen von deinen Schlafanzügen für Abey herausgelegt. Ist dir das recht?"

Alex richtete sich auf. „Ja."

„Okay. Geh mit Abey nach oben und seid bitte leise. Penny schläft schon. Und wenn ihr lieb seid, habe ich einen Snack für euch, wenn ihr runterkommt."

Die Jungen eilten ohne einen Mucks hinauf.

„Ich sehe in einer Minute nach ihnen", bot Carter an.

„Ich wollte nicht vor den Kindern darüber reden. Morgen sind wir vor Gericht, um unsere Argumente vorzubringen, und es dürfte ein Kinderspiel werden. Der Richter wird sie in die Obhut des Jugendamtes übergeben und eine weitere Anhörung in dreißig Tagen ansetzen, und für Rhonda wird es Bedingungen geben, um die Kinder zurückzubekommen."

„Bleiben sie bis dahin hier?"

„Ja. Carter und ich haben die Zulassung als Notfallpflegestelle, also können sie mehrere Monate bleiben. Sollte sich herausstellen, dass Ihre Schwester nicht mehr in der Lage sein wird, die Kinder wieder zu sich zu nehmen, muss etwas anderes arrangiert werden und wir sehen uns nach möglichen Adoptiveltern um. Aber das liegt noch einige Zeit in der Zukunft."

„Aber sie hat die Kinder in einen Kofferraum gesperrt und ist mit ihnen herumgefahren." Vinny konnte sich kaum vorstellen, dass Rhonda die Kinder jemals zurückbekommen würde, nachdem sie so etwas getan hatte.

„Es ist der Ablauf. Er ist darauf ausgelegt, Familien möglichst zusammenzuhalten und ihnen die Hilfe zukommen zu lassen, die sie brauchen. Allerdings ändert sich all das, falls man Rhonda wegen fahrlässiger Kindeswohlgefährdung verurteilt. Dann kann das Gericht ihr das Sorgerecht aberkennen. Im Augenblick müssen wir kurzfristig planen. Ich kann beim Gericht beantragen, dass Sie – als ihr Onkel – ein Besuchsrecht bekommen."

„Was wäre, wenn ich mich um die Kinder kümmern möchte?" Vincent hatte gar nicht nachgedacht, sondern einfach drauflos geredet. Er hatte nie in Erwägung gezogen, Kinder zu haben oder welche zu betreuen, aber Penny und Abey brauchten ein Zuhause. Als er sich Brock zuwandte, sah er, wie dieser nickte und ihm sogar zulächelte. Er hatte nicht damit gerechnet, das noch einmal zu sehen.

Manchmal glaubte Vincent, dass es sein Schicksal war, schlechte Entscheidungen zu treffen. Wenn es mehrere Möglichkeiten gab, schien er stets die falsche zu wählen, zumindest bei Beziehungen. Ein Beispiel war nun seine Schwester: Als er sich von ihr abgewandt hatte, hatte er sich, wie sich nun herausstellte, letztendlich auch von seinem Neffen und seiner Nichte abgewandt, auch wenn er von deren Existenz nichts gewusst hatte. Er hatte sie bei einer Mutter zurückgelassen, die so gern mit einem schicken Auto durch die Gegend fahren wollte, dass sie ihre Kinder in den Kofferraum sperrte. Und die Liste der schlechten Entscheidungen ging damit weiter, dass er sich davor gefürchtet hatte zu akzeptieren, wer er war, was schließlich zum Ende seiner Beziehung mit Brock geführt hatte. Als es hart auf hart kam, hatte er die Sicherheit gewählt, anstatt zuzugeben, wer er war und wie viel Brock ihm bedeutete. Ihre Beziehung endete und Vincent ließ es einfach geschehen. Jetzt war es zu spät, auch wenn allein seine Anwesenheit im selben Raum Vincents Körpertemperatur ansteigen ließ. Beinahe unbewusst zog er sein Hemd ein wenig von seiner Haut, um sich abzukühlen.

„Zu diesem Zeitpunkt", antwortete Donald und holte Vincent aus seinen Tagträumen zurück, „müssten Sie, da Sie für die Kinder ein Fremder sind und die Kinder sich in der Obhut des Jugendamtes befinden, zunächst Pflegevater werden, und dann könnte man die Kinder bei Ihnen unterbringen. Natürlich könnten Sie auch morgen schon versuchen, beim Gericht das Sorgerecht zu erhalten, aber das müssten Sie begründen, und da Sie sie eigentlich gar nicht kennen … es wäre schwer, einen solchen Antrag zu vermitteln, und höchstwahrscheinlich vergeblich."

„Aber was, wenn meine Schwester gestorben wäre?"

„Eine andere rechtliche Situation. Würde das geschehen, würde ihr Testament wirksam werden, wenn sie eines verfasst hat. Sollte sich das Ganze hinziehen, ist es ohnehin so, dass wir uns als Erstes nach Familienmitgliedern umsehen würden. Ich kann Ihnen helfen, die Anträge auszufüllen und den Stein ins Rollen zu bringen, wenn Sie es mit dem Sorgerecht ernst meinen. Aber es gibt Dinge, die Sie dafür tun müssen. Erst einmal ist es das Wichtigste, eine Beziehung zu den Kindern aufzubauen. Das wird sehr dabei helfen, dass sie Ihnen zugesprochen werden. Sie haben einen Job?"

„Ja. Ich bin Wirtschaftsprüfer und arbeite seit fünf Jahren für dieselbe Firma. Außerdem habe ich ein Haus mit drei Schlafzimmern. Eines benutze ich als Büro, aber das würde ich ändern, damit sie beide ein eigenes Zimmer hätten."

„Ausgezeichnet. Ich besorge Ihnen morgen die Formulare, dann können Sie die ausfüllen und mir zurückgeben. Es wird auch eine Hintergrundüberprüfung geben."

„In Ordnung. Alles, was ich tun muss, um ihnen zu helfen." Vincent würde sich um eine Wiedergutmachung für einige seiner Entscheidungen bemühen. „Sie sind die einzige Familie, die mir noch bleibt."

„Was ist mit dir passiert?", fragte Brock. „Als wir zusammen waren, hattest du solche Angst davor, es deinen Eltern zu sagen, dass ich aus dem Zimmer gehen musste, wenn du mit ihnen telefoniert hast."

Vincent nahm die Schärfe in Brocks Tonfall wahr und konnte sie ihm nicht vorwerfen. Er hatte Brock wirklich schlecht behandelt. Tatsächlich wurde ihm klar, dass die einzige Person, der er noch weher getan hatte als Brock, er selbst war.

„Ich weiß, und ich war ziemlich dumm." Er wandte sich Donald zu. „Ich hatte Schwierigkeiten damit zu akzeptieren, wer ich war, und offen damit umzugehen, wie ich leben wollte." Er schluckte schwer und sah wieder Brock an. „Ich habe einige Zeit gebraucht, um alles zu begreifen, und zu diesem Zeitpunkt hatte ich dich bereits verletzt und wusste, dass es kein Zurück gab. Ich habe mich wie ein totaler Idiot gefühlt."

Brock nickte, sagte aber nichts, und Vincent konnte ihm nicht verdenken, dass er ihn nicht so einfach davonkommen ließ.

„Jedenfalls haben meine Eltern alles getan, um Rhonda zu helfen, und sie hat beinahe ihre gesamten Ersparnisse für den Ruhestand aus ihnen herausgepresst. Letztendlich musste mein Dad wieder anfangen zu arbeiten. Eines Tages kam er nach seiner Schicht nach Hause und holte meine Mutter ab, sie wollten essen gehen. Mein Vater war insulinabhängiger Diabetiker und sein Blutzuckerspiegel wurde zu niedrig. Er hat am Lenkrad das Bewusstsein verloren. Das Auto ist bei hoher Geschwindigkeit von der Straße abgekommen und gegen einen Baum geprallt, dann in Flammen aufgegangen und …" Vincent schloss die Augen. Auch wenn es schon vor etwas über drei Jahren geschehen war, fühlten sich die Emotionen noch frisch an. „Sie sind beide nicht herausgekommen."

„Oh Gott." Brock rückte etwas näher und seine blauen Augen zeigten aufrichtiges Mitleid. „Das wusste ich ja nicht."

„Wie könntest du auch? Ich meine, es war in den Nachrichten, vor allem in Harrisburg, aber es war ein Autounfall. Du hast sie nie kennengelernt und ich habe wegen meiner Angst alles getan, um dich von ihnen fernzuhalten."

Alex und Abey kamen in ihren Schlafanzügen die Treppe herunter. Alex eilte zu Donald, während Abey am Fuß der Treppe zögernd stehen blieb, als wäre er nicht sicher, zu wem er gehen sollte. Vincent stand auf und näherte sich ihm. Gott, Abey besaß Rhondas Augen und den Sorgenblick seines Opas. Er sah exakt so aus wie Vincents Vater, wenn er unsicher gewesen war, inclusive des leicht zur Seite geneigten Kopfes. Es brach Vincent fast das Herz.

Langsam beugte er sich hinunter und hob Abey in seine Arme. „Alles wird gut. Das verspreche ich dir." Abey blinzelte und Vincent hielt ihn fest an sich gedrückt. „Du wirst eine Weile hier bei Mr. Donald und Mr. Carter und Alex bleiben. Ich hoffe, das ist in Ordnung."

„Mit Penny?"

Vincent nickte. „Ja, mit Penny. Hast du wie ein richtig großer Bruder nachgesehen, ob sie noch schläft?"

Abey nickte, aber blieb steif. Vincent wusste, dass es zu früh war zu erwarten, dass er ihm vertraute oder ihn akzeptierte. Abey hatte ihn niemals richtig kennengelernt, zumindest nicht so, dass er sich daran erinnern konnte.

Donald stand mit Alex im Arm auf und Vincent folgte ihnen mit Abey in die Küche. „Ich habe ein paar Cracker und Milch für euch." Donald setzte Alex auf einen Stuhl und Vincent tat es ihm mit Abey nach. Donald brachte zwei Schüsseln mit Goldfish-Crackern und zwei kleine Gläser Milch an den Tisch. Vincent ließ sich neben Abey nieder und sah ihm stumm beim Essen zu.

„Er kommt schon zurecht", sagte Brock hinter ihm, woraufhin Vincent leicht zusammenzuckte. Er hatte ihn nicht kommen hören.

„Ihr Jungs esst euren Snack auf und dann dürft ihr euch eine Folge von den *Legofreunden* ansehen, bevor ihr ins Bett geht."

Die zwei grinsten einander an und aßen etwas schneller.

Vincent ließ sie essen und war nicht sicher, was er mit sich anfangen sollte. Er wurde hier nicht gebraucht und vielleicht war es Zeit zum Gehen. „Rufen Sie mich an, wenn Sie wissen, was das Gericht entschieden hat?"

„Ja. Geben Sie mir Ihre E-Mail-Adresse, dann schicke ich Ihnen die Formulare."

Vincent verabschiedete sich von Abey, der kaum von seinen Crackern aufsah, und dankte Donald, Carter und Brock dafür, dass sie sich um seine Nichte und seinen Neffen kümmerten, bevor er das Haus verließ. Es wurde dunkel, also eilte er zu seinem Auto und machte sich auf den fünfminütigen Nachhauseweg.

Bei seinem Haus handelte es sich um ein in den Dreißigern erbautes Dutch Colonial aus Stein, der Anbau war cremefarben verkleidet. Es war nicht extravagant, aber es war seines und er hatte eine Menge Arbeit in das Innere gesteckt, um es zu renovieren und zu einem Zuhause zu machen. Er parkte in der Auffahrt, ging zum Haus und schloss die Tür auf.

Vincent hatte sein Haus auf sehr utilitaristische, schlichte Weise eingerichtet. Er war nie ein Freund von Dekorationen oder kräftigen Farben gewesen, weshalb er sich eher an neutrale und gedeckte Farben hielt. Doch er war froh, dass es ihm gelungen war, sowohl den Parkettboden aufzuarbeiten als auch das Mauerwerk am Kamin zu reparieren. Was einst eine mit Fliegengittern eingefasste Veranda gewesen war, war nun ein gemütliches, kleines Zimmer mit einer Verkleidung aus Kiefernholz, die mit der Zeit die Farbe von Honig angenommen hatte.

Er liebte sein Haus, doch zum ersten Mal stellte er sich vor, wie es wäre, wenn Kinder auf dem Boden spielten und die Räume mit ihrem Gelächter erfüllten.

Er betrat das Wohnzimmer und stellte sich vor den Kamin, über den er ein Foto von seinen Eltern gehängt hatte, das einige Jahre vor ihrem Tod aufgenommen worden war. Es war ein schönes Bild von den beiden, lächelnd und sichtbar froh, dass sie einander hatten, bevor Rhonda ihrem Leben jegliche Freude entzogen hatte.

Die Türklingel ertönte und Vincent fragte sich, wer es um diese Zeit sein könnte. Seine Nachbarn waren nicht gerade die großen Besucher. Er öffnete die Tür und starrte in die Augen einer weiteren seiner schlechten Entscheidungen.

„Was willst du, Rory?" Vincent blieb in der Tür stehen, damit Rory nicht auf die Idee kam, dass er ihn hereinbitten würde.

„Ich weiß, dass du letztens aufgebracht warst, und ich dachte, ich schaue vorbei, um zu sehen, ob du zur Vernunft gekommen bist."

Als würde Vincent seine Meinung ändern.

„Wir hatten doch Spaß miteinander."

„Spaß? Ist das alles, woran du denken kannst?" Ein Schauer lief ihm über den Rücken und ließ sich in seinem Bauch nieder, wo er sich in Abscheu verwandelte. „Hör zu, was zwischen uns passiert ist … ist passiert, aber das war es dann auch." Er bewegte sich leicht, um über Rorys Schulter zu schauen. „Ich denke, du solltest jetzt nach Hause gehen."

Rorys Kiefermuskeln verkrampften sich und in seinen Augen blitzte Entschlossenheit auf. „Das willst du nicht wirklich."

„Doch. Das ist genau das, was ich will." Das offensichtliche Anbiedern verursachte bei Vincent den dringenden Wunsch nach einer Dusche. „Geh zurück zu der Frau, mit der du zusammenlebst, und sei entweder ehrlich zu ihr oder verlass sie. Sie verdient etwas Besseres als dein Verhalten."

„Mein Verhalten? Du hast dich nicht beschwert, als wir bei der Kreuzfahrt im letzten Winter fast eine ganze Woche miteinander verbracht haben. Es war eine fantastische Zeit und das weißt du genau. Damals habe ich dir gesagt, dass mir beide Seiten des Ufers gefallen. Es ist nicht falsch, bisexuell zu sein, weißt du?"

Vincent setzte dazu an, die Tür zu schließen. „Natürlich nicht. Es ist das Lügen, mit dem ich ein Problem habe. Ich würde darauf wetten, dass Dolores keine Ahnung von deinen Vorlieben hat – und wenn doch, ist dein Standpunkt bestimmt, dass es mit einem anderen Mann nicht zählt … oder irgend so ein Mist." Vincent schlug die Tür zu, schloss ab und lehnte sich einige Augenblicke dagegen. Er hoffte, Rory würde einfach weggehen – möglichst für immer.

Da er kein Klopfen hörte und die Türklingel stumm blieb, ging er zum Fenster und erhaschte einen Blick auf Rory, als dieser über den Gehweg verschwand.

24

Vincent machte gerne Urlaub im Winter: eine Chance, dem Schnee und der Kälte für etwa eine Woche zu entkommen. Normalerweise ging er von Florida aus auf Kreuzfahrt – im letzten Januar war er in Fort Lauderdale an Bord gegangen. Dort hatte er Rory kennengelernt und sie hatten sich großartig amüsiert. Es waren nur zwei Tage vergangen, bis sie erstmals miteinander geschlafen hatten, um dann den Rest der Kreuzfahrt damit zu verbringen, es wie die Karnickel zu treiben. Sie passten im Bett toll zusammen und Rory war wie eine Droge, von der Vincent eine Woche lang abhängig gewesen war.

Er löste seine Gedanken von dieser Erinnerung, da sie ihm jetzt nicht weiterhalf. Die Lage war nun anders und selbst damals hatte er sich keine Illusionen darüber gemacht, dass Rory und er füreinander bestimmt waren. Es war für ihn mit Rory nicht so gewesen wie mit Brock. Ihn wiederzusehen war ein Schock gewesen. Verdammt, alles am heutigen Tag war eine einzige Überraschung nach der anderen gewesen.

Vincent wandte sich um und stieg die Treppe hinauf. Seine dummen Ex-Freunde verblassten im Vergleich zu den Bedürfnissen der beiden Kinder. Er schob selbst den dumpfen Schmerz wegen Brock beiseite, von dem er geglaubt hatte, dass er längst verschwunden gewesen wäre, der aber nun mit Macht zurückgekommen war. Er ging ins Gästezimmer und überlegte, wie Abey es gern eingerichtet haben würde. Der Raum war klein und wegen der Veränderungen, die über die Jahre am Haus vorgenommen waren, etwas merkwürdig geformt, doch mit einem Einzelbett anstelle des Doppelbetts, das sich zurzeit im Zimmer befand, bliebe Platz für Abeys Sachen. Er lächelte, als er sich fragte, welche Farbe sich Abey wohl für das Zimmer wünschen würde.

Vincent schloss die Tür und ging weiter zu seinem Büro. Er würde alles herausholen und den Raum umfunktionieren müssen, aber das war in Ordnung. Ihn in einem hellen Rosa zu streichen, würde mehr Wärme bringen und Penny sicher glücklich machen. Er könnte ihr ein neues Bett kaufen. Sein Zuhause – sein Leben! – war nicht mehr dasselbe, nachdem die Kinder nun hereingekommen waren. Doch er fragte sich, ob er überhaupt wollte, dass sein Leben so blieb, wie es war. Seit einiger Zeit schon dachte Vincent über eine Veränderung nach, und nun schien ihm das Universum das Gleiche mitzuteilen.

Abey und Penny brauchten ein Zuhause, und neben seiner Schwester war er der einzige Verwandte, den sie noch hatten. Rhonda würde natürlich heftig darum kämpfen, die Kinder zu behalten – daran hatte Vincent keine Zweifel. Sie war nie eine Person gewesen, die teilte oder an andere dachte. Es ging stets darum, was sie wollte – zum Teufel mit allen anderen! –, also war die Wahrscheinlichkeit, dass sie vorrangig an die Kinder dachte, gleich null.

Es war so freundlich von Carter und Donald gewesen, ihn etwas Zeit mit den Kindern verbringen zu lassen. Sein Handy piepte, und als er es aus der Tasche zog, sah Vincent, dass er soeben eine E-Mail erhalten hatte. Es handelte sich um die Formulare, von denen Donald versprochen hatte, sie ihm zu besorgen.

Da er nichts anderes zu tun hatte, als sich Sorgen um die Kinder zu machen, setzte sich Vincent an seinen Computer, rief seine E-Mails auf und öffnete die Formulare. Er starrte sie an, atmete tief durch und begann, sie auszufüllen.

„VINCENT, ICH brauche dich sofort in meinem Büro", sagte seine Vorgesetzte Louise, die Leiterin der Kreditorenbuchhaltung, als sie an seinem Büro vorbeikam. Louise bewegte sich stets mit einer Geschwindigkeit von einer Million Stundenkilometern und manchmal vermutete er, dass sie zum Teil Kolibri war.

Vincent speicherte das Rechnungsbuch, das er gerade geprüft hatte, und sperrte seinen Computer, bevor er Louise in ihrem Büro aufsuchte.

„Schließ die Tür."

Das klang nicht gut.

„Ich komme gerade aus einer Besprechung mit Kenny" – dem Leiter Rechnungswesen – „und er sagte, du hättest einige Fehler entdeckt."

„Ja. Einige Einträge waren fehlerhaft, also habe ich die Rechnungen überprüft und dafür gesorgt, dass die Überzahlungen erstattet wurden." Das war schließlich seine Aufgabe.

„Warum wurde ich nicht über die Korrekturen informiert?"

Diese Art von Gespräch ist es also. „Weil ich die ständig vornehme. Ich versuche immer zu gewährleisten, dass unsere Aufzeichnungen korrekt sind. Deshalb hat man mir diesen Posten gegeben." Tatsächlich hatte sich Vincent häufig gefragt, ob er diese bestimmte Stelle bekommen hatte, weil die Führungsebene der Meinung war, dass Louise ihre Aufgaben nicht erfüllte und die Abteilung schlampig arbeitete. Doch das behielt er für sich.

„Nun, die Korrekturen, die du vorgenommen hast, waren …"

„Was?" Vincent hatte allmählich genug hiervon.

„Offenbar hast du einige Ungenauigkeiten korrigiert, die die Folge eines formalen Fehlers waren, und jetzt wird alles genau überprüft. Kenny hat das Revisionsteam gebeten, sich einzuschalten und die Dinge anzusehen." Sie war eindeutig nicht glücklich. Das sah definitiv nicht gut für sie aus. Sie war die Leiterin, verantwortlich dafür, welche Vorgehensweisen das Team nutzte.

„Was erwartest du jetzt von mir? Ich habe dir schon früher gesagt, dass wir ungenaue Buchungen und Zahlungen bekommen. Sie geben einfach die Rechnungen ein, ohne sie sich tatsächlich anzusehen oder sie zu lesen. Wir haben eher für Abrechnungen anstelle richtiger Rechnungen bezahlt."

Sie schürzte leicht die Lippen und schien gerade ihre Verärgerung an ihm auslassen zu wollen, als sie von einem energischen Klopfen an der Tür unterbrochen wurde.

Die Tür öffnete sich und Kenny steckte den Kopf herein. „Gut, genau die Personen, die ich sehen wollte. Vincent, könntest du in mein Büro gehen? Ich muss erst kurz mit Louise reden, dann mit dir."

Vincent stand auf, verließ den Raum und schloss die Tür hinter sich. Er ging direkt die Reihe der Büros entlang bis zu dem von Kenny, wobei er an Kennys Assistentin Deanna vorbeikam, die den Kopf gesenkt hatte und sich bemühte, extrem beschäftigt zu wirken. Deanna wusste immer alles, was vor sich ging, und ihre Lippen waren so versiegelt wie bei keinem anderem. Nichts wurde von ihr weitergegeben und die Gerüchteküche wurde im Keim erstickt, wenn sie sie erreichte. Doch es gab Hinweise, so wie jetzt. Allerdings würde sie sich nicht auf ein Gespräch einlassen, also hatte es keinen Sinn, danach zu fragen.

„Kenny sagt, ich soll in seinem Büro warten."

„Kein Problem", antwortete sie, als hätte sie ihn erwartet. Sie winkte ihn hinein und er hörte das rasche Klappern von Tasten, als sie tippte.

Er setzte sich, und einige Minuten später kam Deanna mit zwei Tassen Kaffee herein. Eine stellte sie auf Kennys Schreibtisch, die andere reichte sie Vincent. Der war schon mehrmals in diesem Büro gewesen, aber das war noch nie passiert. Kurz darauf rauschte Kenny herein, schloss die Tür und ließ sich auf seinem Lederbürostuhl nieder. Kenny war Anfang fünfzig, ein wenig kräftig und ein ehrgeiziger Geschäftsmann, besaß allerdings auch einen großartigen Charakter. Vincent mochte Kenny und sie hatten sich immer gut verstanden.

„In eurer Abteilung haben wir ein echtes Problem. Wir überzahlen, und das muss aufhören. Ich glaube, um einen Teil der Probleme habe ich mich soeben gekümmert: Louise ist unten in der Personalabteilung und ihr Büro wird am Ende des Tages geräumt sein. Ich möchte, dass du ihren Posten übernimmst." Kenny beugte sich vor. „Ich befördere dich, weil du derjenige warst, der dafür gesorgt hat, dass die Arbeit erledigt wird. Du musst umgehend ein Trainingsprogramm in Angriff nehmen und Überprüfungsverfahren einrichten, um für korrekte Zahlungen zu sorgen. Deine aktuelle Stelle schreiben wir aus."

„Einfach so?" Vincent war nicht sicher, was er sonst sagen sollte.

Kenny lehnte sich auf seinem Stuhl zurück und trommelte mit den Fingern auf den Schreibtisch. „Außer du willst die Stelle nicht. Ich habe Louise schon länger beobachtet. Sie war eine gute Leiterin, wurde aber eher befördert, weil sie an der Reihe war, und nicht wegen hervorragender Arbeit. Du leitest deine Leute an, achtest auf sie und sorgst dafür, dass sie ihre Aufgaben richtig erledigen. Und genau das musst du hier tun, nur im größeren Rahmen. Die gesamte Abteilung benötigt eine Menge Arbeit. Das traue ich dir zu."

Vincent lächelte. „Danke." Er hoffte, es war gerechtfertigt, und würde alles tun, um sich Kennys Vertrauen zu verdienen.

„Ich gebe es morgen bekannt. Heute wird es ein Durcheinander wegen Louises Kündigung geben, aber morgen werden wir alles dafür in die Wege leiten, wie wir die Abteilung in Zukunft aufbauen." Kenny erhob sich und streckte seine Hand aus. Er schüttelte sie kräftig. „Nur behalt es bitte bis morgen für dich."

„Klar." Vincent verließ das Büro zusammen mit seinem Kaffee und kehrte in sein eigenes zurück, wo er sich setzte und gleich wieder an die Arbeit machte.

Die Buchhaltungsabteilung war in Personengruppen aufgeteilt, die sich um die verschiedenen Aufgabenbereiche kümmerten, und daher eine Brutstätte für Tratsch. Vincent hatte gelernt, dass jeder jeden beobachtete. Deshalb würde alles Ungewöhnliche bemerkt werden, vor allem angesichts der Kündigung von Louise. Es dauerte nicht lange, bis die Neuigkeit durchsickerte, zusammen mit dem Tratsch über ihren Ersatz. Da Vincent nie wirklich Teil der Gerüchteküche gewesen war, fiel es ihm leicht, überwiegend unauffällig zu bleiben.

Am Nachmittag klingelte sein privates Handy und er nahm es vom Schreibtisch. Es war keine Nummer, die ihm bekannt vorkam. „Hallo?"

„Vincent, hier ist Donald. Ich rufe wegen der Formulare an, die ich geschickt habe. Haben Sie die bekommen?"

„Ja, und sie sind größtenteils ausgefüllt. Heute Abend erledige ich den Rest und sende sie zurück. Soll ich sie per E-Mail schicken?"

„Unten steht eine Faxnummer. Da sie unterschrieben werden müssen, ist das der einfachste Weg, sie an die richtige Adresse zu senden. Dann werfen Sie die unterschriebenen Originalexemplare in den Briefkasten und ich kümmere mich um den Rest. Haben Sie zwei fertige Schlafzimmer?"

„Nein. Aber ich habe gestern Abend schon Pläne gemacht und wollte jetzt die nötigen Möbel besorgen."

„Wenn jemand für den Hausbesuch kommt, müssen Sie diese haben. Man wird sehen wollen, dass das Haus bereit ist und sicher für die Kinder."

„Im Garten gibt es sogar einen eingezäunten Bereich, sodass sie gefahrlos dort spielen können." Vincent hatte sich nie Gedanken darüber gemacht, sein Haus kindersicher einzurichten, weshalb vermutlich noch einiges für ihn zu tun blieb. „Vielleicht könnten Sie vorbeikommen und mir sagen, was nötig ist? Ich habe immer allein gelebt, also habe ich bei der Einrichtung nicht an Kinder gedacht." Anscheinend würde er so einiges an seinem Leben ändern müssen.

In seiner Tür tauchte Michelle auf, die zu seinem Team gehörte, weshalb er das Gespräch zügig beenden musste.

„Das kann ich tun. Rufen Sie mich an, wenn Sie zu Hause sind, dann schaue ich vorbei." Donald gab ihm seine Privatnummer, die Vincent sich notierte.

Dann legte er auf und winkte Michelle in sein Büro, um sich einige Berichte anzusehen, mit denen sie Schwierigkeiten gehabt hatte.

DER REST des Nachmittags war hektisch bis zum Gehtnichtmehr. Nachdem sich die Neuigkeiten bezüglich Louise im Büro herumgesprochen hatten, folgten natürlich tonnenweise Spekulationen über ihren Nachfolger. Offenbar hielt kaum jemand viel von ihr. Obwohl Vincent glücklich über diese Aufstiegschance war, hatte er nicht vor, seine Frustration über sie offen zu äußern. Es wäre ihm unprofessionell vorgekommen.

Am Ende des Tages war Vincent hundemüde. Er hatte seine Aufgaben erledigt und gleichzeitig, ohne es sich anmerken zu lassen, so lange wie möglich an einer Strategie gearbeitet, um die Abteilung auf Vordermann zu bringen. Es gab eine Reihe von Änderungen, die er durchführen wollte, also skizzierte er seine Ideen und würde sie noch verfeinern, bevor er seinen Plan von Kenny genehmigen ließ.

Die Heimfahrt wurde zu einem Albtraum. Auf dem Freeway staute sich der Verkehr und er erreicht erst gegen sechs sein Haus. Er seufzte und rief Donald an, noch bevor er im Haus war. Vincent hatte noch einiges erledigen wollen, doch Donald teilte ihm mit, dass die Kinder soeben mit dem Essen fertig wären und er so bald wie möglich eintreffen würde. Vincent aß zur Überbrückung ein paar Cracker mit Käse, räumte das Geschirr weg und füllte den Rest der Formulare aus, bevor die Türklingel ertönte. Eigentlich hatte er nicht mit einer Flutwelle von Menschen gerechnet, doch Donald stand mit allen drei Kindern und Brock vor der Tür.

„Carter wurde gerufen, um bei einem Hacker-Fall zu helfen. Er wollte auf die Kinder aufpassen, doch daraus wurde nun nichts, also hat sich Brock bereit erklärt mitzukommen. Ich hoffe, das ist okay."

„Natürlich." Vincent trat zur Seite, um sie alle hereinzulassen.

„Ich habe Malbücher und Buntstifte mitgebracht. Ich dachte, sie könnten malen, während wir uns unterhalten. Brock bleibt bei ihnen." Donald trug eine Tasche, die groß genug für einen Wochenendaufenthalt aller Anwesenden gewesen wäre.

„Klar. Das Esszimmer ist hier drüben." Vincent gestikulierte und Brock hob Penny in seine Arme. Sie hielt sich an ihm fest und legte ihm den Kopf auf die Schulter.

Brock sah heute noch atemberaubender aus als zu Collegezeiten. Seine Schultern waren breiter und er war kraftvoller, doch seine Augen hatten denselben eindringlichen Blick und sein kurzes braunes Haar versuchte immer noch, sich ein wenig zu locken. Vincent erinnerte sich an die Zeit, als es länger gewesen war und er mit den Fingern hatte hindurchfahren können.

„Dieses kleine Mädchen ist etwas Besonderes", sagte Brock.

„Sie scheint von dir angetan zu sein."

Donald stellte die Tasche auf dem Tisch ab, während beide Jungen auf Stühle kletterten. „Sowohl sie als auch Abey haben an ihm Gefallen gefunden. Ich glaube, es liegt daran, dass er sie gerettet hat. Beide Kinder sind sehr ruhig. Penny kann sprechen, tut es aber nicht oft, und ich glaube, das hat damit zu tun, dass deine Schwester das nie gefördert hat. Das, und Abey spricht häufig für sie."

„Was ist mit Rhonda?"

„Sie ist noch im Gefängnis. Die Kaution wurde festgesetzt, aber sie ist ziemlich hoch, und ich glaube, sie wird noch begutachtet." Donald nahm Malbücher und Stifte aus der Tasche sowie eine große Plastiktischdecke, die er auf dem Tisch ausbreitete. Nachdem er alles verteilt hatte, machten sich die Jungen an die Arbeit. „Wenn ihr euch beide gut benehmt, habe ich Kekse für euch."

Alex und Abey sahen lächelnd von ihren Bildern auf. „Wir benehmen uns, Daddy", versprach Alex und widmete sich wieder dem Malen. Abey nickte stumm und griff nach einigen Buntstiften.

„Na los. Besprecht alles Wichtige, was ihr besprechen müsst." Brock ließ Penny auf seiner Hüfte wippen und kitzelte ihren Bauch, woraufhin sie lachte. Es war ein wohlklingender Laut, an den Vincent sich hätte gewöhnen können, und er wünschte sich, sie hätte seinetwegen gelacht.

„Okay. Wir brauchen nicht lange." Donald sah sich im Esszimmer um und durchquerte dann den Flur zum Wohnzimmer. „Deine Möbel wirken stabil – das ist gut. Penny braucht eine Sitzerhöhung, weil sie noch ein wenig zu klein ist, aber sie kann allein essen." Donald zeigte auf die Steckdosen. „Besorg Kindersicherungen für die offenen Steckdosen, und die Küchenschränke, in denen sich Chemikalien befinden, müssen verriegelt sein. Vielleicht ein paar abschreckende Aufkleber. Mit Penny könnte man eigentlich beginnen zu üben, auf das Töpfchen zu gehen, aber das könnte jetzt etwas zu viel sein. Carter und ich werden einfach mal damit anfangen. Ich glaube nicht, dass es schwierig wird. Beide Kinder sind sehr aufgeweckt."

„Was muss sonst noch getan werden?" Vincent folgte Donald mit einem Zettel und Bleistift für Notizen in den kleinen Familienraum. „Ich dachte mir, das hier könnte ein Spielzimmer werden."

„Das würde ich nicht empfehlen. Das Holz an den Wänden wird Bunt- und Filzstifte nicht gut überstehen und Kinder neigen manchmal zu so etwas. Besorg eine Spielzeugkiste, in der sie ihre Spielsachen aufbewahren können, wenn sie nicht damit spielen. Heb den größten Teil der Spielzeuge in ihren Zimmern auf. Leg von Anfang an Regeln fest und ändere sie nicht." Donald sah sich die Fenster an und auf dem Weg hinaus auch die Haustür. „Großartig. Das Schloss befindet sich außerhalb ihrer Reichweite. Letzte Woche wurde ich zu einem Haus gerufen, denn eine Vierjährige hat um zwei Uhr morgens auf der Straße gespielt, weil sie aufgestanden und allein hinausgegangen ist, während ihre Mutter geschlafen hat. Wie sieht es an der Hintertür aus?"

„Genauso." Vincent führte Donald durchs Esszimmer und bemerkte, dass Brock ihn beobachtete. Wärme durchströmte ihn, auch wenn er sich bemühte, nicht allzu sehr darauf zu reagieren. Brock lächelte ihm sogar zu, was Vincent erwiderte.

„Was läuft da zwischen euch beiden?", wollte Donald wissen.

„Wir waren vor längerer Zeit eine Weile zusammen, aber ich habe es vermasselt." Vincent hörte auf, aus dem Augenwinkel Brock zu beobachten, und konzentrierte sich wieder darauf, was Donald gerade über die Sicherung der Kühlschranktür sagte.

„Dad-dy", rief Alex und Donald eilte davon. Offenbar gab es irgendeine Form von Krise, die Brock nicht bewältigen konnte.

„Was du tust, ist etwas Wunderbares", sagte Brock, der nun Donalds Platz an Vincents Seite einnahm. Er deutete in Richtung Esszimmer. „Alex und Abey haben eine Meinungsverschiedenheit darüber, wer gerade einen bestimmten Blauton benutzen darf."

„Und das konntest du nicht klären?", neckte Vincent.

„Anscheinend nicht. An der Polizeiakademie habe ich einen Kurs zu Verhandlungen bei Geiselnahmen gemacht, aber diese Jungs übersteigen meine Fähigkeiten." Brock sah sich in Vincents kleiner Küche um. „Das ist ein tolles Haus."

„Danke. Ich habe es vor sechs Monaten gekauft und beinahe jede freie Stunde daran gearbeitet. Letzte Woche habe ich einen Rundgang wegen kleinerer Projekte gemacht, denn die größeren Vorhaben hatte ich alle erledigt. Ich habe alle Zimmer gestrichen und das Holz im Familienzimmer aufgearbeitet. Anschließend habe ich den Kamin gereinigt und den Ruß entfernt. Ich habe sogar mein Büro eingerichtet."

„Wo soll das jetzt hin?"

„In den Keller, denke ich. Die Kinder brauchen ihre Zimmer, und sie sind wichtiger." Vincent spähte um die Ecke, da Alex gerade eine Art Anfall zu haben schien, während Donald versuchte, ihn zu beruhigen. Abey sah von seinem Stuhl aus zu und Penny malte sorglos weiter, ohne auch nur im Geringsten zu beachten, was um sie herum geschah.

„Ich schätze, das bedeutet für dich eine große Veränderung."

„Ja. Aber …" Er seufzte und sah Brock an. „Ich bin nicht mehr die Person, die ich war, als wir uns kennengelernt haben. Ich war extrem egoistisch und habe zugelassen, dass meine Angst etwas Besonderes ruiniert hat."

Brock zog skeptisch die Augenbrauen hoch. „Wären wir etwas so Besonderes gewesen, bezweifle ich, dass du es so leicht hättest hinter dir lassen können."

Mit dieser Reaktion hätte Vincent rechnen sollen. „Es war nicht leicht. Ich hatte Angst davor, mich meinen Eltern gegenüber zu outen, und nun sind sie fort." Er wandte sich wieder dem Esszimmer zu, wo Donald Alex dazu gebracht hatte, sich auf seinen Stuhl zu setzen und zu malen, als wäre nichts gewesen. „Ich weiß, dass ich im Unrecht war. Ich hätte bereit sein sollen, mich im Spiegel anzusehen und zu akzeptieren, wer ich war."

„Also hast du das mittlerweile getan?" Brock verschränkte seine Arme vor der Brust. Verdammt, das war ein echt schöner Anblick, und Vincent hätte ihn ausgiebig genossen, wenn seine Gedanken nicht mit anderen Dingen beschäftigt gewesen wären.

„Ja. Ich weiß, wer ich bin, und dich zu verlieren war eines der Dinge, die geholfen haben, mir die Augen zu öffnen."

„Du willst mir also sagen, dass unsere Trennung ein Fehler war, den du immer bereut hast, und jetzt, da du mich wiedergesehen hast … was?"

Vincent schluckte. Das war eine Eigenschaft von Brock, an die er sich erinnerte, nur dass er jetzt noch wesentlich energischer wirkte. Er war schon immer geradeheraus gewesen, der Typ, der die Dinge direkt anging. „Wie ich sehe, hast du dich nicht sehr verändert." *Tja, abgesehen vom extrascharfen Aussehen.* „Du hast schon immer gesagt, was du denkst."

„Ich weiß gern, wo ich stehe."

„Das tust du." Vincent lächelte. „Ich auch. Damals wusste ich es nicht zu schätzen, aber jetzt schon." Er machte einen Schritt vorwärts, hielt Brocks eindringlichem Blick unbeirrt stand. Er hatte nicht vor, auch nur eine Sekunde lang nachzugeben.

Spannung baute sich zwischen ihnen auf. Vincent fragte sich, ob Brock ihn küssen würde. Verdammt, entweder das oder er wollte ihn von sich aus küssen. Ihm war egal, wer begann. Er wollte nur ein paar Küsse – und dann eine ganze Menge mehr. Doch das Recht dazu hatte er vor langer Zeit verwirkt und er war nicht sicher, was er noch sagen sollte.

„Du musstest schon immer deinen Kopf durchsetzen", knurrte Brock leise.

„Musst du gerade sagen, Mr. Supercop." Vincent war entschlossen, ihm Paroli zu bieten. „Du bist der Inbegriff davon, seinen Kopf durchzusetzen."

Da begann Penny zu weinen, also wandte Vincent sich ab und eilte ins Esszimmer. Er hob sie von ihrem Stuhl und sie beruhigte sich für einige Sekunden, nur um sich dann wieder aufzuregen.

„Lass es mich versuchen."

Vincent reichte sie an Brock weiter und sie beruhigte sich augenblicklich.

„Du kannst dich mit ihr ins Wohnzimmer setzen, wenn du möchtest. Es wäre bequemer." Vincent wünschte, Penny wäre ihm so zugetan wie Brock. Aber er musste ihr Zeit geben. Penny hatte eine Beziehung zu Brock aufgebaut, was ihr vermutlich guttat, auch wenn Vincent nicht verhindern konnte, dass er ein wenig neidisch war. Dennoch deutete er auf die Tür und Brock betrat das Wohnzimmer und ließ sich auf dem Sofa nieder, wobei er ruhig mit Penny sprach.

Donald folgte ihnen und nutzte die Gelegenheit, um leise mit Vincent zu reden. „Die Kinder haben viel durchgemacht. Abey hat mich gefragt, wohin die Männer gestern seine Mama gebracht haben. Er musste zusehen, wie sie verhaftet wurde, und fragt mindestens fünf oder sechs Mal am Tag nach ihr. Die Dinge, die er in seinem Alter wissen sollte, wurden ihm nicht beigebracht."

„Schickst du sie in eine Kindertagesstätte?"

„Ja. Und ich gebe dir den Namen, damit du es weiterhin tun kannst, wenn du willst. Ich habe außerdem herausgefunden, dass der erste Gerichtstermin für die Kinder morgen Mittag ist. Du musst nicht unbedingt dabei sein. Es handelt sich um eine geschlossene Verhandlung, bei der wir unsere Argumente für eine dreißigtägige Begutachtung von Rhonda vorbringen. Nach dem, was sie getan hat, werden Monate vergehen, bevor sie sie zurückbekommen kann. Der Richter wird grundsätzliche Bedingungen festlegen, die sie erfüllen muss, damit man ihr die Kinder wieder überlässt. Es ist ein langer Prozess."

Vincent nickte. Er hatte nichts anderes erwartet. „Darauf bin ich gefasst."

„Gut. Ich möchte, dass du vorbereitet bist. Irgendwann wird man Rhonda vermutlich beaufsichtigten Besuch erlauben. Es wird kein Zuckerschlecken, und wenn sie sich richtig verhält und tut, was sie soll, dürfte sie das Sorgerecht wiederbekommen."

„Ich weiß. Aber ich muss für die Kinder tun, was ich kann, und bitte versteh das nicht falsch, aber ich finde, sie sollten möglichst bei ihrer Familie aufwachsen."

„Schon gut, da stimme ich zu. Solange es jemanden gibt, der dafür geeignet ist, und diese Voraussetzung erfüllst du definitiv." Donald ging zu Abey und Alex hinüber, die noch immer malten. „Jungs, es wird allmählich Zeit zum Heimgehen."

„Zu meiner Mama?", fragte Abey sofort, woraufhin Vincent ohne Nachdenken vortrat.

„Ich weiß, dass du zu deiner Mama möchtest, aber ich bin dein Onkel Vinny und ich bin für dich da." Er schloss Abey in die Arme und hätte am liebsten mit ihm geweint, als der kleine Junge in Tränen ausbrach.

„Ich will Mama." Abey klammerte sich an ihn und schluchzte.

„Alles wird gut, das verspreche ich dir." Er hob den Blick zu Donald und spürte, wie ihm Tränen über die Wangen liefen. Das war beinahe mehr, als er ertragen konnte. Die Kinder brauchten einen festen Wohnort. Ja, Abey wollte zu seiner Mutter, doch was Abey wirklich brauchte, war eine Familie und ein Zuhause. Dafür würde Vincent sorgen. „Ich weiß … ich weiß." Obwohl Vincent so erfreut darüber gewesen war, dass Donald die Kinder mitgebracht hatte, fragte er sich nun, ob es eine gute Idee gewesen war. Vor allem anderen benötigten sie Konstanz.

Eine kräftige Hand legte sich auf Vincents Schulter. Es dauerte eine Sekunde, bis er begriff, dass es Brock war, der stumme Unterstützung und Trost spendete. Nach ihrem Gespräch hatte Vincent damit gerechnet, dass Brock ihn links liegen lassen würde. Zwar glitt die Hand von seiner Schulter, als auch Penny unruhig wurde, aber Vincent wusste, dass sie nun für einen besseren Zweck eingesetzt wurde.

„Ich packe alles zusammen und dann bringen wir die Kinder nach Hause. Sie sind müde." Donald legte die Buntstifte wieder in ihre Schachtel und brachte Alex dazu, ihm beim Falten der Tischdecke zu helfen. Alles verschwand in Donalds Version einer Mary Poppins' Tasche. „Morgen ist der Gerichtstermin und die Kinder müssen dabei sein."

„Ich bemühe mich, dabei zu sein." Vincent folgte Donald zum Van hinaus und setzte Abey auf seinen Sitz. Alex kletterte auf seinen und Brock kümmerte sich um Penny. Damit war die Rückbank des Vans voll, doch die Kinder waren jetzt ruhig und Vincent verabschiedete sich von allen dreien, bevor er sich zurückzog und die Autotür schloss.

„Brock, danke, dass du sie gerettet und ihnen geholfen hast." Die ganze Situation brach ihm das Herz. Er und Rhonda hatten sich voneinander ferngehalten.

Vincent hatte sich distanziert, weil sie stets von Chaos umgeben war, und sie war weggeblieben, weil Vincent ihr nicht sagte, was sie hören wollte. Er hatte versucht, ihr Hilfe zu besorgen und sie dazu zu bringen, sich an Ärzte zu wenden, die ihre Medikamente richtig anpassen konnten. Stattdessen hatte Rhonda nur nach Geld gefragt und weitergemacht wie zuvor. Rhonda war eine Leugnerin. Sie leugnete, dass sie ein Problem hatte, und traf weiterhin dieselben schlechten und nun auch gefährlichen Entscheidungen. Vincent hatte mit den Turbulenzen nicht umgehen können, also hatte er sich distanziert. Doch er hatte nicht berücksichtigt, wie sich dieser Entschluss auf die Kinder auswirken würde.

„Geht es dir gut?", fragte Brock, während er die Beifahrertür öffnete.

„Das wird es wieder." Das Ganze traf ihn heftig. Als Brock einstieg, trat Vincent zurück. Er blieb am Bordstein stehen, winkte den Kindern und sah zu, wie der Van davonfuhr und hinter der nächsten Ecke verschwand.

Anschließend ging Vincent hinein und schloss für die Nacht ab. Er schaltete den Fernseher im kleinen Familienzimmer ein und machte es sich für einen Abend mit anspruchsloser Unterhaltung gemütlich. Er sah sich eine Folge einer Kochsendung an, konnte sich allerdings an absolut nichts davon erinnern, sobald sie vorbei war. Die Türklingel riss ihn aus seinen Grübeleien und er ging zur Tür.

Die letzte Person, die er auf seiner Türschwelle erwartet hatte, war Brock. Vincent öffnete die Tür und ließ ihn herein. „Ist was mit den Kindern?" Es war das Einzige, was er sich vorstellen konnte.

„Nein. Donald hat sie beide ins Bett gebracht und sie schlafen. Ich bin vorbeigekommen, um zu sehen, ob es dir gut geht." Brock schloss die Tür hinter sich. „Ich weiß, dass die ganze Situation ziemlich aufwühlend ist …" Er hielt inne. „Ich stecke meine Nase wahrscheinlich in Angelegenheiten, die mich nichts angehen, aber was du tust, ist ziemlich fantastisch."

„Noch tue ich nichts. Ich habe die Formulare ausgefüllt und Donald zugeschickt, damit sie bearbeitet werden können. Ich muss noch einkaufen gehen, um alles für ein kindersicheres Haus zu besorgen."

„Du sorgst dich. Genau das brauchen diese Kinder. Ich habe deine Schwester im Gefängnis besucht und mich mit den Leuten dort unterhalten. Sie sagen, sie hat sich nicht nach den Kindern erkundigt, außer um zu fragen, wann sie vermutlich freikommt. Sie lebt in ihrer eigenen Welt."

„Wie schlimm ist es?"

„Man wirft ihr vorsätzliche Kindeswohlgefährdung und Fahren unter Drogeneinfluss vor. In ihrem Blut wurden Arzneimittel gefunden. Ich halte es für möglich, dass sie für einige Zeit in die psychiatrische Abteilung eingewiesen wird. Vieles kann passieren. Aber vorerst ist sie im Gefängnis."

„Was soll ich tun?" Allmählich fühlte sich Vincent überwältigt. Dieser Tag war eine unglaubliche Gefühlsachterbahn gewesen. Bei der Arbeit befördert zu werden und die Chance seines Lebens zu bekommen, aber auch Rhonda mit ihren Problemen und die Kinder …

„Du tust es schon. Abey hat Gefallen an dir gefunden und das wird Penny auch bald."

„Dich mag sie jedenfalls." Vincent deutete auf das Wohnzimmer und schaltete den Fernseher aus, bevor er sich zu Brock setzte, der sich auf seinem Sofa niedergelassen hatte.

„Sie hatten beinahe Todesangst, als ich sie aus dem Kofferraum befreit habe. Da drin war nicht viel Platz, und das ist vermutlich der Grund dafür, dass sie nicht verletzt waren. Aber …" Das Beben in Brocks Stimme war etwas, das Vincent nie zuvor gehört hatte. „Ich wusste nicht, ob ich weinen oder deine Schwester in Stücke reißen sollte. Jeder, der das seinen eigenen Kindern antun würde …" Die plötzliche Schwäche und Brocks Bereitschaft, sie offen zu zeigen, überraschten Vincent.

„Ich weiß genau, wie du dich fühlst. Jedes Mal, wenn ich sie sehe, muss ich daran denken, was meine Schwester getan hat, und mir wird kalt. Manchmal möchte ich nur schreien. Wenigstens musste ich es nicht sehen. Obwohl hin und wieder meine Fantasie mit mir durchgeht."

Brock seufzte. „Ich war gewarnt, weil uns gemeldet worden war, dass deine Schwester die Kinder in den Kofferraum gesperrt hat. Wir alle hielten nach dem Auto Ausschau und ich habe sie vorsichtig angehalten. Aber als ich den Kofferraum öffnete und in zwei verängstigte, unschuldige Augenpaare schaute, war ich einen Augenblick lang unsicher, ob ich für diese Arbeit geeignet bin." Er wandte sich ab und Vincent wusste, dass es an seinen Gefühlen lag. Brock war eine sehr reservierte Person. Vincent erinnerte sich daran, dass Brock stets versucht hatte, seine Gefühle unter Kontrolle zu halten, also war es ermutigend, aber auch ein Zeichen dafür, wie sehr ihn das Ganze bewegte, dass er Vincent erlaubte, ihn so zu sehen.

„Ich würde gern glauben, dass sie darüber nachdenken, wie ihre Mutter ihnen das antun konnte, aber danach zu urteilen, wie sie nach ihr fragen, haben sie keine Verbindung hergestellt."

„Das würde ich auch nicht denken. Sie ist ihre Mutter und sie haben getan, was sie ihnen gesagt hat. Plötzlich wird Mama fortgebracht und sie müssen bei Fremden wohnen und alles, was sie kannten, hat sich verändert." Brock seufzte leise. „Ich bin nicht hergekommen, um all das bei dir abzuladen. Ich wollte sichergehen, dass du in Ordnung bist. Es sind riesige Veränderungen, die in dein Leben kommen werden. Und ich weiß, dass du mit Veränderungen nicht besonders gut zurechtkommst", sagte Brock, ohne verärgert oder vorwurfsvoll zu klingen.

„Nein. Vermutlich nicht." Deshalb hatte er sich für einen geregelten Berufsalltag in der Wirtschaftsprüfung entschieden. Es war notwendig und er war gut darin. Aber vor allem waren seine Tage vorhersehbar. Er konnte ziemlich genau einschätzen, was an jedem einzelnen passieren würde. Vincent wusste, dass er ein langweiliger Mensch war und dazu neigte, den sicheren Weg zu wählen. „Ich glaube, deshalb habe ich dich von mir gestoßen. Ich wollte wie jeder andere sein und nicht den Umbruch und die Strapazen erleben, die damit einhergegangen

35

wären … allen zu sagen, dass ich schwul bin. Also habe ich dich zurückgewiesen und weiterhin eine Lüge gelebt, bis kurz vor dem Tod meiner Eltern. Dann wurde mir klar, was ich tat."

„Darf ich nach dem schicken Auto fragen? Es wirkt nicht wie eins, das du fahren würdest. Ich habe dich immer für den Typ Volvo gehalten." Brock grinste frech.

„Es war ein Geschenk an mich selbst, als ich vor einigen Jahren das erste Mal befördert wurde. Ich bin normalerweise gelassener, als du mich gestern erlebt hast. Bei der Arbeit gab es Probleme und ich habe mich gehen lassen … Im Grunde habe ich mich wie ein ziemliches Arschloch verhalten. Es überrascht mich, dass du nicht die Handschellen ausgepackt hast." Vincent lachte leise.

„Ich erinnere mich nicht daran, dass du auf so etwas stehst." Brock grinste ihn an und Vincent war erleichtert über die Heiterkeit, mit der er die Stimmung auflockerte. „Ist das neu? Magst du jetzt gewagtere Sachen? Wenn ja, habe ich ein schönes Paar Handschellen."

„Mag ich nicht, aber ist das eine Art Angebot? Vielleicht bist du derjenige, der es jetzt gewagter mag."

„Ich war nicht derjenige, der Handschellen erwähnt hat."

„Aber du warst derjenige, der in diese Richtung gedacht hat. Irgendwoher muss das kommen." Vincent musterte Brock und lächelte. „Du hast im Bett Dinge mit Handschellen gemacht, stimmt's?"

Brock errötete.

„Verflixt! Warst du der Fesselnde oder der Gefesselte?" Vincent wackelte mit den Augenbrauen, was Brock noch heftiger erröten ließ. „Der Gefesselte?", riet er, doch Brock schüttelte den Kopf.

„Ich hatte einen Freund – kurz –, der auf so etwas stand. Es hat nicht lange gehalten, weil er Sachen wollte, die ich nicht mag. Handschellen sind Teil meiner Arbeit und die ist ernst." Brock grinste. „Wie würde es deiner Meinung nach aussehen, wenn ich anfinge, Handschellen und Ähnliches mit Sex zu assoziieren? Kannst du dir vorstellen, wie es wirken würde, wenn ich jedes Mal einen Ständer bekäme, wenn ich jemanden verhaften muss?"

Vincent dachte einige Sekunden darüber nach, wobei wilde Bilder in seinem Kopf aufblitzten, bevor er in schallendes Gelächter ausbrach. „Sie haben das Recht zu schweigen … *boing* …" Er kicherte und Brock stimmte mit ein.

„Siehst du? Es wäre nicht gut für meine Personalakte, wenn ich bei jeder Verhaftung kleine, alte Damen erschrecke."

„Oder wenn dir eine Schar von Frauen und schwulen Männern folgen würde, die nur darauf wartet. Kannst du dir das vorstellen? Polizisten-Groupies!" Vincent liebte es, wie sie zusammen lachen konnten. Das hatten sie schon früher getan, und es war eines der Dinge gewesen, weshalb sich Vincent zu Brock hingezogen gefühlt hatte. Ihre Beziehung war mehr als nur Sex gewesen. Sie hatte aus Kameradschaft, Gelächter und Spaß bestanden. Er hatte gern Zeit mit Brock verbracht und er wusste, dass er es aus Furcht fortgeworfen hatte. Er war mit anderen Männern zusammen gewesen – oder eher mit ihnen ausgegangen – und mit vielleicht einer Ausnahme hatte es mit Sex und nicht viel mehr geendet. Brock war anders gewesen.

„Genau, was ich brauche", scherzte Brock. „Ich bin froh, dass es dir gut geht und dass du versuchen willst, die Kinder aufzunehmen. Sie sind so bezaubernd. Ich habe nicht allzu viel Zeit mit ihnen verbracht, aber sie sind beide fantastische Kinder und verdienen etwas so viel Besseres, als sie erleben mussten."

„Ich gebe mein Bestes." Vincent war nicht sicher, was er sonst sagen sollte. Er hatte versucht zu erklären, was passiert war, und bereits gesagt, dass er es bereute. So sehr er auch hoffte, bei Brock eine zweite Chance zu bekommen, glaubte Vincent nicht daran, dass es geschehen würde. Vielleicht war das Beste, worauf er hoffen konnte, eine Freundschaft.

„Ich sollte gehen. Es wird spät, du hast wahrscheinlich zu tun und meine Schicht beginnt früh morgens." Brock erhob sich und Vincent begleitete ihn zur Tür und öffnete sie für ihn. Als Brock sich ihm näherte, hielt er inne und wandte sich ihm zu. Seine Lippen öffneten sich und er wirkte, als ob er etwas sagen wollte. Vincent verspürte Anspannung und beugte sich ein wenig vor, als Brocks Augen aufblitzten, doch dann war es vorbei. Brock wandte sich ab und trat hinaus.

Vincent winkte ihm zum Abschied zu, schloss die Tür und ließ seinen angehaltenen Atem entweichen.

3

„WIE GEHT es Terry?" Brock und Carter saßen zwei Tage später in einem der Besprechungsräume und Carter hatte sein Handy auf laut gestellt, damit sie beide Red hören konnten.

„Er trainiert und bereitet sich auf seine Wettkämpfe vor. Ernst wird es erst in den Vorkämpfen in zwei Tagen. Wir gewöhnen ihn an die Umgebung. Er isst und trinkt nichts von hier. Das Team stellt sein gesamtes Essen und die Getränke für ihn zur Verfügung, und ich bemühe mich, möglichst in Flaschen abgefülltes Wasser zu trinken und abgepacktes Essen zu mir zu nehmen. Hauptsächlich unterstütze ich Terry, so gut ich kann."

„Habt ihr Spaß?", wollte Brock wissen.

„Ja. Allerdings ist für ihn die Anspannung groß. Er möchte gut abschneiden und ist nervös, aber er könnte nicht besser vorbereitet sein." Reds Stimme war voller Stolz auf seinen Partner.

„Das ist fantastisch. Ein paar von uns treffen sich hier, um ihm zuzusehen, also sag Terry, dass ihm zu Hause alle die Daumen drücken und dass wir zusehen und ihn anfeuern werden."

Red lachte leise. „Ich habe gehört, es gab etwas Aufregung. Als ich mit Donald gesprochen habe, meinte er, ihr hättet vorläufig zweifachen Zuwachs."

„Vorerst. Wir warten die Gerichtsentscheidung und die Abläufe an Donalds Arbeitsplatz ab, aber sie haben einen Onkel, der bereit wäre, für sie zu sorgen. Ich glaube, Alex gefällt es, einen Bruder und eine Schwester zu haben, also müssen Donald und ich vielleicht bald einige Entscheidungen treffen."

„Tja, das klingt toll. Kenne ich diesen Onkel?", fragte Red, während die Verbindung knisterte und dann wieder deutlicher wurde.

„Ich weiß es nicht. Sein Name ist Vincent und anscheinend sind Brock und er so etwas wie alte Freunde." Carter zwinkerte Brock zu. „Aber wir lassen dich jetzt in Ruhe, und grüß Terry von uns."

„Mache ich." Red legte auf und Brock stöhnte.

„Warum musstest du das sagen?"

„Bitte. Du redest seit zwei Tagen von Vincent, und wann immer ich euch zusammen gesehen habe, hat es zwischen euch geknistert."

„Ich habe gar nicht gefragt: Wie ist es mit den Kindern vor Gericht gelaufen?"

„Penny und Abey wurden für dreißig Tage dem Jugendamt anvertraut. Donald und ich haben zugestimmt, sie zu behalten, aber Vincents Antrag auf

Pflegeelternstatus wird überprüft und Penny und Abey können hoffentlich an ihn übergeben werden, sobald der Antrag genehmigt wird." Carter stand auf und schob sein Handy in seine Tasche. „Ich werde die zwei vermissen, aber bei ihrer Familie sind sie besser aufgehoben und Vincent scheint ein guter Kerl zu sein."

„Das ist er", sagte Brock.

„Warum, wenn ich fragen darf, tanzt ihr dann umeinander herum?" Seinem eindringlichen Blick nach zu urteilen, würde Carter sich nicht leicht abspeisen lassen.

„Ich habe keine Ahnung, wovon du redest." Brock trommelte mit den Fingern auf dem Tisch und hörte auf, als er bemerkte, was er tat.

„Komm schon. Donald war bei Vincent und hat euch zusammen erlebt. Er hat es als das Nächstbeste zu voll bekleidetem Sex bezeichnet, was er bisher gesehen hätte. Und Donald irrt sich bei solchen Dingen selten."

„Es spielt keine Rolle. Vincent und ich hatten vor längerer Zeit etwas miteinander, aber ich glaube nicht, dass wir dahin zurückkehren können."

„Warum nicht?"

Brock stöhnte auf und warf Carter einen finsteren Blick zu. „Willst du darüber wirklich reden? Haben wir nicht Wichtigeres zu tun?"

„Na gut. Dann komm. Wir sind dem südöstlichen Stadtviertel zugeteilt worden." Er führte Brock aus dem Revier und zu ihrem Streifenwagen. „Aber wenn du denkst, dass ich es einfach auf sich beruhen lasse, wenn wir zusammen in einem Auto sitzen …" Carter grinste, woraufhin Brock erneut stöhnte. Er hätte wissen müssen, dass Carter seine Nase in seine Angelegenheiten stecken würde, sobald sie enger zusammenarbeiteten. Zugegeben, Carter war ein glücklicher Mann und wünschte allen anderen dasselbe Glück – was hieß, dass er den Kuppler spielte.

„Na schön." Er öffnete die Beifahrertür, stieg ein und wartete auf Carter. „Vincent und ich hatten vor ein paar Jahren etwas miteinander, und neulich haben wir etwas Zeit zusammen verbracht. Es war wie früher. Wir haben gelacht, über ernste Dinge geredet und herumgealbert. Es war angenehm."

„Also wo liegt das Problem?" Carter startete den Motor, fuhr aus der Garage und bog in Richtung der Stadt ab.

„So war es auch vor Jahren, aber als es hart auf hart kam, war ich ihm nicht wichtig genug, um sich zu outen und sich mit seiner Familie auseinanderzusetzen … und er hat mich verlassen, als wäre ich nicht gut für sein Leben. Das war schwer für mich und ich möchte es nicht noch einmal durchmachen."

Carter schüttelte den Kopf. „Wusstest du, dass Donald und ich zusammen waren und uns dann getrennt haben? Zugegeben, es hat nicht lange gehalten. Donald war sexy, aber kalt. Es hat einige Zeit gedauert, bis mir klar wurde, dass es Teil seines Abwehrmechanismus für seine Arbeit war. Er muss sich tagein, tagaus mit Kindern befassen, die Hilfe brauchen."

„Und was ist passiert?"

39

„Alex. Ich bin bei einem Einsatz auf ihn gestoßen. Er war auf einem Dachboden eingeschlossen." Carter schien den Tränen nahe zu sein, als er das Lenkrad bewegte, um abzubiegen. „Er brauchte Hilfe und ich habe Donald Schuldgefühle eingeredet, damit er ihn aufnahm. Außerdem habe ich versprochen zu helfen, und nach einigen Tagen wurde uns klar, dass wir einander nicht besonders gut kannten, und nach einem genaueren Blick unter die Oberfläche haben wir wesentlich mehr entdeckt, was uns faszinierte."

Brock schnaubte. „Als würde das bei Vincent und mir passieren."

„Das kannst du nie wissen, wenn du ihm keine Chance gibst." Carter bremste ab und sie rollten durch eine Gasse, über die sie Meldungen wegen eines toten Briefkastens zum Drogenaustausch erhalten hatten. Er hielt an und Brock stieg aus, um sich umzusehen. Auch wenn sie nicht damit rechneten, etwas zu finden, war es schon ein gutes Abschreckungsmittel, einfach gesehen zu werden.

Brock stieg wieder ins Auto und sie fuhren weiter. „Was, wenn ich ihm keine Chance geben möchte? Das viele Knistern, von dem du redest, ist vermutlich nur ein Überrest … Ich weiß es nicht."

„Und das wirst du auch nicht, wenn du nicht bereit bist, genauer hinzusehen und es herauszufinden." Carter bog ein weiteres Mal ab und sie kamen an einem Walmart vorbei. Sie hatten Meldungen über Herumtreiber erhalten, und nachdem Brock Blickkontakt mit einigen Männern gesucht hatte, schienen sie zu beschließen, dass sie anderes zu tun hatten.

Das Funkgerät knisterte. „Uns wurde gemeldet, dass ein Einbruch im Gange ist, Ecke College und Walnut."

Carter antwortete umgehend. „Wir sind auf dem Weg." Er schaltete die Sirene ein und raste los, herum um Kurven und über Stoppschilder und Ampeln.

„Die Nachbarn melden, dass der Täter das Haus in grauem Kapuzenpullover, Jeans und roten Sneakern verlassen hat, die College entlang Richtung High Street."

„Ich sehe ihn", sagte Brock. „Er rennt und ist gerade in die Gasse abgetaucht."

Carter wendete eilig und raste um die Ecke. Als der Verdächtige in einen Weg zwischen zwei Gebäuden hineinrannte, hielt er an.

Brock sprang aus dem Auto und jagte ihm mit auf den Asphalt hämmernden Füßen hinterher. Er näherte sich dem Flüchtenden und hörte, wie sich sowohl von vorn als auch von der Seite Sirenen näherten. Da blieb der Verdächtige abrupt stehen und drehte sich mit einer Pistole in der Hand um.

Brock griff augenblicklich nach seiner Waffe und zog sie, zielte jedoch auf den Boden. „Das müssen Sie nicht tun, beruhigen Sie sich einfach." Brock sprach in gelassenem, gleichmäßigem Tonfall. „Was Sie auch getan haben, das ist es nicht wert."

„Hauen Sie einfach ab." Die Pistole bewegte sich hin und her und Brock war sich sicher, dass er sie gleich senken würde.

„Weitere Polizisten sind auf dem Weg und umstellen Sie. Das hier wird keines Ihrer Probleme lösen. Also nehmen Sie die Waffe runter und machen Sie sich das Leben nicht noch schwerer." Brock bemerkte den Augenblick des Zweifels, in dem die Entschlossenheit des jungen Mannes für einige Sekunden ins Wanken geriet: Er wich einen Schritt zurück, doch sein Fuß blieb an einem Riss im Asphalt hängen, woraufhin er stolperte und den Arm hochriss.

Ein Schuss löste sich aus der Pistole.

Ein brennender Schmerz schoss durch Brocks Schulter. Er wurde vom Aufprall herumgeworfen und stürzte zu Boden, als laute Schritte in seine Richtung eilten.

„Nein! Das wollte ich nicht. Es tut mir leid!" Die Pistole fiel klappernd zu Boden, während der Verdächtige weiterschrie.

Brock sah sich zu ihm um, als sich gerade Carter auf den Mann stürzte und ihn zu Boden warf.

„Ein Krankenwagen ist auf dem Weg", sagte Aaron. Er drückte bereits auf Brocks Wunde. „Lieg einfach still und beweg dich nicht."

„Wie seid ihr so schnell hergekommen?"

„Wir halten dir alle den Rücken frei." Aaron hielt die Hand auf Brocks unverletzter Seite, während Brock die Augen schloss, um einen Schmerzensschrei zu unterdrücken. „Atme ruhig und versuche, dich zu entspannen. Sie sind bald hier und dann bringen wir dich ins Krankenhaus." Aaron kontaktierte mit dem Funkgerät die Zentrale, damit diese das Krankenhaus wissen ließ, dass ein Polizist mit einer Schusswunde eingeliefert werden würde.

Brock hörte nicht mehr zu und bemühte sich, seine Gedanken auf etwas anderes als die Schmerzen zu richten. Er ermahnte sich, nicht das Bewusstsein zu verlieren, auch wenn es möglicherweise ein Segen gewesen wäre.

„Wir haben Sie", hörte er ein Rettungssanitäter sagen. „Ich bin Roger und das ist meine Partnerin Betsy. Wir heben Sie auf eine Trage."

„Brock Ferguson", stieß er zwischen zusammengebissenen Zähnen hervor.

„Okay, Brock. Sie sind in guten Händen." Sie beförderten ihn auf eine Trage, sodass er endlich die Steine, die sich in seinen Rücken gebohrt hatten, loswurde. Er gab sich die größte Mühe, zu entspannen und die Sanitäter ihre Arbeit machen zu lassen, schloss die Augen und warf die Flinte ins Korn, was seine Kraft betraf. „Bleiben Sie bei uns, Kumpel."

Brock zwang sich, die Augen wieder zu öffnen. „Ich bin hier. Nur müde." Die Schmerzen ließen nach und ihm war klar, dass es sich um ein schlechtes Zeichen handelte: Es bedeutete, dass er dabei war, das Bewusstsein zu verlieren.

„Gut. Wir haben an Ihrer Schulter einen Verband angelegt, der die Blutung stillen sollte." Roger sah seine Partnerin an und sie hoben die Trage an, um sie in den Rettungswagen zu schieben.

„Sein Blutdruck ist niedrig, aber stabil."

41

„Lass uns abfahren", sagte Roger, als er hineinkletterte und die Tür schloss. „Es ist nicht weit. Das Krankenhaus weiß schon, dass Sie auf dem Weg sind, und bereitet alles vor."

„Gut", sagte Brock leise, während er sich matt vom Krankenwagen hin- und herschaukeln ließ. Er hörte die Sirene, doch sie schien sich in einiger Entfernung zu befinden, die größer wurde. Er konnte die Augen nicht offenhalten und der Schlaf drohte, ihn zu übermannen, während der Krankenwagen um eine Kurve bog.

Dann war er von Aktivität umgeben, Bewegung, über ihm flackernde Lichter. Er hielt die Augen geschlossen, antwortete aber, wenn man ihn ansprach. Als er endlich zur Ruhe kam, war der Raum dunkler und er seufzte, bevor der Schmerz erneut von seiner Schulter aus in jeden Teil seines Körpers ausstrahlte. Vielleicht war das gut. Es bedeutete, dass er nicht einfach das Bewusstsein verlieren und sterben würde.

„Ich bin Dr. Howardson. Wir werden einige Aufnahmen von Ihrer Schulter machen und Sie dann für die Operation vorbereiten."

Eine Schwester entfernte seine Kleidung, wobei sie diese teilweise abschnitt, und Brock lag so still wie möglich. Eine Infusion wurde gelegt und dann setzte er sich auch schon wieder in Bewegung. Personen erklärten ihm Dinge, doch er ließ sich einfach treiben und gab es auf zu versuchen, sich einen Reim darauf zu machen. Bald befand er sich in einem Operationssaal, und das war das Letzte, woran er sich erinnerte, bevor er an einem ruhigen Ort mit gedämpftem Licht und Schmerzen aufwachte. Gott, was für Schmerzen.

„Wie fühlen Sie sich?", fragte eine Schwester sanft.

„Tut weh." Der Schmerz nahm mit jeder Sekunde zu, doch dann wurde er dumpfer und ging zurück. Sein Kopf fühlte sich leichter an, als könnte er auf den weichen Wolken, welche die Leuchten über ihm bedeckten, davonfliegen. Er leckte sich die trockenen Lippen und die Schwester brachte ihm einige Eisstücke.

„Besser? Auf einer Skala von eins bis zehn, wie schlimm ist es jetzt?"

„Drei." Brock lächelte. Er wollte, dass die schmerzfreie Erleichterung des Schlafes so lange wie möglich anhielt.

„Gut."

Sie lief geschäftig hin und her, las Instrumente ab oder was auch immer Krankenschwestern da taten, während er allem so wenig Beachtung schenkte wie möglich. Er wollte sich lediglich ausruhen und sich besser fühlen. Doch er war angeschossen worden und würde sich nicht allzu schnell besser fühlen. Er schloss die Augen und wäre gern lange in diesem Zustand geblieben.

„Brock." Die besorgte Stimme seiner Mutter durchschnitt den von Medikamenten verursachten Schwebezustand und er öffnete die Augen einen Spalt weit. „Man hat uns gesagt, du wurdest angeschossen." Sie biss geräuschvoll die Zähne zusammen. „Ich habe dir immer gesagt, dass es eine schlechte Idee war.

Du hättest dir einen sicheren Berufszweig suchen sollen ... wie Buchführung oder Wirtschaft."

„Sue, nicht jetzt", mahnte sein Vater in diesem sanften Tonfall, den er bei ihr benutzte. Seine Mutter neigte dazu, sehr emotional zu sein, doch sein Vater konnte sie mit nur einigen leisen Worten unter Kontrolle bringen.

„Wann wird er in ein normales Zimmer verlegt?", fragte seine Mutter die Schwester, wobei aus der besorgten Mutter in Sekundenschnelle ein Feldwebel wurde, aber Brock nahm die Antwort nicht richtig wahr. Er war zu sehr damit beschäftigt, den leichten Schmerz von sich fernzuhalten. „Du hattest großes Glück", teilte sie ihm in diesem etwas tadelnden Ton mit, der ihr zu eigen war. „Sie haben die Kugel entfernt und einen Teil deiner Schulter wiederhergestellt. Du wirst einige Zeit nicht arbeiten können und dann folgt eine Menge Physiotherapie." Sie trug die Litanei schlechter Nachrichten in diesem *Ich-hab's-dir-ja-gesagt*-Tonfall vor, den nur Mütter perfektioniert hatten.

„Ich mag meine Arbeit, Mom. Kannst du mich ein paar Minuten in Ruhe lassen, bis ich mich nicht mehr scheiße fühle."

„Solche Wörter benutzen wir nicht."

Brock hätte mit den Augen gerollt, wenn er die Energie dazu besessen hätte. „Ich glaube, ich darf das gerade."

„Mein Lieber, Sie dürfen sagen, was Sie wollen. Wie sind die Schmerzen auf einer Skala von eins bis zehn?" Die Schwester hatte eine freundliche Stimme und liebevolle Augen. Er mochte sie.

„Sieben." Natürlich liebte er sie noch mehr, als sie die Infusionspumpe betätigte, um ihm eine weitere Dosis Schmerzmittel zu verabreichen.

Glücklicherweise war seine Mutter nun ruhig, und schon bald bewegte er sich wieder. Brock hielt die Augen geschlossen und ließ sich schieben. Dann blieb er stehen und die Bremse des Bettes gab ein Klicken von sich. Brock war dankbar dafür, wieder ruhig zu liegen, doch sobald das Krankenhauspersonal verschwunden war, ließ sich seine Mutter auf dem Stuhl neben seinem Bett nieder und setzte ihm wieder wegen seines Berufs zu. Sie hatte seine Entscheidung nie befürwortet. Sie hielt es für zu gefährlich, und dass er angeschossen worden war, gab ihr jetzt recht.

„Lass den Jungen in Ruhe. Er ist glücklich und ihm gefällt seine Arbeit."

„Ich helfe Kindern, Mom." Brock war zu müde, um mit ihr zu streiten, also schloss er die Augen und hoffte, dass sie sich bald beruhigen würde. Er wusste, dass sie sich nur aus Sorge so verhielt, doch er war erwachsen und es war das, was er wollte – natürlich abgesehen von einer Schusswunde.

„Sue, lass uns Kaffee und einen Snack besorgen, damit er sich eine Weile ausruhen kann."

Brock öffnete seine Augen einen Spalt weit und sah, wie sein Vater seine Mutter an der Hand aus dem Raum führte. Auch wenn Brock seine Mutter liebte, konnte sie manchmal eine Naturgewalt sein. Im nun stillen Zimmer schloss er erneut die Augen und versuchte zu dösen.

Er musste geschlafen haben, denn er schreckte aus dem Schlaf hoch. Er hatte sich vor Abey und Penny geworfen, um sie zu beschützen, und war angeschossen worden. Er hatte die Kugel mit lautem Zischen auf sich zukommen sehen. Doch es war ein Traum gewesen, und schon bald kehrte die Realität zurück.

„Brauchst du irgendetwas?"

Er hatte mit seiner Mutter gerechnet, doch ihre Stimme war nicht so tief, klangvoll und sexy. Gott, er brauchte Hilfe, wenn seine Mutter und das Wort sexy im selben Gedanken vorkamen.

„Was machst ...?" Die Worte erstarben in seiner knochentrockenen Kehle. Vincent hielt ihm ein Stück Eis an die Lippen und Brock seufzte erleichtert. „Schon besser."

„Donald hat angerufen und mir erzählt, was passiert ist, also bin ich gleich nach der Arbeit hergeeilt." Vincent ergriff seine Hand und Brock wusste, dass er sie wegziehen sollte. Sich Vincent wieder anzunähern, war etwas, von dem er beschlossen hatte, dass es nicht passieren würde. Doch die Berührung fühlte sich gut an, kraftvoll, aber sanft, und war genau das, was er brauchte.

„Ich werde schon wieder."

„Natürlich wirst du das. Du bist der stärkste Held, den ich kenne."

„Ich habe mich von einem Verdächtigen anschießen lassen und keine Jungfrau in Nöten gerettet."

„Frag Penny, ob du ein Held bist oder nicht", konterte Vincent mit Nachdruck. „Sie und Abey haben nach dir gefragt, als ich sie das letzte Mal gesehen habe."

„Wie geht es ihnen? Bitte erzähl es mir, damit ich nicht darüber nachdenken muss, was passiert ist."

„Rhonda wurde aus dem Gefängnis entlassen, aber sie befindet sich in einer geschlossenen Abteilung hier im Krankenhaus. Anscheinend wurde sie in der Haft etwas wild und hat irgendwann damit gedroht, sich umzubringen. Ich glaube, sie nimmt ihre Medikamente nicht, und das schon länger, also ist sie außer Kontrolle. Sie müssen wieder die richtige Dosis für sie finden. Natürlich wird sie sich trotzdem für das, was sie getan hat, vor Gericht verantworten müssen."

„Klingt, als hätte sie es richtig vermasselt." Brock schluckte und schloss wieder die Augen, konzentrierte sich darauf, dass Vincent noch immer seine Hand hielt.

„Ich weiß nicht, ob das etwas Gutes oder etwas Schlechtes ist."

„Wenn sie außer Kontrolle ist, sollten die Kinder sich nicht in diesem Umfeld befinden." Brock drückte Vincents Hand. „Du wirst ein guter Pflegevater sein."

„Sie haben schon das Haus besucht und sogar mit meinem Vorgesetzten gesprochen. Ich musste einer Hintergrundüberprüfung zustimmen. Ich glaube, Donald versucht, es zu beschleunigen."

„Er ist wirklich klasse, wenn er eine Mission hat." Brock gähnte.

„Schlaf, wenn du möchtest. Ich bleibe hier."

„Meine Eltern holen sich etwas zu essen, und wenn sie zurückkommen, wird sich der Rest meines Friedens in Luft auflösen. Du solltest dich an meine Mutter erinnern. Ich glaube, du bist ihr und meinem Dad einmal begegnet." Er hatte nicht vorgehabt, vergangene Ereignisse wieder hochzuholen; es war einfach geschehen.

„Das tue ich definitiv."

„Also, hast du noch ein paar gute Neuigkeiten? Ich glaube, ich könnte welche gebrauchen." Brock biss die Zähne zusammen, als sich ein schmerzhafter Stich in seiner Schulter ausbreitete und dann wieder zu etwas Dumpferem abklang.

„Ich wurde befördert. Ich bin jetzt der Leiter der Kreditorenbuchhaltung."

„Das ist wundervoll", sagte Brocks Mutter, als sie das Zimmer betrat. Sie wirkte müde, doch ihr ergrauendes Haar war so gepflegt wie üblich. Sie kleidete sich niemals extravagant, schaffte es aber dennoch, stets gut auszusehen. „Ich habe immer gesagt, du solltest in der Buchführung arbeiten wie dein Freund hier …" Ihre Worte erstarben, als sie seine Hand in Vincents sah. „Ist dieser Mann mehr als ein Freund?"

„Mom, du bist Vincent vor Jahren schon einmal begegnet." Er seufzte. „Es ist im Moment zu kompliziert, es zu erklären." Er hatte jetzt nicht die Energie, auf ihre Geschichte einzugehen. „Er ist ein Freund und wollte mich besuchen." Das reichte vorerst. Brock wandte sich wieder an Vincent. „Mom und Dad wissen, dass ich schwul bin, aber sie möchten es nicht sehen oder darüber reden. Sie sind gute Katholiken, also leben sie in Leugnung und machen regelmäßig Urlaub in Reue und Schuldzuweisung."

„Brock", fauchte sein Vater. Seine Größe hatte Brock von seinem Vater geerbt, und sein Vater war eine beeindruckende Erscheinung, wenn er es für nötig hielt.

„Habe ich gelogen?", erwiderte Brock. Der Schmerz flammte wieder auf und er fühlte sich unterversorgt. Er drückte einmal den Knopf, damit die Medikamente in seinen Zugang gelangten, und fühlte sich Sekunden danach besser.

„Wir wollen nur das Beste für dich", sagte seine Mutter, so wie sie es immer tat, wenn das Thema zur Sprache kam.

„Dann akzeptiert mich, wie ich bin, und belasst es dabei. Das ist das Beste für mich."

„Aber …"

„Ihr habt nicht das Recht, für mich Entscheidungen zu treffen oder zu bestimmen, wer ich bin oder wen ich in meinem Leben haben möchte. Ich weiß,

45

dass ihr zu wissen glaubt, was das Beste ist, aber in diesem Fall tut ihr es nicht." Da ihn diese kleine Rede erschöpft hatte, schloss er die Augen und wünschte sich fast, seine Eltern würden einfach nach Hause gehen und ihn in Ruhe lassen. Obwohl sie ihn gut behandelten, waren sie bisweilen so flexibel wie eine Ziegelmauer.

„Vielleicht sollte ich gehen." Vincent ließ seine Hand los.

„Nein", sagte Brocks Vater. „Brock hat recht."

Brock hielt die Augen geschlossen, konnte sich allerdings den Todesblick vorstellen, mit dem seine Mutter seinen Vater ansah.

„Das hat er, Susan. Du kannst ihn nicht drängen und tyrannisieren, um etwas aus ihm zu machen, was er nicht ist, nur weil es dir gefällt. Er ist erwachsen und kann seine eigenen Entscheidungen treffen."

„Aber er hat mit einem Mann Händchen gehalten", flüsterte sie.

Sein Vater seufzte. „Ich wette, er tut mit Männern mehr als das. Er hat uns doch schon vor Jahren gesagt, dass er schwul ist, und auch wenn du es nicht wahrhaben willst, ändert es doch nichts daran – es führt nur dazu, dass er sich von uns zurückzieht. Willst du das?" Sein Vater wurde nie laut oder änderte seinen Tonfall, doch seine Worte kamen an. Seine Mutter sagte nichts. „Er wurde gerade operiert und das ist nicht der richtige Zeitpunkt oder der richtige Ort für dieses Gespräch."

„Gott sei Dank", stöhnte Brock, wofür er eine weitere Zurechtweisung seiner Mutter erwartete, die jedoch nicht kam. „Also, du hattest deine Beförderung erwähnt", wandte sich Brock an Vinny, um das Thema zu wechseln.

„Es ist vor ein paar Tagen passiert. Die alte Leiterin, meine Chefin, wurde entlassen und ich habe ihren Posten bekommen. Die gesamte Abteilung ist ein richtiges Chaos. Mein Team ist gut, aber die anderen beiden tun nicht das, was sie sollen, also arbeite ich Pläne aus, um sie auf Vordermann zu bringen. Mein neuer Chef möchte Berichte über jeden der Teamleiter, um entscheiden zu können, ob sie auch gehen müssen. Aber ich glaube nicht. Louise hat sie behindert und von ihren Aufgaben abgehalten, und seit sie nicht mehr da ist, wird es allmählich besser."

„Wird deine neue Stelle Einfluss darauf haben, ob du die Kinder aufnehmen kannst?", fragte Brock. Er wurde wieder müde und schloss die Augen. Zum Glück redete Vincent weiter. Brock liebte den Klang seiner Stimme. Vincent hätte das Telefonbuch vorlesen und ihm dennoch eine sexy Note verleihen können.

„Welche Kinder?", fragte Brocks Mutter, woraufhin Vincent erzählte, was Abey und Penny passiert war, und dass er das Verfahren durchlief, ihr Pflegevater werden und sich um sie kümmern zu können.

„Brock hat sie aus dem Kofferraum des Autos meiner Schwester gerettet. Sie hat einige Probleme und zum Glück ist ihnen nichts passiert. Nur dass Sie's wissen, für meine Nichte und meinen Neffen ist Brock ein Held."

Auch wenn Brock fand, dass Vincent etwas zu dick auftrug, war er zu müde zum Widersprechen. „Es sind nette Kinder."

„Er hat ihnen Tierkekse und Wasser gekauft, während sie auf weitere Hilfe warteten." Vincents Stuhl knarrte ein wenig, aber Brock öffnete nicht die Augen, um zu sehen, weshalb. Er war einfach zu müde. „Anscheinend hat Abey nachgefragt, ob Brock sie besuchen wird und ob er noch mehr Tiere mitbringt."

„Ich war nur freundlich. Es sind Kinder." Mehr gab es dazu nicht zu sagen und er schlief ein, als ihn die Schmerzmittel übermannten.

BROCK MUSSTE einige Zeit gedöst haben. Er hörte, wie sich Menschen über ihn hinweg unterhielten, aber er interessierte sich nicht dafür und reagierte nicht. Vielleicht hatte er sogar geschlafen, bis die Schwester mit Wackelpudding in kleinen Bechern hereinkam.

„Ist er rot? Er isst nur roten Wackelpudding." Das war seine Mutter.

„Dann hole ich welchen."

Brock lächelte und die Schwester kam mit rotem Wackelpudding zurück.

„Willst du ihn selbst essen? Ich könnte dich füttern, aber das würde deiner Mutter noch mehr Erzählstoff verschaffen." Als Brock seine Augen einen Spalt weit öffnete, sah er, dass Vincent sich über das Bett lehnte. „Du warst total weggetreten, aber deine Mutter hat mir alle möglichen Geschichten erzählt."

„Hat sie das?" Brock hätte gestöhnt, hätte er die Energie zu gehabt.

„Ja. Offenbar hast du als Kind Wassermelonen geliebt, aber mehr davon am Körper gehabt als im Mund. Als du Zähne bekommen hast, hast du auf dem Ohr des Hundes herumgekaut. Armes Ding. Ich glaube, ich hätte dich gebissen. Und anscheinend hattest du ein Problem mit Windeln."

„Ich habe sie gehasst und früh gelernt, aufs Töpfchen zu gehen. Mom und Dad waren so stolz." Brock wurde schnell wieder müde, doch die Medikamente schienen seine Zunge gelöst zu haben. Vermutlich war es am besten, wenn er schwieg.

„Wir waren immer stolz auf dich, Schatz." Seine Mutter tätschelte seinen unverletzten Arm.

Brock stellte das Bett leicht hoch. Seinen verletzten linken Arm hatte man vor seiner Brust befestigt, weshalb er dankbar war, dass Vincent für ihn den Becher öffnete. Brock versuchte, allein zu essen, doch durch die Schräglage und seine Benommenheit funktionierte es nicht besonders gut, sodass Vincent eingriff und ihm half.

Brock wusste noch immer nicht genau, weshalb Vincent bei ihm war. Er musste Wichtigeres zu tun haben, als hier zu sitzen. Aber es war schön und sorgte für eine Art Barriere zwischen ihm und vor allem seiner Mutter, die wie ein Wasserfall auf ihn eingeredet hätte, wenn Vincent nicht da gewesen wäre. Er öffnete den Mund und ließ sich von Vincent füttern. Er war vollkommen hilflos und hasste es. Doch der Wackelpudding war kalt und fühlte sich in seiner schmerzenden Kehle fantastisch an.

47

„Wir könnten ihm etwas Eiscreme bringen", bot die Schwester an, als sie zurückkehrte.

„Er ist laktoseintolerant", teilte Brocks Mutter ihr mit.

„Das werde ich auf jeden Fall seiner Patientenakte hinzufügen. Da ist es nicht sinnvoll, auf seinem Tablett Milch hochzuschicken." Sie tippte etwas in ihr Tablet, bevor sie es zur Seite legte und lächelte. „Wie ich sehe, haben Sie den Hübschen da dazu gebracht, Sie zu füttern. Ist das Ihr Freund?"

„Das war ich, aber jetzt sind wir nur Freunde."

Brock meinte, Enttäuschung in Vincents Stimme zu hören, was ihn auf merkwürdige Weise glücklich machte. Vielleicht war diese ganze Idee mit dem Fernhalten von Vincent doch nicht so gut. Beim alten Vincent wäre es nicht wahrscheinlich gewesen, dass er den größten Teil des Abends im Krankenhaus verbracht und ihn mit Wackelpudding gefüttert hätte.

„Danke", sagte Brock, nachdem Vincent ihm den letzten Rest davon gegeben hatte. Er legte sich hin und schloss die Augen, nur um sie gleich wieder einen Spalt zu öffnen. „Vielleicht etwas Saft. Traube, wenn es ihn gibt."

„Ich werde sehen, was ich tun kann." Die Schwester zwinkerte ihm zu und verließ das Zimmer.

Brock wandte sich an Vincent. „Woher wusste sie von der ganzen Sache mit dem Freund?" Er hatte nie vermutet, dass er auf den ersten Blick schwul wirkte. Nicht, dass er verheimlichte, wer er war, aber es gab ihm zu denken.

„Sie könnte unsere Diskussion vorhin gehört haben. Wir waren nicht unbedingt leise", sagte sein Vater und Brock schloss nickend die Augen. Er hatte etwas im Magen und die Müdigkeit jagte hinter ihm her wie ein Güterzug.

„Ich denke, deine Mutter und ich lassen dich jetzt eine Weile in Ruhe." Sein Vater ergriff sanft seine Hand. „Ich glaube, du brauchst etwas Schlaf. Wir kommen morgen früh zurück."

„Danke, Dad."

Seine Mutter küsste ihn auf die Stirn, sein Vater tat dasselbe, und dann verließen sie den Raum.

Brock war bereits am Wegdämmern und konnte kaum noch dem Gespräch folgen. Was er aber deutlich wahrnahm, war seine Hand, die in Vincents lag. Darauf war beinahe seine gesamte leicht vernebelte Aufmerksamkeit gerichtet.

Brock entspannte sich, bis er wieder einschlief, und diesmal blieb es ruhig. Er wusste nicht, wie viel Zeit vergangen war, als er aufwachte, doch er war allein. Enttäuschung setzte ein. Auf dem Tisch neben seinem Bett standen Blumen, die vorher nicht da gewesen waren, aber Vincent war fort. Auch wenn Brock nicht von ihm erwarten konnte, ewig bei ihm zu bleiben, war es schön gewesen, ihn hierzuhaben.

„Du bist wach", sagte Vincent, der ins Zimmer schritt. „Ich bin etwas essen gegangen, während du deine Dornröschenimitation vorgeführt hast."

„Für Imitationen hatte ich noch nie großes Talent." Brock stellte gerade das Bett hoch, damit er etwas besser sehen konnte, als auch Carter eintrat.

„Wie fühlst du dich?"

„Als hätte jemand auf mich geschossen. Geht es dir gut?"

„Klar. Wir haben den Jungen erwischt. Er ist sechzehn, und anscheinend besteht das Aufnahmeritual irgendeines Rowdyclubs an der Highschool darin, in ein Haus einzubrechen und als Beweis etwas Kleines zu stehlen. Der Junge hat einen iPhone-Lautsprecher im Wert von zwanzig Dollar geklaut. Das war alles. Er ist geflüchtet, er hatte eine Waffe, du wurdest angeschossen und das Leben des Jungen ist so ziemlich vorbei. Für etwas so Dummes wie ein Aufnahmeritual. Er hat alle anderen Jungs im Club verpfiffen und sie werden gerade festgenommen. Anscheinend hat ihm der Gedanke an das Gefängnis zu viel Angst gemacht, um zu schweigen."

„Glaubst du, es war ein Versehen?"

„Der Junge hat sich vor Schreck in die Hose gepinkelt, als er dich zusammenbrechen sah. Ja, ich glaube, er war total verängstigt und ihm ist der Finger ausgerutscht. Dummer Junge." Carter näherte sich dem Bett und reichte Brock drei Blatt Papier. „Das ist von Alex, das von Abey und das letzte von Penny."

Brock betrachtete alle drei Bilder und bemühte sich, die Tränen zu unterdrücken. „Sag ihnen danke und dass ich sie so bald wie möglich besuche."

„Und wie geht es dir, Vincent?", erkundigte sich Carter.

„Ich komme zurecht."

„Er ist bei mir geblieben." Brock war nicht sicher, warum er das Bedürfnis hatte, es zu erklären.

Carter nickte bedächtig. „Die anderen Jungs kommen morgen vorbei. Weißt du, wie lange du bleiben musst?"

„Noch ein paar Tage, schätze ich." Er freute sich darauf, mit seinem Arzt reden zu können, aber der würde vermutlich nicht vor dem nächsten Morgen anwesend sein. Wofür er Verständnis hatte. Laut der Wanduhr – die plötzlich lebensgroß erschien, was er bisher nicht bemerkt hatte – ging es auf neun Uhr abends zu. „Und dann wette ich darauf, dass es viel Ausruhen und Physiotherapie geben wird. Hoffentlich darf ich dann bald wieder arbeiten. Nicht, dass ich bis zur vollständigen Genesung besonders nützlich sein würde."

„Das ist okay. Bis dahin kannst du Experte im Papierkram werden, den wir alle so hassen."

Brock ächzte. „Ganz bestimmt."

„Ich wollte dich nur kurz besuchen und dir die Bilder der Kinder bringen. Wir sehen uns morgen. Ruh dich etwas aus." Carter lächelte und verließ das Zimmer.

„Ich sollte auch gehen", sagte Vincent und stand auf, um sich über das Bett zu beugen. „Ich schätze, eine solche Chance bekomme ich nicht noch einmal." Er grinste schelmisch, kam näher und küsste ihn auf die Lippen. Hätte Brock beide

Arme benutzen können, hätte er Vincent dichter an sich gezogen. Stattdessen konnte er lediglich daliegen, schwindlig von der Spannung, die zwischen ihnen herrschte. Als Vincent sich von ihm löste, blinzelte Brock. „Das wollte ich tun, seit du mich angehalten hast, aber ich dachte nicht, dass du es erlauben würdest."

Brock atmete ein, um Vincents satten, schweren Duft in sich aufzunehmen, und schloss angesichts dessen eindringlichen Blicks die Augen. „Ich kann ehrlich nicht sagen, ob ich es vorher getan hätte." Als Brock Vincents Atem auf seiner Haut spürte, öffnete er die Augen.

Vincent hatte sich wieder vorgebeugt. Er küsste Brock ein zweites Mal und Brocks Schmerzen und Beschwerden schwanden. Nachdem Vincent sich gelöst hatte, richtete er sich träge lächelnd auf. „Ruh dich aus und ich besuche dich morgen wieder." Er entfernte sich vom Bett und näherte sich der Tür. Bevor er ging, lächelte er Brock noch einmal zu, dann verschwand er.

Plötzlich fühlte sich der Raum leer an.

BROCK ÖFFNETE die Augen und stellte überrascht fest, dass Donald an seinem Bett stand, an jeder Hand einen Jungen. Hinter ihm stand Carter mit Penny im Arm.

„Sie wollten dich sehen."

Abey näherte sich sehr langsam dem Bett. „Tut es weh?"

„Ja. Manchmal. Aber das wird besser werden." Brock hob den oberen Teil seines Bettes an. „Ich habe eure Bilder bekommen." Er zeigte auf seine Ablage. „Sie sind wunderschön."

„Wirst du wieder gesund?", fragte Alex, der sich neben Abey stellte.

„Ja. Meine Schulter wurde in Ordnung gebracht und jetzt muss ich abwarten, bis sie verheilt ist." Er nahm vorsichtig nacheinander ihre Hände in seine.

„Können wir wieder Tierkekse haben?", bat Abey.

„Ja. Gestern habe ich mit eurem Onkel Vincent gesprochen und er hat gesagt, er würde euch welche kaufen." Brock war so glücklich, und als seine Eltern das Zimmer betraten, stellte er alle einander vor.

Seine Mutter überschlug sich praktisch vor Begeisterung, als ihr klar wurde, wer Penny und Abey waren. Sie setzte sich auf einen Stuhl und redete leise mit Abey, bis er auf ihren Schoß kletterte. Es war so perfekt. Seine Mutter war, vor allem anderen, eine Frau mit großem Herzen, und das war genau das, was beide Kinder brauchten.

Penny blieb in Carters Armen, doch sie lächelte ihm zu, und als es für sie Zeit wurde zu gehen, winkte sie schüchtern. Die Krankenhausumgebung musste sie nervös gemacht haben. Abey rutschte vom Schoß von Brocks Mutter und näherte sich dem Bett. Brock zog ihn mit einem Arm an sich und tat dasselbe mit Alex. Dann, nachdem sich alle verabschiedet hatten, gingen Donald und Carter.

„Das war so süß."

„Kannst du dir vorstellen, diese Kinder in einem Kofferraum zu finden?"
Brocks Versuch, seine Emotionen aus seiner Stimme rauszuhalten, scheiterte
kläglich.

„Deshalb dachte ich immer, du … dass die Arbeit eines Polizisten …"

„Was, Mom? Etwas, das man anderen überlassen sollte? Ich betrachte mich
als guten Polizisten, und diese Kinder brauchten meine Hilfe. Ich war derjenige,
der als Erster bei ihnen war und sein Bestes getan hat, um sie zu beruhigen und
sich um sie zu kümmern. Ich durfte ihre Hände halten und habe die Furcht in ihren
Augen gesehen und mich bemüht, sie zu beruhigen. Ja, ich bin beinahe in Tränen
ausgebrochen, als ich sie gefunden habe. Niemand sollte von dem Menschen, der
einen am meisten lieben müsste, so behandelt werden. Ich habe Glück, dass ich
euch beide hatte."

„Es macht mir Angst", gestand seine Mutter, was für sie etwas Besonderes
war. Brock konnte sich nicht daran erinnern, dass sie jemals zugegeben hatte, sich
vor etwas zu fürchten. „Sieh dir doch an, was dir bereits zugestoßen ist."

„Ich weiß. Und glaub mir, als ich diese Kinder gefunden habe, dachte ich,
ich hätte vielleicht einen Fehler gemacht. Dass ich möglicherweise nicht für diesen
Beruf geeignet wäre. Aber das bin ich. Ich glaube, es wird mich zu einem guten
Polizisten machen, dass mich das, was ich gesehen habe, so mitgenommen hat.
Und angeschossen zu werden … Ja, das ist kein Spaziergang, aber es ist das Risiko
dieses Berufs." Gott, er hoffte, es würde nicht noch einmal passieren.

Ein leises Klopfen lenkte seine Aufmerksamkeit auf die Tür, wo Kip und
Aaron standen. Sie traten ein und stellten sich nebeneinander ans Fußende seines
Bettes, wobei sie ganz wie die Polizisten wirkten, die sie waren. Ihrem Schweigen
nach zu urteilen war selbst seine Mutter beeindruckt, denn nicht vieles brachte sie
zum Schweigen.

„He, Neuling. Ich hoffe, es ist nicht zu früh, aber wir wollten vor unserer
Schicht Hallo sagen und sehen, wie es dir geht."

„Mom, Dad, das sind Kip und Aaron."

„Das war großes Pech. Aber nicht deine Schuld", sagte Aaron. „Wir anderen
hätten vermutlich dasselbe getan."

„Danke."

„Es hat Mut gebraucht, so zu versuchen, dem Jungen ins Gewissen zu reden.
Carter sagte, du wärst cool und ruhig geblieben, und es ist ärgerlich, dass der Schuss
die Weste verfehlt hat. Wie lange bleibst du hier?", fragte Kip.

„Das erfahre ich heute, und danach heißt es erst einmal Physiotherapie und
Schreibtischdienst." Nachdem er nun gerade die Chance auf etwas anderes als
Verkehrsdienst gehabt hatte, hieß es nun dagegen wochenlange Büroarbeit.

„Wir sorgen schon dafür, dass du auf der Höhe bleibst." Aaron warf einen
Blick auf seine Armbanduhr. „Wir müssen jetzt für unsere Schicht zum Revier."

„Danke, Leute."

Nachdem sie ihm beide die Hand geschüttelt hatten, verließen sie das Zimmer. Seine Mutter sah ihnen nach und entspannte sich dann sichtbar.

Kurz darauf kamen sein Arzt und die Schwester, um sich die Operationswunden anzusehen. Sie zogen die Vorhänge zu und überprüften seinen Verband. Die Schwester entfernte ihn, und nachdem sich der Arzt alles angesehen hatte, verband sie die Wunde wieder.

„Es sieht gut aus und ich denke, wir können Sie morgen nach Hause schicken. Sie hatten ziemliches Glück. Der Schaden hätte größer sein können. Aber nun müssen wir den Arm für einige Wochen ruhigstellen und anschließend mit der Physiotherapie beginnen."

„Das dachte ich mir. Werde ich die Schulter danach normal benutzen können? Ich würde gern wieder in den Dienst zurückkehren."

„Die Chancen stehen gut. Wir wissen mehr, nachdem wir mit der Physio begonnen haben. Vorerst darf nichts gehoben werden. Sie brauchen Menschen, die Ihnen helfen. Viele vorher selbstverständliche Dinge werden Sie nicht tun können. Wir haben Ihre Schulter wiederhergestellt und wollen alle, dass es so bleibt."

„Er kann bei uns wohnen und wir kümmern uns um ihn", bot seine Mutter an. Auch wenn Brock seine Mutter von Herzen liebte, war es so ziemlich das Letzte auf Erden, was er zulassen würde. Seine Mutter und er besaßen viele ähnliche Eigenschaften, darunter die, dass sie beide willensstark waren und alles auf ihre Weise erledigen wollten. Wenn er bei ihr wohnte, würden sie täglich streiten und diskutieren. Brock brauchte auch während seiner Genesung niemanden, der ihn bemutterte.

Er wandte sich an den Arzt. „Es gibt genug Leute, die mir helfen können."

„Gut. Ruhen Sie sich etwas aus. Sie haben viel Blut verloren und müssen wieder zu Kräften kommen, bevor wir Sie entlassen." Der Arzt ging, während die Schwester noch einige Zeit damit verbrachte, sein Bettzeug zurechtzurücken und seine Decke aufzuschütteln.

Als sie ging, traf sein Frühstück ein, wovon Brock einen Teil aß, bevor er den Rest zur Seite schob. Auf keinen Fall würde er suppigen Haferbrei essen. Diesen musste seine Mutter für ihn bestellt haben. Sie hatte schon immer unter der irrigen Annahme gelitten, dass er Haferbrei liebte.

„Mom und Dad, ihr könnt jetzt ruhig nach Hause gehen. Ich weiß, dass ihr besorgt seid, aber ich werde wieder gesund und ihr habt Besseres zu tun, als hier zu sitzen." Er hatte viele langweilige Stunden vor sich.

„Wir wollen für dich da sein."

„Ich weiß, dass ihr das seid. Aber es gibt nichts, was man jetzt tun kann. Ich kann mich nur ausruhen, bis ich nach Hause darf, und ich bin ziemlich sicher, dass ich heute Nachmittag noch einmal wegen Röntgenbildern und Ähnlichem nach unten gebracht werde. Man wird sicher sein wollen, dass im Innern alles in Ordnung ist, bevor man mich entlässt." Brock würde sich schon genug dabei langweilen, den ganzen Tag im Bett zu liegen. Es hatte keinen Sinn, dass sich andere mit ihm langweilen mussten.

„Dann kommen wir heute Nachmittag zurück. Können wir dir irgendetwas mitbringen?" Seine Mutter küsste ihn auf die Wange.

„Richtiges Essen wäre nett." Gott, für etwas vom Pesto seiner Mutter hätte er jetzt getötet. „Nudeln oder etwas leicht Bekömmliches – das Essen hier bringt meine Geschmacksknospen dazu, sich auf den Boden zu werfen und zu sterben."

„Ich werde sehen, was ich tun kann."

„Erhol dich gut, mein Sohn." Sein Vater warf einen Blick auf seine Uhr. Brock wusste, dass er den Laden öffnen musste. Seine Eltern besaßen ein Fahrradgeschäft in der Stadt. Zwar hatten sie gute Angestellte, denen sie vertrauten, aber der Laden war praktisch das Baby seines Vaters. Er hatte das Geschäft aus dem Nichts aufgebaut.

„Das werde ich." Er ergriff die Hand seines Vaters und dann ließen sie ihn allein.

Es dauerte weniger als fünfzehn Minuten, bis die totale Langeweile einsetzte. Er schaltete den Fernseher ein, doch Talkshows waren nicht sein Ding und etwas anderes Interessantes wurde nicht gezeigt. Seine Schulter pochte, und nachdem er etwas Schmerzmittel genommen hatte, schloss er die Augen und versuchte, wieder einzuschlafen. Natürlich kam, kaum dass er eingeschlafen war, ein Krankenpfleger herein, um ihn zum Röntgen mitzunehmen, bevor er ihn wieder in sein Zimmer brachte.

„Hey, Brock", sagte Vinny, als er mit einem Grinsen hereingerauscht kam. „Wie geht es dir?" Diesmal beugte sich Vinny über das Bett und küsste ihn. Es war schön. Nicht, dass er ganz begriff, was es bedeutete und so, aber es gefiel ihm definitiv.

„Ich habe immer noch leichte Schmerzen und eben wurden noch ein paar Röntgenbilder gemacht. Hauptsächlich langweile ich mich zu Tode." Brock war ein aktiver Mensch. Er saß selten untätig zu Hause. Seine Arbeit war körperlich anstrengend und im College hatte er sich fit gehalten und mehrere Sportkurse belegt. „Meine Schulter tut weh und meine Beine fragen sich, was zum Teufel mit mir nicht stimmt."

„Du wurdest angeschossen", sagte Vinny, wobei er die Worte ans Fußende des Bettes richtete.

„Sie hören nicht zu. Auf mich hören sie auch nicht, so sehr ich mich auch bemühe." Brock stellte das Kopfende des Bettes hoch, um Vinny besser sehen zu können. „Wie war die Arbeit? Wie läuft es mit den Kindern? Donald und Carter haben sie heute Morgen vorbeigebracht, um mich ein paar Minuten zu besuchen, und sie waren so süß."

„Die Sozialarbeiter kommen heute Abend vorbei und ich rechne mit einer Liste von Dingen, die ich tun muss. Ich glaube nicht, dass ich sie vor der nächsten Anhörung bekomme, aber Donald vermutet, Rhonda wird den Richter nicht davon überzeugen können, dass sie verantwortungsbewusst genug ist, um sie wieder zu sich zu nehmen. Also möchte er an diesem Punkt beantragen, dass sie in meine Obhut übergeben werden."

„Das ist großartig." Brock verlagerte sein Gewicht, um eine bequemere Position zu finden. Als er dabei seinen Arm bewegte, schossen Schmerzen durch seine gesamte Schulter.

„Wie lange bleibst du noch?" Vinny ließ sich auf dem Stuhl neben dem Bett nieder.

„Man glaubt, dass ich morgen gehen kann, aber der Arzt sagt, ich bräuchte Hilfe. Meine Mutter möchte, dass ich bei ihnen wohne, aber das ist ungefähr so reizvoll wie angeschossen zu werden, also versuche ich, eine Lösung zu finden. Ich möchte wirklich gern nach Hause, nur wird es noch eine Weile dauern, bis ich mich wieder normal verhalten kann."

„Ehrlich gesagt, ich würde dich gern vorübergehend zu mir einladen, aber mit den Kindern und den Kontrollbesuchen weiß ich nicht, wie es ankommen würde. So viele der Regeln hier in Pennsylvania sind alt und unflexibel."

„Ich weiß. Wir zahlen immer noch die Johnstown-Flut-Steuer und staatliche Einkommenssteuer. Nichts ändert sich oder bleibt auf dem Laufenden. Ich schätze, wenn du eine weitere Schwester hättest oder deine Eltern noch lebten, würden sie sich an sie wenden, bevor sie dich in Erwägung zögen."

„Ja." Vinny seufzte. „Trotzdem, Donald kennt sich aus und er sagt, dass ich die erste Wahl bin, weil ich zur Familie gehöre. Aber …"

„Was?"

„Nun, es bedeutet, dass meine Schwester das Recht zu begleitetem Umgang haben wird, und sie ist manchmal … Ich werde für die Kinder tun, was nötig ist, aber dass meine Schwester Teil des Ganzen ist, macht es schwierig."

„Ich kann dabei sein, wenn du möchtest", bot Brock an. „Sie wird nichts anstellen, wenn sie weiß, dass ein Polizist anwesend ist, und ich kann auch als unabhängiger Zeuge dienen. Ich darf dabei keine Uniform tragen, aber wir können sicher dafür sorgen, dass sie weiß, womit ich mein Geld verdiene." Er wollte, dass die Kinder ein sicheres Zuhause hatten.

„Ich nehme die Kinder auf jeden Fall auf. Aber das System ist dafür ausgelegt, die Kinder wieder mit ihrer Mutter zusammenzuführen. Ich weiß, dass es für die Kinder das Schlimmste wäre …"

„Rhonda muss einige ziemlich große Hürden überwinden. Carter hat mir eine Nachricht mit den Anklagepunkten geschickt und die sind heftig. Die kann sie nicht einfach ignorieren. Die Zeugen, von denen wir verständigt wurden, haben sich gemeldet, also ist der Fall ziemlich hieb- und stichfest und sie wird vermutlich inhaftiert. Falls das passiert …" Brock musste den Gedanken nicht beenden. „Hast du mit ihr geredet?"

„Nein. Sie ist noch im Krankenhaus. Gestern Abend hat mich ihr Arzt angerufen, um möglicherweise mehr über ihr Verhalten herauszufinden, aber ich weiß so wenig, dass ich nicht viel helfen konnte. Ich habe ihm gesagt, was ich weiß, allerdings sind meine Informationen schon viele Jahre alt."

„Diese Abteilungen arbeiten mit vollständiger Offenlegung."

„Das hat er mir nicht gesagt." Vinnys Gesicht verfinsterte sich. „Er hat gefragt, was er wissen wollte, und ich habe geantwortet, so gut ich konnte."

„Und er wird ihr alles sagen, was er von dir gehört hat."

„Woher weißt du das?"

Brock hätte mit den Schultern gezuckt, hätte ihn die Wunde nicht daran gehindert. „Ich weiß es einfach. Es gehört zur Behandlung ihrer Patienten dazu." Er hoffte, Vinny würde nicht nachhaken. „Du hast sowieso keine Beziehung zu deiner Schwester. Also erfährt sie vielleicht, was du gesagt hast, aber solange du bei der Wahrheit geblieben bist, hast du nichts zu befürchten. Schließlich hilft es ihr, wenn du dem Arzt Hintergrundinformationen gibst. Auch wenn sie es vielleicht nicht versteht, ist es so." Er fand, dass es Zeit war, das Thema zu wechseln. „Wie war die Arbeit?"

Brock hörte Vinnys Antwort nur mit halbem Ohr zu. Das meiste von dem, worüber er redete, verstand Brock nicht ganz. Buchungen und Gegenproben, Bilanzprüfungen – es sagte ihm nicht viel, doch er liebte den Klang von Vinnys Stimme.

„Langweile ich dich?", fragte Vinny, als Brock die Augen schloss.

„Nein. Ich höre dir gern beim Reden zu. Es ist schön entspannend."

Einige Minuten später begann Vinny, ihm ein Buch auf seinem Handy vorzulesen. Das war so lieb von ihm, und Brock streckte seine Hand aus. Ohne innezuhalten, ergriff Vincent sie, und so saßen sie dann zusammen, während Vinny ihm vorlas.

Brock nickte ein. Er hätte nichts dagegen tun können, selbst wenn er gewollt hätte.

SPÄTER TRAFEN seine Eltern ein und seine Mutter trug eine kleine isolierte Tasche. Sobald sie diese öffnete, breitete sich der Duft ihres Pestos im Zimmer aus und Brocks Appetit, der sich eine Auszeit genommen hatte, kehrte mit aller Macht zurück. Nachdem sie ihm eine Gabel gereicht hatte, aß er langsam mit einer Hand und der Geschmack explodierte auf seiner Zunge.

„Das riecht fantastisch, Sue", sagte Vinny.

„Das ist es auch." Ohne darüber nachzudenken, spießte Brock eine Nudel auf und reichte sie Vinny, der sich die Gabel zwischen die Lippen schob. „Sie kocht die beste Pasta. Ich schwöre, dass es in der Familie keine italienischen Vorfahren gibt, aber Mom sollte ihre Soßen verkaufen. Sie könnte ein Vermögen verdienen."

Tief aus Vinnys Kehle entwich ein anerkennender Laut, der Brock direkt in die Knochen schoss. Er war so dankbar, dass er die Decke über sich hatte, denn das Letzte, was seine Mutter sehen sollte, war Mr. Latte.

Brock aß das Essen seiner Mutter auf, und als er damit fertig war, wurde das Krankenhausessen gebracht. Er stocherte im Nachtisch herum und aß einige Bissen Gemüse, bevor er Vincent bat, ihm das Tablett abzunehmen.

Seiner Mutter schenkte er ein Lächeln. „Das habe ich gebraucht."

„Ich habe schon Tomatensoße für deine Zeit bei uns vorgekocht."

Brock stöhnte leise, weil er nicht wusste, wie er *nein* sagen sollte.

„Brock kommt zu mir", warf Vinny ein. „Ich kann Unterstützung gebrauchen, selbst von der einarmigen Sorte, um das Haus für die Kinder vorzubereiten. Sie lieben ihn, also wäre er mir eine große Hilfe."

Brock war sich nicht sicher, wie er reagieren sollte. Er rechnete mit der Verärgerung seiner Mutter, und tatsächlich presste sie die Lippen zusammen und ihre Mundwinkel senkten sich, so wie sie es taten, bevor sie explodierte.

„Das halte ich für eine gute Idee", sagte sein Vater.

Seine Mutter durchbohrte ihn mit Blicken, widersprach allerdings nicht.

„Brock ist ein erwachsener Mann, der selbstständig sein eigenes Leben führt. Du und ich wollten nächste Woche an den Strand fahren. Das planen wir schon seit Monaten."

„Ja, fahrt und habt Spaß." Brock hatte ihre Urlaubspläne vergessen und ergriff die Gelegenheit. „Mom, du hast dich viele Jahre um mich gekümmert. Ich komme zurecht. Du solltest mit Dad den Urlaub machen, den ihr verdient. Amüsiert euch."

„Wir haben ein Haus gemietet und es gibt ein Zimmer ..."

„Nein, Mom. Ihr braucht einen gemeinsamen Urlaub. Ich habe nicht vor, das fünfte Rad am Wagen zu sein." Mit seinen Eltern in einem Haus zu wohnen und ihnen zuhören zu müssen, wenn das Licht ausging, war das Letzte, was er wollte. Als er bei ihnen zu Besuch gewesen war, hatte er eine Lektion darüber gelernt, wie ungeniert und laut seine Eltern gewesen waren. Er wünschte, er könnte es ungeschehen machen, und wollte es ganz sicher nicht wiederholen. „Fahrt einfach, habt Spaß. Ihr müsst um mich kein Aufhebens machen."

Er sah, dass seine Mutter erneut protestieren wollte, doch sein Vater massierte ihr leicht die Schultern und ihre Worte erstarben auf ihren Lippen.

„Ich hole ihn morgen hier ab", sagte Vinny. „Ich habe frei, also kann ich ihn zu seiner Wohnung fahren, um seine Sachen zu holen, und ihn dann zu meinem Haus bringen."

„Wann kommt jemand, um das Haus zu besichtigen?"

„Sie haben angerufen und mit mir einen Termin für morgen um vier ausgemacht, also habe ich mir den Tag freigenommen, weil ich sowieso zu nervös sein werde, um über etwas anderes nachzudenken."

„Wie können Sie Brock *und* diesen Kindern helfen? Wird sich das nicht gegenseitig im Wege stehen?"

„Mom, ihr fahrt in den Urlaub und ich wohne bei Vincent." Brock hatte sich entschieden und würde nicht darüber diskutieren. „Es ist meine Entscheidung." Er fügte einen Hauch seines Polizisten-Tonfalls hinzu und sie gab hoffentlich endgültig nach. Ihre Penetranz ging ihm auf die Nerven. Brock wusste, dass sie sich sorgte, doch nun fing sie an zu übertreiben. „Ich werde zurechtkommen und Vincent kann meine Hilfe gebrauchen." Er lehnte sich zurück und schloss die Augen, da nun alles gesagt war.

„Ich sollte mich jetzt auf den Weg machen", sagte Vinny. „Wir sehen uns morgen. Hast du dein Handy?"

Brock öffnete die Augen und sah, dass Vinny sich über das Bett gebeugt hatte. Er wusste, dass er seine unverletzte Hand gegen Vinnys Brust pressen sollte, um ihn auf Abstand zu halten, da sich gleich neben dem Bett seine Eltern befanden. Aber er wollte nicht, dass Vinny ging.

„Ich weiß nicht, wo es ist."

Vinny brauchte einen Moment, um ihm seine Nummer aufzuschreiben. „Ruf mich an, bevor du entlassen wirst, und ich hole dich ab." Dann beugte er sich weiter hinunter und küsste Brock auf die Stirn. „Ruh dich aus und langweile dich nicht zu sehr." Nachdem er sich auch von Brocks Eltern verabschiedet hatte, ging Vinny.

Seine Mutter gab ein *Hmpf* von sich. „Ich bin nicht sicher, ob ich ihn mag."

„Das liegt nur daran, dass er dich durchschaut und dir total den Wind aus den Segeln genommen hat." Sein Vater kicherte und ging um das Bett herum, um sich auf den Stuhl zu setzen, den Vinny freigemacht hatte. „Er ist ein großer Junge und kann auf sich aufpassen."

„Er wurde angeschossen. Nennst du das aufpassen?"

„Genug, Mutter", knurrte Brock. „Das Thema ist beendet. Ich möchte nicht *nach Hause zu Mami* gehen. Ich bin kein Kind und es geht mir gut. Es ist mein Beruf und eines der Risiken, die ich eingegangen bin, als ich Polizist geworden bin. Ich beschütze Menschen und helfe ihnen und das ist manchmal gefährlich. Das weißt du und ich weiß es auch. Also belasse es bitte dabei." Er hatte seine Stimme gesenkt, da die Schwestern nicht denken sollten, dass sie stritten.

Seine Mutter lehnte sich mit einem Gesichtsausdruck zurück, der ihm sagte, dass sie endlich aufgegeben hatte. Sie war nicht glücklich, aber in diesem Fall konnte er sie nicht glücklich machen. „Also kommst du jetzt wieder mit Vincent zusammen?" Sie war eindeutig in der Stimmung nachzubohren. „Du hast gesagt, ihr wärt einmal mehr als Freunde gewesen, und er hat dich geküsst."

Brock wünschte, er wüsste die Antwort darauf. „Ich weiß es nicht, Mom. Er ist ein netter Kerl und anders als erwartet. Also verstehe ich noch nicht ganz, was passiert. Vincent kämpft um das Sorgerecht für seine Nichte und seinen Neffen, obwohl ich nie gedacht hätte, dass er der Typ für Kinder ist. Aber offensichtlich ist er es und bereit, für sie sein Leben zu ändern. Er war jeden Tag hier und hat mir heute Nachmittag sogar ein Buch vorgelesen, damit ich mich entspannen konnte. Er ist aufmerksam und liebevoll und das könnte ich in meinem Leben gebrauchen."

„Ich bin liebevoll …"

„Natürlich bist du das. Aber du bist meine Mutter. Ich wünsche mir die Art von Liebe, die du und Dad haben, und die verdiene ich auch. Ich weiß, dass du nicht über die Schwulensache reden willst, aber sie ist Teil von mir und bedeutet, dass ich mit viel Glück einen Mann finde, mit dem ich den Rest meines Lebens verbringen kann. Ob es Vinny ist, weiß ich nicht. Aber er hat mich vor sechs Jahren verlassen und ich habe ihn nie vergessen. Er ist ein Grund dafür, dass ich mir eine mehrjährige Auszeit vom College genommen habe, um zu arbeiten und herauszufinden, was ich tun möchte." Brock schluckte. „Ich habe ihn geliebt, Mom, aber er war nicht bereit, der zu sein, der er wirklich war. Als es also ernst wurde, hat er sich dafür entschieden, es weiterhin vor seiner Familie geheim zu halten, anstatt mich zu halten. Aber seine Familie hat er nun nicht mehr, und er geht jetzt eindeutig offen damit um, wer er ist."

„Du hast ihn wirklich geliebt?", flüsterte sie und beugte sich vor.

„Das habe ich, Mom. Ich weiß nicht, was daraus wird. Aber ja, ich habe ihn geliebt. Ich habe dir und Dad gesagt, dass ich schwul bin, aber da ihr nie darüber reden wolltet, habt ihr ihn kennengelernt, ohne dass ich euch gesagt habe, wie viel er mir bedeutete."

„Hast du dich für uns geschämt?", fragte seine Mutter.

„Nein. Ich wollte euch nicht verärgern. Ihr wolltet nicht darüber reden, also habe ich diesen Teil meines Lebens nicht zu euch nach Hause gebracht. Ich habe ihn größtenteils für mich behalten." Er wusste nicht, was er sonst noch sagen sollte. Es war Zeit, ehrlich zu sein, selbst wenn seine Eltern es nicht hören wollten. Zu lange hatte er dieses Schweigen andauern lassen.

„Hattest du andere Freunde?"

„Ja. Nicht allzu viele. Aber mit keinem von ihnen war es ernst, außer mit Clive."

„Liegt das an uns?" Sie blickte über das Bett hinweg seinen Vater an. „Wir wollten nur das Beste für dich. Und anders zu sein ist so …" Sie wischte sich über die Augen. „Ich wollte nicht, dass du es schwer hast."

„Das war es nicht. Mir ist vor langer Zeit klargeworden, wer ich bin. Meine Freunde wussten es, auch wenn ich es ihnen erst in meiner Collegezeit gesagt habe. Die Jungs vom Revier wissen es und akzeptieren mich."

„Aber ist es nicht schwierig? Machen sie dir keine Probleme?"

„Nein, Mom. Ich bin nicht der Einzige. Red, Carter, Kip – sie sind alle schwul, und der Mann, den ich ersetzt habe, JD, war es ebenfalls. Es ist keine große Sache – außer, du willst eine daraus machen. Aber das liegt an dir." Er hatte diese Herausforderung aussprechen müssen. Brock erkannte, dass sich zwischen ihm und seinen Eltern etwas ändern musste. Ihnen Teile seines Lebens vorzuenthalten, weil sie ihnen unangenehm sein könnten, würde nicht länger funktionieren. Sie würden ihn nie vollständig verstehen, wenn er nicht versuchte, es ihnen klarzumachen.

„Aber ...“

„Geht es um die Religion, Mom?“ Auf diese Möglichkeit war Brock vorbereitet. „Wenn es das ist, finde dich damit ab. Ihr könnt ja glauben, was ihr möchtet. Aber wenn ihr ernsthaft Teil meines Lebens sein wollt ... wird sich etwas ändern müssen. Was, wenn aus der Sache mit Vinny etwas wird? Oder mit jemand anderem? Erwartest du, dass ich euch ohne ihn besuche? Das wird nämlich nicht passieren.“ Er hatte genug vom Schweigen und der *Rede-nur-nicht-drüber-Vorgabe*.

„Okay.“ Sie verschränkte die Arme vor der Brust.

„Gut. Denn ich möchte euch nicht nur halb in meinem Leben haben.“ Brock war erschöpft und schloss wieder die Augen. Er hatte ihr gesagt, was er sagen wollte, und musste sich nun ausruhen.

Seine Eltern blieben noch ein wenig, verabschiedeten sich dann und schalteten das Licht aus. Brock kam zu dem Schluss, dass er genauso gut etwas schlafen konnte, bevor erneut jemand hereinkam, um ihn zu untersuchen, zu stechen und zu piksen.

4

Vincent hatte alles getan, was ihm eingefallen war. Er hatte im Haus alle von Donald angesprochenen Veränderungen vorgenommen. Die Schränke und die Toilette hatte er noch nicht kindersicher gemacht, aber bereits die nötigen Vorrichtungen besorgt. Es war zwei Uhr nachmittags und Brock hatte soeben angerufen, um ihm mitzuteilen, dass er entlassen wurde. Vincent hatte Schmetterlinge im Bauch. Er musste Brock abholen und rechtzeitig zurück sein, bevor die Dame vom Jugendamt auftauchte. Er schloss die Haustür ab, stieg ins Auto und fuhr vorsichtig zum Krankenhaus am anderen Ende der Stadt.

Als er vor dem Krankenhaus anhielt, saß Brock gleich hinter der Tür in einem Rollstuhl und trug die Straßenkleidung, die ihm seine Eltern mitgebracht haben mussten, und sobald er draußen war, bedankte er sich beim Krankenpfleger und kam mit einer Tasche in der unverletzten Hand auf das Auto zu. Vincent eilte um das Auto herum, öffnete die Tür und ließ Brock einsteigen, bevor er sie wieder schloss. Nachdem er Brock mit seinem Sicherheitsgurt geholfen und sich ebenfalls angeschnallt hatte, fuhr er los, so schnell er es wagte.

„Wann kommen sie?"

Vincent warf einen Blick auf die Uhr im Armaturenbrett. „In fünfzig Minuten."

„Nun, bring mich nur nicht auf dem Nachhauseweg um, Speedy." Brock schien sehr guter Laune gewesen zu sein, die jedoch plötzlich erstarb. „Hör zu, du kannst mich einfach zu meiner Wohnung fahren und ich bleibe da. Ich weiß, dass du Besseres zu tun hast, als dich um mich zu kümmern. Die Kinder sind wichtiger. Dass du es in Anwesenheit meiner Mutter angeboten hast, damit ich nicht bei ihr wohnen muss, weiß ich zu schätzen, aber ich komme allein zurecht."

Vincent sah zu Brock hinüber, bevor er seinen Blick wieder auf die Straße heftete. „Glaubst du, ich möchte mit deiner Mutter aneinandergeraten? Auf keinen Fall. Sie macht mir Angst. Ich hatte vor, den Keller als Büro zu nutzen, sobald die Kinder eintreffen, aber nach den vielen Turbulenzen und da ich ihn sowieso noch nie benutzt habe, habe ich den Bürokram vorerst im Lagerraum untergebracht und daraus ein Zimmer für dich gemacht. Es gibt ein kleines Badezimmer mit einer Dusche und es hat sogar einen Ausgang zur Veranda."

„Du musstest das nicht tun. Du wirst bald schon beschäftigt genug sein und …"

„Ich bekomme die Kinder nicht sofort und ich meinte es ernst. Du brauchst Hilfe und ich ebenfalls. In ein paar Tagen, wenn es dir besser geht, kannst du mir helfen, alles kindersicher zu machen." Vincent verspürte jedes Mal ein leichtes Flattern im Magen, wenn Brock davon sprach, in seine Wohnung zurückzukehren, und keines von der angenehmen Art. Schließlich hatte er endlich einen Weg gefunden, wie er etwas Zeit mit Brock verbringen konnte. Er wünschte sich wirklich eine zweite Chance, und nachdem Brock ihm im Krankenhaus erlaubt hatte, ihn zu küssen, war Vincent der Meinung, dass Brock die Tür möglicherweise einen Spalt geöffnet hatte. Die Sache mit Dates, Kinobesuchen und Restaurants hatten sie bereits hinter sich und er wollte alles wiederholen, nur war er jetzt älter und wusste viel besser, was er wollte. „Entspann dich einfach. Ich habe Platz, und die Kinder ziehen weder heute noch morgen ein. Donald sagt, diese Angelegenheiten brauchen Zeit, und ich vermute, er hat recht. Es gibt Überprüfungen und Genehmigungen … all so ein Zeug. Schließlich reden wir hier von Rechtssachen – da bewegt sich nichts besonders schnell."

„Wenn du ganz sicher bist."

Vincent lächelte, bog in seine Siedlung ab und parkte auf der Straße gleich vor seinem Haus. „Wir holen deine Sachen, nachdem die Gutachterin gegangen ist." Er wurde immer nervöser, obwohl er wusste, dass er dafür keinen Grund hatte. Sein Haus war schön und er hatte Zimmer für die Kinder, deren Möbel bereits unterwegs waren. Alles war in Ordnung.

Er hatte Brock hineingebracht und ihm etwas zu trinken geholt, womit er sich nun auf dem Sofa ausruhte, als die Klingel ertönte. Er öffnete die Tür.

„Vincent Geraldini, ich bin Lauren Winters vom Jugendamt." Sie griff in ihre Tasche, nahm ihren Ausweis heraus und zeigte ihn Vincent. Sie trug ein gepflegtes, hellgraues Kostüm und langes schwarzes Haar fiel in Wellen bis auf ihre Schultern hinab.

„Kommen Sie bitte herein." Vincent trat zurück, um sie eintreten zu lassen.

Sie sah sich ausgiebig um. „Sie haben ein schönes Haus."

„Danke." Vincent schloss die Tür, um die klimatisierte Luft nicht entweichen zu lassen, und deutete auf das Esszimmer. „Was würden Sie gern sehen? Oben habe ich für jedes Kind ein Zimmer. Ich habe alle Steckdosen abgedeckt und es gibt Kindersicherungen für alle Schränke, Toiletten und sogar den Kühlschrank. Die Möbel für die Kinderzimmer sind noch nicht eingetroffen. Ich habe ein Rennwagenbett für Abey bestellt und ein rosa Gitterbett für Penny. Sie sollten morgen geliefert werden. Hinter dem Haus gibt es einen eingezäunten Garten, in dem sie spielen können und …"

„Mr. Geraldini, es gibt keinen Grund zur Nervosität. Soweit ich es bisher beurteilen kann, haben Sie ein sauberes, gepflegtes Zuhause." Sie lächelte und ihre Haltung schien einen Teil ihrer Steifheit zu verlieren. „Wer ist das?", erkundigte sie sich, als Brock das Zimmer betrat.

„Brock Ferguson. Ich bin ein Freund von Vinny." Er streckte seine gesunde Hand aus, die sie schüttelte.

„Er wohnt einige Tage bei mir. Brock wurde vor zwei Tagen im Dienst angeschossen und ist einige Zeit auf Hilfe angewiesen."

„Im Dienst?", fragte Lauren.

„Ich arbeite hier in Carlisle als Polizist." Brock ließ sein gewinnendes Lächeln aufblitzen, woraufhin sich ihr Gesichtsausdruck wieder entspannte.

„Das ist ein wenig ungewöhnlich. Die Kinder brauchen Konstanz und kein Zuhause, in dem Menschen kommen und gehen." Sie schürzte leicht die Lippen.

Vincent blinzelte. „Es sind ja nicht viele, sondern nur einer. Außerdem kennen sie Brock bereits. Beide Kinder betrachten ihn als ihren Helden." Er lächelte und fuhr sich mit den Fingern durch die Haare. „Brock ist der Polizist, der sie aus dem Kofferraum gerettet hat. Mein Neffe hält ihn für das Allergrößte, abgesehen von Tierkeksen."

„Ich verstehe."

„Sowohl die halbe Polizei als auch Donald würden sich für mich verbürgen. Sein Mann und ich sind zurzeit zusammen im Dienst."

Mann, Brocks Polizistenstimme war verdammt sexy. Vincent wusste, dass diese Stimme eine bedeutende Rolle in seinen Fantasien spielen würde.

Als sich Laurens Mundwinkel verzogen, begann Vincent zu verstehen, was hier vor sich ging. „Gibt es ein Problem?", fragte er und warf Brock einen stummen Blick zu, der ihn registrierte und leise den Raum verließ. Vincent hörte ihn kurz telefonieren, bevor das Haus wieder still wurde.

„Dürfte ich die Schlafzimmer sehen?", fragte sie wesentlich steifer als zuvor, während sie Formulare aus ihrer Tasche hervorholte.

Er führte sie in die obere Etage und zeigte ihr beide Räume.

„Sehr merkwürdig geformt", sagte sie im ersten Zimmer. Es war ein wenig ungewöhnlich, das musste er zugeben, doch es war ein schönes Zimmer, und was hatte die Form überhaupt damit zu tun?

Er hatte ein flaues Gefühl im Magen, als er ihr den nächsten Raum zeigte. Dieser war sein Büro gewesen, und auch wenn die Farben noch etwas kühl wirkten, ließ sich das leicht ändern, und der Raum war sauber und wartete nur noch auf die Möbel.

Vincent hörte, wie die Haustür sich öffnete und schloss. „Entschuldigen Sie mich." Er wandte sich ab, um das Zimmer zu verlassen.

„Erwarten Sie noch mehr Menschen?", fragte Lauren unwirsch.

Vincent ignorierte sie, während sich in ihm Verärgerung und Enttäuschung ausbreiteten. Auf der Treppe waren Schritte zu hören und dann kam ihm am oberen Ende der Treppe Donald entgegen, der wütend dreinblickte.

„Lauren." Hier trafen eindeutig keine Freunde aufeinander.

„Was machst du hier?", fragte sie unschuldig.

„Dafür sorgen, dass du deine Arbeit erledigst, und zwar *nur* diese." Er stemmte die Hände in die Hüften und starrte sie mit genug Kälte an, um Vincent klarzumachen, warum man ihm manchmal den Spitznamen Eiszapfen gab.

„Das ist mein Auftrag."

„Und ich bin mit den Bedingungen dieses Hauses gut vertraut. Solltest du nach der Überprüfung etwas bemängeln, kann und werde ich widersprechen. Du hast bereits den Ruf, deine Kompetenzen zu überschreiten." Donalds Stimme war leise, aber drohend.

„Ich habe einen Ermessensspielraum und finde nicht, dass Kinder …"

„Dein Ermessensspielraum erstreckt sich nicht auf Diskriminierungen. Carter und ich sind Pflegeeltern, und wenn du nicht unbedingt die Büchse der Pandora öffnen willst, die für dich zu einem Disziplinarverfahren führen könnte, wirst du deine Arbeit machen, nur deine Arbeit, und deine Vorurteile für dich behalten."

„Meine religiösen Grundsätze verbieten es mir, diese Art von Verhalten gutzuheißen."

Vincent sah ihren herablassenden Gesichtsausdruck und hätte ihn am liebsten mit einer Ohrfeige weggewischt.

„Das hier ist deine Arbeit und du wirst sie gemäß der Gesetze und Richtlinien des Amtes ausführen, sonst sorge ich mit einer offiziellen Beschwerde dafür, dass man dir kündigt. Es hat nichts mit deiner Religion zu tun, sondern mit der Unfähigkeit, die Aufgaben zu erfüllen, für die du eingestellt wurdest." Verdammt. Der von Donald ausgehende Frost kühlte den gesamten Raum ab. „Also, was hast du Mr. Geraldini nun zu sagen?"

Sie schluckte schwer. „Ihr Haus ist sehr schön und ich denke, es ist perfekt für Kinder geeignet. Die Schränke benötigen noch die Kindersicherungen, genau wie die Badezimmer und der Kühlschrank, aber Sie sagten, diese hätten Sie bereits. Abgesehen von einem Schutzgitter, um die Treppe zu versperren, halte ich es für eine sichere Umgebung." Sie schob ihre Papiere wieder in die Tasche. „Morgen früh reiche ich meinen Bericht ein." Sie verließ das Zimmer und stieg, gefolgt von Vincent und Donald, die Treppe hinunter. „Ich finde allein hinaus."

Kaum hatte sich die Tür geschlossen, stöhnte Donald auf.

„Du bekommst dafür keinen Ärger, oder?"

„Gott, nein. Sie steht so nah an einer Kündigung, dass es schon nicht mehr sicher ist, und das weiß sie auch selbst. Sie hüllt sich in ihre Religion und versucht, anderen ihren Glauben aufzuzwingen. Wenn wir eingestellt werden, wird uns allen beigebracht, die Vorgaben zu befolgen. Das Gesetz zählt, nicht unsere Überzeugungen. Die meisten von uns wollen Menschen helfen, aber sie versucht, ihren Glauben zu verbreiten. Hätte ich gewusst, dass sie herkommen sollte, hätte ich dich gewarnt."

„Sie wird nichts versuchen, oder?", fragte Vincent.

„Nein. Das wird sie nicht. Ihr dürfte sofort klar werden, dass sie bei Leuten, die ihr Ärger verursachen könnten, einen sehr schlechten Eindruck gemacht hat, und sie wird überlegen, wie zum Teufel sie es ungeschehen machen kann." Donald seufzte. „Ich gehe jetzt. Wenn sie dir auch nur den geringsten Kummer bereitet, ruf mich einfach an." Er winkte Brock zu, der in der Tür aufgetaucht war, und ging.

Da Brock blass aussah, brachte Vincent ihn dazu, sich wieder auf das Sofa zu setzen, und brachte ihm etwas Wasser.

„Brauchst du eine Tablette?"

„Nein. Ich habe eine geschluckt und sie macht mich ein wenig benommen."

„Leg die Füße hoch und ich hole dir etwas zu essen. Das hilft vielleicht." Vincent eilte in die Küche, wo er Käse und Cracker fand. Er schalt sich innerlich, weil er nicht mehr zu essen besorgt hatte. Er brachte beides zu Brock und überzeugte sich davon, dass es diesem gut ging. Dann ließ er sich in seinen Lieblingssessel sinken und schnappte sich seinen E-Reader. Aus dem Augenwinkel sah er zu, wie Brock aufaß, dann den Teller auf dem Tisch platzierte und die Augen schloss. Bald wurde der Raum von leisem Schnarchen erfüllt.

VINCENT BEREITETE so leise wie möglich ein leichtes Abendessen zu. Anschließend weckte er Brock und sie nahmen eine geruhsame Mahlzeit ein, bevor sie sich auf den Weg zu Brocks Wohnung machten, um einen Koffer zu packen. Da Brock sich bereits wieder nur so dahinschleppte, als sie zurückkamen, legte er sich auf die Couch, während Vincent sein Zimmer im Keller vorbereitete. Als Vincent die Treppe wieder hochging, erhielt er eine Nachricht von Donald, der sich erkundigte, ob sich *Onkel Brock* in der Verfassung für einen Besuch befand.

Vincent ging ins Wohnzimmer. „Die Kinder wollen dich sehen", sagte er, als Brock sich regte. „Ich glaube nicht, dass sie lange bleiben würden."

Brock rieb sich die Augen und setzte sich vorsichtig auf. „Ich bin okay. Nur müde."

„Ich kann es auf morgen verschieben."

„Nein. Ich möchte sie auch sehen."

Ja sandte Vincent an Donald und sah sich dann Brock genauer an, während sie auf ihre Gäste warteten. Es rührte ihn, dass Brock beim Gedanken an die Kinder so auflebte.

Als es klingelte, öffnete er die Tür und die Jungen stürmten herein und suchten eilig nach *Onkel Brock*. Penny war noch schüchtern, ließ sich aber von Donald an ihn weiterreichen.

„Du bist so ein großes Mädchen", sagte Vincent. Sie blinzelte, wirkte jedoch nicht unglücklich. „Du bist eine sehr hübsche junge Dame."

„Ma", sagte sie ohne großen Nachdruck und begann zu wimmern. Sie legte ihren Kopf an Vincents Schulter.

„Geht es ihr gut?"

„Sie ist ein kleines Mädchen, das seine Mutter sehr vermisst. Für sie spielt es keine Rolle, dass sie nicht die beste Mutter war. Sie weiß nur, dass sie fort ist. Es ist schwer für sie, aber wir haben eine Routine entwickelt und sie wird immer fröhlicher und kommt mehr aus sich heraus, seit Abey nicht mehr ständig das Reden für sie übernimmt." Er trat etwas näher und zeigt auf sich. „Wer bin ich, Penny?"

„Don", antwortete sie.

„Genau. Don." Er zerzauste ihr das Haar. „Carter hat sie so süß *Car* genannt, als hätte sie ein Auto gemeint, aber sie hat es gesagt und ist auf Carters Schoß gekrabbelt. Sie ist wirklich intelligent und schafft schon einfache Puzzlespiele. Wir arbeiten jeden Abend mit beiden Kindern an etwas. Sie sind klug, aber sie sind nicht so gefördert worden, wie sie es eigentlich hätten sein sollen."

„Das ändern wir."

„Ja, allerdings", stimmte Brock aus dem Nebenraum zu.

Vincent trug Penny ins Wohnzimmer. Die Jungen saßen rechts und links von Brock, während er ein Buch auf dem Schoß hielt und ihnen vorlas, wobei er alle bärigen Stimmen nachahmte. Es war hinreißend. Alex kannte das Buch gut genug, um im richtigen Moment für Brock umblättern zu können. Vincent setzte sich mit Penny dazu und sie lauschten ebenfalls der Geschichte. Sie saß still, während Brock las, doch anschließend wand sie sich aus Vincents Armen und lief umher, um alles zu erkunden.

„Bleib bei uns im Zimmer", sagte Don.

Sie lief weiter in die Richtung, die ihr gefiel, bis Donald sie von den Füßen hob und wieder im Zimmer absetzte. Da blinzelte sie und schien kurz davor zu sein, in Tränen auszubrechen, also stand Vincent auf, hob sie über seinen Kopf und drehte sich mit ihr. Sie kicherte und lachte und was auch immer sie hatte tun wollen, war vergessen.

„Ablenkung ist eine wunderbare Sache."

„Noch eine Geschichte?", bat Abey. „Bitte."

„Ich habe kein anderes Buch. Sagen wir doch einfach, dass ich beim nächsten Mal, wenn ihr mich besucht, mehr zur Auswahl habe, und dann lese ich euch alles vor, was ihr wollt, okay?" Vorsichtig umarmte Brock jeden der Jungen. Alex rutschte vom Sofa und stellte sich zu Donald, während Abey gähnte und sich an Brocks unverletzte Seite lehnte. Wie schnell Abey Brock liebgewonnen hatte, war süß und reizend.

„Wir sollten gehen und *Onkel Brock* schlafen lassen. Er erholt sich noch und ihr könnt ihn bald wieder besuchen."

Alle Kinder, einschließlich Penny, umarmten Brock.

„Tschüss, *Onkel Vinny*", sagte Abey und sah dann mit einem verschwörerischen Grinsen zu Brock hinüber. Offenbar hatte Brock mit ihm geübt. Penny winkte ihm aus Donalds Armen zu und Alex drückte Vincent an sich, bevor sie gingen.

„Sie sind alle so gute Kinder", sagte Brock, als Vincent ins Wohnzimmer zurückkehrte. Ihm liefen Tränen über die Wangen. „Ich sehe immer wieder ihre Gesichter beim Öffnen des Kofferraums vor mir. Sie wussten nicht, was sie von mir halten sollten. Es gefiel ihnen darin nicht, aber ich war nicht Mama, also wollten sie erst nicht mit mir weggehen." Er schniefte. „Ich weiß, dass ich mich albern verhalte, aber beim Einschlafen sehe ich sie jedes Mal wieder in diesem Kofferraum. Diese großen Augen und ihre feuchten Gesichter. Auch wenn Abey seine Schwester so gut wie möglich beschützt hat, müssen sie schreckliche Angst gehabt haben. Ich wette, sie haben geweint und geschrien. Deine Schwester muss sie gehört haben."

„Gott, darüber habe ich nie nachgedacht."

„Was Menschen einander antun. Ich sehe es immer wieder und frage mich, ob ich einen anderen Beruf wählen soll. Ich dachte, Polizist zu sein, wäre das, was ich wollte."

„Dass du angeschossen wurdest, siehst du nicht vor dir oder durchlebst du wieder?", fragte Vincent, woraufhin Brock den Kopf schüttelte.

„Das war nur ein verängstigter Junge, der etwas Dummes getan hat – und dann noch, um in einen Club zu kommen. Die Operation habe ich hinter mir und es geht mir gut. Außerdem war es meine Schuld. Ich wünschte, es wäre anders gelaufen, aber jetzt kann ich es nicht mehr ändern. Ich hatte nicht das Gefühl, dass von dem Jungen eine Gefahr ausging, daher hatte ich versucht, mit ihm zu reden."

„Was hat Carter gesagt?"

„Dass er dasselbe getan hätte. Aber ich habe die Entscheidung getroffen. Und ich kann mit ihr leben. Abey und Penny hatten keine Wahl. Die hat man ihnen genommen, als sie in diesen Kofferraum gesperrt wurden. Sie haben auf ihre Mutter gehört. Abey und Penny sollten ihr vertrauen können – sie ist ihre Mutter und ihr sollte immer ihr Wohl am Herzen liegen. Sie hat ihr Vertrauen missbraucht und ihnen zugleich einen Teil ihrer kindlichen Unschuld genommen, die sie so jung nicht verlieren sollten. Also ja, es sind die beiden, die ich vor mir sehe und die mich wachhalten."

Vincent ließ sich neben Brock auf dem Sofa nieder. „Wie schlimm ist es?"

„Im Krankenhaus habe ich sie immer wieder gesehen. Manchmal bin ich aus dem Schlaf hochgeschreckt, weil ich mit ihnen in den Kofferraum gezwängt wurde. Wir wurden hin- und hergeworfen und die Kinder haben geweint und sich aneinandergeklammert. Ich habe versucht, ihnen zu helfen und sie zu beruhigen, konnte sie aber niemals ganz erreichen. Ich weiß, dass es vermutlich größtenteils durch das Narkosemittel von der Operation ausgelöst wurde, aber es hat mich verwirrt. Obwohl ich weiß, dass ich alles getan habe, um ihnen zu helfen, kann ich nicht aufhören, darüber nachzudenken, was sie durchgemacht haben."

Vincent nickte. „Als ich in Abeys Alter war, habe ich mein erstes Fahrrad bekommen, und ich erinnere mich daran, wie mein Vater mir beigebracht hat, damit zu fahren."

„Ich habe dieselbe Art von Erinnerung an meinen Vater. Also müssen wir Abey ein Fahrrad kaufen, sobald er hier wohnt. Und wir können ihm beibringen, wie man fährt."

Vincent gefiel es, wie Brock darüber sprach, dass sie Dinge gemeinsam tun würden. Er fürchtete sich davor, weiter nachzufragen, was zwischen ihnen künftig sein würde, denn er befürchtete, es könnte das zerplatzen lassen, was sich zwischen ihnen entwickelte.

„Glaubst du, du wirst weiterhin diese Träume haben?"

„Ich weiß es nicht. Da hilft nur abwarten."

„Du weißt, was sie bedeuten?", fragte Vincent.

„Natürlich weiß ich das." Er schloss die Augen und senkte den Kopf. „Sie bedeuten, dass ich schwach bin und meine Gefühle nicht unter Kontrolle habe. Wie kann ich ein guter Polizist sein, wenn mich jeder Fall, mit dem ich zu tun habe, so in Mitleidenschaft zieht? Ich werde verrückt und zerbreche daran." Er sah zu Boden.

„Nein." Vincents Widerspruch geriet wesentlich schroffer als beabsichtigt, was dazu führte, dass Brock die Augen öffnete und aufsah. „Das ist es nicht, was sie bedeuten." Er sprach sanfter und wandte sich Brock etwas mehr zu, um ihn besser ansehen zu können. „Sie bedeuten, dass du ein Herz besitzt und diese Kinder es berührt haben. Nicht jeder Fall wird diese Wirkung auf dich haben. Diese Kinder haben dich aufgewühlt, und wie hätten sie das auch nicht tun können? Du hast mir erzählt, wie Abey sich für seine Schwester eingesetzt und sie beschützt hat. Beim Gedanken an Deine Worte habe ich immer noch einen Kloß im Hals. Und wenn du glaubst, es wäre etwas Schlechtes, ein Herz zu haben, dann liegst du so was von falsch."

„Da bin ich nicht so sicher. Mein Herz ist ganz schön ramponiert. Wenn ich also jeden Fall oder auch nur jedes Kind, das Hilfe braucht, so an mich heranlasse ..." Brock fuhr sich mit der unverletzten Hand übers Gesicht. „Das schaffe ich einfach nicht."

„Ich weiß, dass ich dich verletzt habe ..."

Brock schüttelte den Kopf. „Du hast mich verlassen und das tat weh. Aber ..." Er stöhnte. „Vertrau mir einfach, okay? Man kann nur begrenzt viel ertragen, und was meine Arbeit betrifft, ist es das Beste, wenn man unbeteiligt bleibt. Sein Herz einzubeziehen, sorgt nur dafür, dass darauf herumgetrampelt wird."

„Unsinn. Haben diese Kinder auf deinem Herzen herumgetrampelt, als sie dich *Onkel Brock* genannt haben? Das glaube ich nicht. Ich wette, du hast dich dadurch mehr als je zuvor im Leben wie etwas Besonderes gefühlt. Vielleicht hast du einige Träume, aber die werden schwinden, so wie es die Erinnerung daran bei Abey und Penny tun wird." Vincent wusste aufgrund ihres früheren Gesprächs, dass ihre Trennung für Brock schwer gewesen war, aber es musste noch mehr dahinterstecken. Jemand hatte Brock wesentlich heftiger verletzt als Vincent und er fragte sich, was derjenige ihm angetan hatte. Brock schien dem Thema auszuweichen und nicht darüber reden zu wollen.

„Ich glaube, ich gehe jetzt ins Bett." Brock hievte sich vom Sofa hoch. „Danke für alles. Ich weiß es wirklich zu schätzen." Er verließ das Zimmer und Vincent fühlte sich, als wäre zwischen ihnen plötzlich eine Wand aus Eis errichtet worden.

„Schließ mich nicht aus." Irgendetwas musste Vincent versuchen, und das Einzige, was ihm einfiel, war, Brock direkt darauf anzusprechen. „Was dir auch passiert ist … Es ist nicht nötig, darüber zu reden."

„Gut."

„Aber lass es auch nicht alles und jeden in deinem Leben in ein anderes Licht rücken."

Brock hielt inne. „Du hast keine Ahnung, wovon du redest."

„Bist du da ganz sicher? Ich weiß, wie es sich anfühlt, wenn dir jemand das Herz bricht und darauf herumtrampelt. Glaubst du, dass ich mich nach unserer Trennung nicht mehr mit Männern getroffen habe? Verdammt, ich habe es mit mehr Männern getrieben, als ich für möglich gehalten hätte, bis ich mich wieder verliebt habe. Nur dass Marquest nicht der Typ war, der sich verliebt, sondern der, der das Kommando übernimmt und sich holt, was er will. Du weißt schon – er tut alles, was er kann, damit man sich in ihn verliebt, und zieht sich dann zurück, damit man dem Arschloch hinterherläuft wie ein Hündchen und ihm alles gibt. Ich habe mir also etwas vormachen lassen. Glaubst du, darauf bin ich stolz? Das hat ganz schön übel wehgetan und ich war an dem Punkt, dass ich meinen Eltern alles erzählen wollte, aber dann sind sie verdammt noch mal gestorben."

„Vinny, ich …" Da war wieder diese Sanftheit.

„Sei dir nur bewusst, dass du nicht der Einzige bist, der verletzt wurde, und nur fürs Protokoll: ich weiß, dass es meine Schuld war. Hätte ich den Mut gehabt, bei dir zu bleiben und mir zu gestatten, glücklich zu sein und den Preis dafür zu zahlen, wäre nichts davon geschehen. Ich hätte dich. Nach Marquest war ich ziemlich lange mit niemandem mehr zusammen oder habe mich auch nur verabredet."

„Ich möchte einfach nicht darüber reden."

„Dann tu es nicht. Ich zwinge dich nicht dazu, aber du musst mich nicht fortstoßen. Ich weiß, was ein gebrochenes Herz bedeutet. Doch es bedeutet nicht, dass man versuchen muss, sein Herz auszuschalten. Denn es ist das, was dich so besonders macht und weshalb ich dich all die Jahre vermisst habe." Er hasste die Tatsache, dass Brock nicht verstand, wie das, was er als sein Versagen betrachtete, ihn in Wirklichkeit zu einem außergewöhnlichen Polizisten machte. Dass er angeschossen worden war, hätte ihn verärgern und wütend auf andere machen können, doch das hatte es nicht getan. Er hatte den Schmerz ertragen und dem Schützen gegenüber Mitgefühl gezeigt. Weshalb also konnte er mit sich selbst nicht ebenfalls Nachsicht haben? „Ich glaube, dein Herz wird dich zu einem großartigen Polizisten machen. Ein Herz zu haben, bedeutet, dass du immer dein Bestes geben wirst, um zu helfen."

Brock widersprach ihm nicht, bevor er sich abwandte und stumm die Treppe hinunterstieg.

Der Gedanke, es so zwischen ihnen zu belassen, gefiel Vincent nicht, doch er konnte nichts tun. Die Tür am oberen Ende der Treppe schloss sich und bald war kurz fließendes Wasser zu hören, bevor das Haus vollständig still wurde. Nach einer Schussverletzung waren Selbstzweifel vermutlich normal und Vincent hoffte, dass es nur eines dieser Dinge war, die Brock allein überwinden musste. Er setzte sich wieder hin und las noch ein wenig, bevor er das Haus abschloss und zu Bett ging.

VINCENT WACHTE auf, weil sich im Erdgeschoss jemand bewegte. Kurz geriet er in Panik und griff nach seinem Handy, bis ihm einfiel, dass sich Brock in seinem Haus befand. Er warf einen Blick auf die Uhr und fragte sich, warum Brock kurz nach drei Uhr wach war. Er stand auf, schlüpfte in seinen leichten, aber seidenweichen Morgenmantel und ging hinunter.

„Was ist los?", fragte Vincent und gähnte ausgiebig. „Hattest du wieder einen dieser Träume?"

Brock blinzelte vom Sofa, auf dem er lag, zu ihm hoch. „Ja. Dieser war richtig schlimm. Ich war im Kofferraum und die Kinder wurden herumgeschleudert, aber ich konnte ihnen nicht helfen. Sie weinten und wurden hin- und hergeworfen, dann wurden sie plötzlich still und ich wusste, dass ich es nicht rechtzeitig geschafft hatte und …"

Vincent streckte die Hand zum Lichtschalter aus, überlegte es sich aber anders. „Komm her." Er half Brock auf die Beine und nahm die Hand auf der unverletzten Seite in seine. Er sagte nichts, während er Brock durchs Haus und die Treppe hinauf bis in sein Schlafzimmer führte. „Geh einfach ins Bett. Du brauchst Schlaf."

Brock war ebenfalls in einen Morgenmantel gehüllt und streifte diesen nun ab, sodass er nur noch seine Unterwäsche trug. Vincent zupfte die Decke zurecht und Brock stieg ins Bett, legte sich hin und bewegte sich auf der Matratze, bis er eine hoffentlich bequeme Position gefunden hatte.

Vincent zog ebenfalls seinen Morgenmantel aus und legte sich zu ihm ins Bett. „Schlaf einfach und mach dir keine Sorgen um Träume oder was auch immer." Er lag auf dem Rücken und blickte an die Decke, während Brock sein Gesicht von ihm abgewandt hatte. Als Vincent sich bewegte, erhaschte er einen Blick auf Brocks Brust und Bauch, die sich vom Bett erhoben. „Gute Nacht." Vincent drehte sich auf die Seite und rückte näher, ohne ernsthaft darüber nachzudenken.

„Du bist nackt", sagte Brock, woraufhin Vincent mehrere Dinge klarwurden. Erstens, dass er in der Tat nackt war und seine Hüfte an Brocks Hinterteil presste. Sein Schwanz hatte es selbstverständlich zur Kenntnis genommen, und obwohl es drei Uhr morgens war, befand er sich nun im hellwachen Zustand und konnte es kaum aushalten. Vincent zog sich zurück, doch Brock griff mit seiner unverletzten Hand nach hinten, um über Vincents Hüfte zu streicheln. „Das ist schön."

Vincent schlang seine Hände um Brocks Bauch und dann höher um seine stahlharte Brust. Gott, das hatte ihm gefehlt. Brock war muskulöser als zu ihrer Collegezeit, doch der Brock, an den er sich erinnerte, war noch da – jetzt aber größer und mehr davon.

„Vinny, das ist keine so gute Idee."

„Warum?" Vincent war plötzlich ausgesprochen wach und liebte jeden Zentimeter weicher Haut, die einen Körper aus festen, harten Muskeln bedeckte. Er ließ seine Hand tiefer gleiten, woraufhin Brock stöhnte, jedoch nicht protestierte. Dadurch ermutigt schob Vincent seine Hand unter den Bund von Brocks Unterwäsche und schloss seine Finger um die volle Härte, die er dort vorfand. An diesen speziellen Teil von Brocks Anatomie erinnerte er sich sehr gut. Er umfasste ihn fester und streichelte ihn langsam.

„Oh Gott."

„Genau. Bleib einfach liegen und sag mir, wie sehr es dir gefällt."

„Das ist eine schlechte Idee."

Vinny hielt in seinen Bewegungen inne. „Willst du, dass ich aufhöre?" Das Stöhnen gab ihm die Antwort, die er erwartet hatte. „Das dachte ich auch nicht." Er küsste die Rückseite von Brocks Schulter, wobei er den Verband mied. Brock hatte Schmerzen und Vincent würde sein Möglichstes tun, um sie zu lindern. Er begann wieder, langsam seine Hand zu bewegen, wobei er auf dem Weg hinunter seine Finger über Brocks Hoden gleiten ließ und bei der Aufwärtsbewegung ganz leicht die Hand drehte. Er erinnerte sich daran, was Brock mochte und wie er ihn in den Wahnsinn treiben konnte. Zwischen ihnen war es von Anfang an heiß gewesen und im nackten Zustand hatte es nie Probleme gegeben. Die starteten erst, wenn sie sich mit dem Rest der Welt auseinandergesetzt hatten. Nun, in diesem Moment waren sie nur zu zweit und sie waren beinahe nackt, also fiel ihnen die Kommunikation leicht. „Ich kann spüren, wie du für mich zitterst."

„Ja …" Brock atmete flach.

Vincent rieb seinen Schwanz an Brocks mit Baumwolle bedecktem Hinterteil und es gelang ihm, die Unterwäsche über seine Hüften zu schieben. „Ich liebe es, dich an mir zu fühlen." Er wollte seinen Schwanz in Brock schieben, ihn ausfüllen, während er ihn streichelte, doch das würde in dieser Nacht nicht geschehen.

Brock stöhnte, woraufhin Vincent ihn fester packte und die Hand heftiger und schneller über seinen stattlichen Schaft bewegte. Brock schob sich ihm rückwärts entgegen und Vincent bewegte seine Hüften, während sich in ihm Hitze ausbreitete. Das hier war fantastisch. Brocks Hüften bewegten sich ebenfalls, als er in Vincents Hand stieß.

„Ich brauch das so sehr. Es ist viel zu lange her." Brock bebte unter seiner Hand und Vincent wusste, dass er jede Sekunde so weit sein würde.

„Du warst schon immer der heißeste Mann, den ich je angesehen oder angefasst habe." Vincent sog Brocks Duft ein, der stärker wurde, bis Erregung und ein Hauch von Schweiß den Raum erfüllten. Was außerhalb passierte, spielte keine Rolle. Das Haus hätte um sie herum zerfallen können und Vincent wäre an seinem Platz geblieben. Brocks Lust, die er buchstäblich in den Händen hielt, war so verführerisch, dass er sich wünschte, sie würde niemals enden.

„Vinny ... ich ... werde eine Schweinerei anrichten ..." Brock auf Stöhnen und unterbrochene Gedankengänge beschränkt zu haben, war ein wunderschönes Gefühl. Vincent mochte es, dass er diesen starken Mann so aus der Fassung bringen konnte. Brock presste sich gegen ihn und erstarrte. Vincent bewegte seine Hand noch schneller und Brock ergoss sich ächzend über seine Finger. „Verdammt ..." Brock zitterte, während Vincent von seinem eigenen Höhepunkt erfasst wurde. Danach blieb Vincent ganz still, fürchtete sich davor, sich zu bewegen, während er Brock sanft in den Armen hielt und sein Kopf sanft auf dem daunenweichen Kissen lag.

Irgendwann erhob sich Vincent so leise wie möglich, um einen Waschlappen und ein Handtuch zu holen. Er säuberte sie beide und kümmerte sich um den feuchten Fleck, bevor er alles ins Badezimmer brachte.

Nachdem er sich wieder unter die Decke geschoben hatte, streichelte er Brock sanft über den Rücken. „Glaubst du, jetzt kannst du schlafen?"

„Mhm", flüsterte Brock, und nach wenigen Minuten war nur noch sein leises Schnarchen zu hören.

5

„HERRGOTT NOCH mal", fluchte Brock zum etwa millionsten Mal an diesem Tag vor sich hin.

„Wofür war das?", erkundigte sich Carter, als er sich mit leicht klimpernder und knarzender Kleidung dem Schreibtisch näherte, an dem Brock vor einem Computer saß. Das Leder, das sie benutzten, war eindeutig nicht für heimliches Annähern geeignet.

„Versuch du doch mal, diesen ganzen Mist einhändig zu tippen." Mit einem erleichterten Stöhnen gelang es Brock, das Formular vollständig auszufüllen und zu speichern. Es war nur das erste und er hatte beinahe eine ganze Stunde gebraucht. Er musste einen schnelleren Weg finden, diesen Kram zu erledigen, sonst würde er verrückt werden.

„Wohnst du noch bei Vinny?" Carter zog sich einen Stuhl heran.

„Ja. Aber es ist schon eine Woche und ich will seine Gastfreundschaft nicht überstrapazieren." Obwohl es ihm sehr gefiel, bei Vinny zu wohnen … Nach dieser ersten Nacht war er lediglich für frische Kleidung in den Keller zurückgekehrt. Sie sprachen nicht darüber, aber Brock fühlte sich in Vinnys Bett wohl. Es war genau richtig, und Vinny neben sich zu haben, hielt die Träume auf Abstand … zumindest größtenteils. In der letzten Nacht hatte er einen gehabt und war hochgeschreckt. Vinny hatte ihm geholfen, sich zu beruhigen, und schon bald hatte er wieder schlafen können.

„Ich glaube nicht, dass dein finsterer Gesichtsausdruck nur dem Papierkram gilt. Stimmt etwas nicht?"

Brock wandte sich von seinem Arbeitsplatz ab. „Ich muss früher oder später in meine eigene Wohnung zurück, und da Vinnys Pflegevaterantrag bald genehmigt werden dürfte, werden die Kinder einziehen und dann muss ich sowieso gehen." Er hätte mit den Schultern gezuckt, hätte ihn dann nicht der Teufel persönlich in Form von Schmerzen heimgesucht.

„Also bist du etwas neidisch auf die Kinder, weil du glaubst, dass durch sie deine ganz persönliche Zeit mit Vinny endet?"

„Nein, ich bin nicht neidisch. Ich bin froh, dass Vinny die beiden aufnimmt. Sie haben jemanden wie ihn in ihrem Leben verdient." Das löste eine Frage aus. „Was passiert eigentlich mit ihrer Mutter? Weißt du etwas?"

Carter verdrehte die Augen. „Sie wurde aus dem Krankenhaus entlassen und jemand hat die Kaution bezahlt. Sie haben den Richter dazu gebracht, sie zu senken, weil sie in Behandlung war, und anscheinend wird auch Druck ausgeübt, sich die Anklagepunkte noch einmal anzusehen."

„Ernsthaft – nach allem, was sie getan hat?" Brock schüttelte langsam den Kopf und jeder Muskel in seinem Körper spannte sich. Er hörte auf, als ein stechender Schmerz seine Schulter durchzuckte.

„Es kommt vor. Sie ist psychisch krank und für solche Menschen hat das Gesetz spezielle Bestimmungen. Der Staatsanwalt wehrt sich, also weiß man nicht, was daraus wird. Sie im Gefängnis zu haben, würde es leichter machen, die Kinder von ihr fernzuhalten. Aber wir müssen abwarten, was der Richter sagt."

„Denkst du, sie bekommt sie schnell zurück?" Das hoffte Brock ganz und gar nicht. Zwar glaubte er, dass Kinder grundsätzlich zu ihren Eltern gehörten, allerdings nur, wenn es ihnen dabei wohl erging. Und er konnte sich nicht vorstellen, dass es Abey und Penny bei einer Pflegestelle nicht besser ergehen würde als bei dieser Mutter.

„Nein. Sie muss eine Reihe von Anforderungen erfüllen."

„Carter", rief Aaron einige Schreibtische weiter entfernt, woraufhin Carter Brock zunickte und davoneilte.

Brock erhob sich, da er beschlossen hatte, vor dem nächsten Formular etwas frische Luft zu schnappen. Die Arbeit am Schreibtisch war wirklich ätzend, aber es war alles, was er tun konnte, bis seine Schulter verheilt war, da er noch nicht viel Krankenurlaub angesammelt hatte. Immerhin arbeitete er, anstatt allein zu Hause zu sitzen.

„Brock", sagte Kip, als er an seinem Schreibtisch vorbeikam. „Vorne fragt jemand nach dir."

„Danke." Er rechnete mit Vinny, weshalb er zum Eingangsbereich eilte, bremste dann jedoch mit leichtem Rutschen ab, als er sah, um wen es sich handelte. Mit langsamen Schritten ging er weiter, während er am ganzen Körper leicht in Schweiß ausbrach. Kurz dachte er darüber nach, sich umzudrehen und jemanden zu bitten, ihn loszuwerden, nur hätte das zu weiteren Fragen geführt, die er vermeiden wollte. Er öffnete die Tür und trat hinaus, wobei er seine Dienstmarke, die ihm den erneuten Eintritt ermöglichen würde, in der Hand behielt.

„Was willst du, Clive?", fragte Brock leise, während er sich zum einen Ende des Raums bewegte.

Clive verschränkte die Arme vor der Brust, als erwartete er, dass Brock zu ihm käme, doch das hier war Brocks Terrain und er hatte nicht vor nachzugeben. Nicht mehr. „Ich bin hier, um dich zu sehen. Mir anzusehen, was du aus dir selbst gemacht hast."

Brock lief ein unangenehmer Schauer über den Rücken, als Clives Blick ihn von oben bis unten abcheckte. Er fühlte sich beinahe schmutzig. „Mir geht es gut und ich bin glücklich."

„Irgendwie bezweifle ich das. Dir ging es selten gut, und ich glaube, die einzige Zeit, in der du glücklich warst, war deine Zeit mit mir." Die laser-ähnliche

Eindringlichkeit seiner beinahe schwarzen Augen verunsicherte Brock und einen Augenblick lang wusste er nicht, was er sagen sollte.

„Wie ich sehe, hat sich dein Ego kein bisschen verringert. Es überrascht mich, dass dein Kopf durch die Tür gepasst hat."

„Junge!"

Brock machte einen Schritt auf ihn zu. „Ich bin nicht dein Junge und das werde ich nie wieder sein. Also kannst du dir den Einschüchterungsmist sparen. Der funktioniert bei mir nicht mehr so wie damals. Ich bin stärker und habe ein Leben, das dich nicht einschließt." Er senkte die Stimme. „Und wenn du mich jetzt bedrohst oder versuchst, mich einzuschüchtern … kann ich eine Zelle für dich vorbereiten, die ganz anders ist als die, in die du mich sperren wolltest."

„Du kannst mir nichts anhaben und das weißt du."

„Mag sein. Aber ich kann dich zum Gehen auffordern und du wirst dem nachkommen. Oder ich gebe Gloria da drüben ein Zeichen und die halbe Truppe wird in Sekundenschnelle hier sein." Er würde nicht lange fackeln.

„Nun, wir wissen beide, dass das nicht passieren wird. Du möchtest mir zeigen, wie stark du deiner Meinung nach bist, aber ich weiß es besser, und ich weiß auch, was genau du brauchst." Er war ein muskulöser Kerl, doch Clives Kraft, seine echte Kraft, war nie die physische gewesen, sondern sein Selbstbewusstsein und die Art, wie er Brock ansah. In seinen dunklen Augen lag noch immer eine solche anziehende Eindringlichkeit, dass es schwer war, ihm zu widerstehen.

„Du weißt überhaupt nichts. Was du zu wissen glaubst, ist falsch. Ich bin nicht mehr derselbe Junge wie früher und werde mich nicht von dir beherrschen lassen wie damals, als ich auf dem College war. Du hattest die Kontrolle über mein Leben übernommen und es beinahe ruiniert. Das wirst du nie wieder tun." Brock gab sich Mühe, so ruhig und deutlich wie möglich zu sprechen und sich die Nervosität nicht anmerken zu lassen, die in seinem Innern aufblühte wie Frühlingsknospen. „Und jetzt rate ich dir zu gehen. Ich muss arbeiten und ich bin sicher, du hast jemand anderen zum Misshandeln." Er hatte genug von diesem Gespräch und auch definitiv für den Rest seines Lebens genug von Clive.

Zum ersten Mal, soweit Brock sich erinnerte, zeigte sich in Clives Augen etwas anderes als Beherrschtheit und Kraft. „Ich habe nie …"

Brock bewegte sich zur Eingangstür. „Ich rate dir, einmal genau in den Spiegel zu sehen." Er öffnete mit seinem unverletzten Arm die Tür und wartete. „Mach's gut. Glaub nicht, dass du mich wieder besuchen musst." Brock wartete, bis Clive gegangen war, schloss dann die Tür, wandte sich ab und betrat die Station, ohne sich noch einmal umzusehen, wobei er das Bedürfnis ignorierte zu überprüfen, ob Clive tatsächlich fort war. Dazu hätte er sich umdrehen müssen und er wollte Clive nicht die Genugtuung geben zu sehen, wie er ihm nachschaute.

Nachdem er zu seinem Schreibtisch zurückgekehrt war, stürzte er sich mit neuer Energie auf den Papierkram, da er sich davon ablenken musste, was soeben passiert war.

„BROCK", SAGTE Vinny später an diesem Morgen, sobald Brock seinen Anruf angenommen hatte. „Ich wurde gerade darüber benachrichtigt, dass ich die Genehmigung erhalten habe. Donald hat angerufen, um zu sagen, dass er meine Hintergrundüberprüfung abschließen konnte und die Anträge vorläufig bewilligt wurden."

„Was bedeutet …?"

„Er sagt, dass es einfacher war, weil ich ein Verwandter bin, und dass mir die Kinder zugesprochen wurden. Der Abteilungsleiter hat es genehmigt, also bringen er und Carter heute Abend die Kinder." Ein Hauch von Furcht drang in seine Stimme. „Ich glaube, sie wollen sich noch einmal das Haus ansehen und ich …"

„Schon gut. Ich packe meine Sachen und gehe nach Hause in meine Wohnung. Es geht mir besser und ich komme allein zurecht." Es würde nicht leicht werden, sich wieder ans Alleinsein zu gewöhnen. Während der letzten Woche hatte er Vinny beim Vorbereiten der Kinderzimmer geholfen, so gut er konnte. Sie hatten das Haus kindersicher gemacht und Vinny war wegen jeder Kleinigkeit besorgt gewesen.

„Danke, aber ich sehe es nur ungern, dass du gehst. Es war schön, dich bei mir zu haben." Vinny sprach sehr leise.

„Es ist kein Problem. Ich packe und komme dir nicht mehr in die Quere, damit du den Abend mit den Kindern verbringen kannst."

„O Gott, nein. Bitte komm zum Abendessen und bleib eine Weile. Die Kinder lieben dich und ich hoffe, es hilft ihnen, sich einzugewöhnen. Es ist das zweite Mal, dass sie umziehen müssen, und auch wenn es hoffentlich das letzte Mal ist, werden sie sich freuen, dich zu sehen. Donald sagt, er hat mir ihre gewohnten Abläufe aufgeschrieben, damit ich sie übernehmen kann."

„Es gibt keinen Grund zur Nervosität. Alles wird absolut prima laufen und Penny und Abey werden dich lieben. Wenn meine Schicht vorbei ist, komme ich direkt zum Haus."

„Danke."

„Kein Problem." Brock verabschiedete sich und beendete das Gespräch etwas trauriger, als er an seinem Anfang gewesen war. Er würde nicht eifersüchtig auf diese zwei Kinder werden, auch wenn er sich daran gewöhnt hatte, wieder an Vinnys Seite zu sein. Vielleicht war es besser so. Vinny musste seine Bemühungen auf das Versorgen der Kinder konzentrieren und hatte keine Zeit für eine Beziehung. Brock hätte sich wirklich damit anfreunden können, wieder Teil von Vinnys Leben zu sein, aber er musste realistisch bleiben. In absehbarer Zukunft würde Vinnys Leben sehr ausgefüllt sein und für Brock würde keine Zeit bleiben.

„Welche Laus ist dir über die Leber gelaufen?", fragte Carter. Er wollte gerade an ihm vorbeigehen, hielt aber inne. Manchmal konnten die Jungs auf dem Revier solche Glucken sein.

„Keine. Mir geht es gut."

„Klar." Carter beugte sich über den Schreibtisch. „Ich bin ein Bulle, schon vergessen? Ich bin gut darin, Lügen aufzudecken. Es gehört zum Beruf. Willst du es also noch einmal versuchen?" Er zog die Augenbrauen hoch.

„Es ist wirklich nichts. Vinny hat angerufen und anscheinend bekommt ihr, du und Donald, euer ruhiges Haus zurück. Vinnys wird voller und ich ziehe wieder in meine Wohnung." Er erzwang ein Lächeln. „Alles ist genau, wie es sein sollte." Brock wandte sich wieder dem Formular auf seinem Bildschirm zu und tippte so entschlossen auf die Tastatur, wie es mit einer Hand und wenigen Finger möglich war. Carter drängte ihn nicht und ließ ihn nach einigen Sekunden allein, als andere Aufgaben in den Vordergrund rückten.

„Vinny", rief Brock, als er das Haus betrat. Er schloss die Tür und spähte durchs Fenster zur Frau auf der anderen Straßenseite hinüber. Er brauchte einige Sekunden, um sie zu erkennen. Sie betrachtete eine Minute lang Vinnys Haus, wandte sich dann ab und ging über den Gehweg davon. „Wusstest du, dass deine Schwester vor dem Haus war?", fragte Brock, als Vinny die Treppe herunterkam.

„Sie war hier?"

„Auf der anderen Straßenseite. Sie hat nichts gesagt und ist jetzt gegangen."

„Ich frage Donald danach, wenn er kommt. Ich dachte, sie hätte die Anweisung, sich fernzuhalten, und man hätte sie nicht darüber informiert, wo die Kinder zurzeit wohnen. Donald hat erklärt, dass sie ein Besuchsrecht erhält, allerdings an einem neutralen Ort, und ich muss nicht dabei sein."

„Vielleicht hängt ihre Anwesenheit nicht mit den Kindern zusammen. Vielleicht möchte sie mit dir reden oder ist neugierig auf dich? Sie hat nichts gesagt und ist gegangen. Hast du bemerkt, ob dir jemand gefolgt ist?"

„Nein. Aber sie könnte mich wahrscheinlich mit Google finden, sofern sie weiß, dass ich in der Stadt lebe. Es ist nicht allzu schwer herauszubekommen. Und jetzt treibt sie sich hier herum und beobachtet mein Haus. Was bedeutet, dass sie die Kinder hier sehen und sie ansprechen wird. Ich kann Penny und Abey nicht die ganze Zeit im Haus einsperren, damit sie nicht an sie herankommt." Vinny ging ins Wohnzimmer und setzte sich, den Kopf in seinen Händen. „Was mache ich nur?"

Brock folgte Vinny und setzte sich zu ihm. „Du stellst den Kindern ein sicheres, fürsorgliches Heim zur Verfügung. Wenn deine Schwester auftaucht, rufst du die Polizei an und dann mich. Ich komme, so schnell ich kann, und wenn ich sie das nächste Mal sehe, werde ich mich bemühen, sie einmal richtig zu erschrecken. Danach wird sie es sich gut überlegen, hier aufzutauchen."

„Aber wie soll ich meine Schwester davon abhalten, die Kinder zu sehen?" Vinny wirkte so verletzlich.

„Das ist leicht. Die Anordnung stammt vom Gericht. Das ist nichts, worüber *ihr* entscheiden könnt. Allein das Familiengericht entscheidet nun, was das Beste für die Kinder ist, und ihr müsst euch an die Beschlüsse halten. Wenn Rhonda auftaucht und an die Tür klopft, sag ihr, sie muss gehen, weil du sonst die Polizei rufst, und bemühe dich, dafür zu sorgen, dass die Kinder nichts von ihrer Anwesenheit erfahren."

„Das kann ich machen. Aber es wird so ein Theater. Rhonda gibt nicht so schnell auf. Man kann ihr vieles nachsagen und Hartnäckigkeit gehört definitiv dazu."

„Ja. Aber sie ist nur gegen Kaution auf freiem Fuß, und wenn sie etwas tut, was sie nicht tun darf, kann das rückgängig gemacht werden. Erinnere sie daran, falls sie auftaucht. Du hast gesagt, Rhonda sei egoistisch, also mach dir das zunutze und vergiss nicht, dass du Unterstützung hast." Brock legte einen Arm um Vinny, küsste ihn, nahm seine Lippen in Besitz und kostete ihn, während er sich bemühte, ihn zu beruhigen. „Die Kinder müssen an erster Stelle stehen. Das weiß ich. Also tu alles, was du kannst, um sie zu beschützen, und gib ihnen das Zuhause, das sie verdienen." Er fing Vinnys Blick mit seinem ein, versuchte, ihm Mut zu machen. „Hier zu sein ist für die Kinder das Beste. Das weißt du und ich weiß es ebenfalls."

„Ja. Aber es führt zu vielen Veränderungen in meinem Leben, und was, wenn ich es nicht packe oder Fehler mache?"

„Du hast viele Menschen, die du um Rat fragen kannst, und solange du diese Kinder liebst und aus dieser Liebe heraus handelst, kannst du nichts falsch machen." Brock stand auf und entfernte sich, als die Türklingel ertönte. Er ging hin, um sie zu öffnen. Auf der Schwelle standen Carter und Donald mit Penny, Abey und Alex. Er ließ sie herein.

Vinny kam zu ihnen, als die Kinder eintraten. „Hi, Leute." Vinnys Tonfall klang gequält und Brock unterdrückte ein Stöhnen.

„Wohnen wir jetzt hier?", fragte Abey und sah zu Donald hinauf.

„Ja. Ihr wohnt bei eurem Onkel Vinny. Ich verspreche, dass er gut auf euch aufpasst. Aber ihr werdet mich und Mr. Carter und Alex sehen, weil wir euch besuchen werden."

Abey sah zu Vinny hinüber, bevor er sich wieder an Donald wandte. „Wie lange?" Der entmutigte Tonfall war so deutlich zu hören, dass Brock bereit war, sich hinzuknien und ihn in die Arme zu schließen. Glücklicherweise kam Vinny ihm zuvor und umarmte ihn fest.

„Ihr bleibt so lange hier, wie ihr müsst. Ich weiß, dass ihr ein paar Wochen bei Mr. Donald und Mr. Carter wart, aber hier werdet ihr …" Er verstummte.

„Bei eurem Onkel werdet ihr eine Weile bleiben. Und ihr könnt Alex sehen und auch eure Freunde in der Kindertagesstätte. Daran ändert sich nichts."

Abey sah zu Brock auf, der nickte. „Darf ich auch Onkel Brock sehen?"

„Ja."

„Wohnt er hier bei uns?"

„Nein. Ich habe meine eigene Wohnung, wo ihr mich auch besuchen könnt, und ich komme auch hierher zu Besuch." Kein Kind sollte jemals diese Art von Fragen stellen müssen. Abey war fünf Jahre alt, und nun musste er zum zweiten Mal in wenigen Wochen versuchen, seinen Platz im Leben zu finden. Es brach Brock das Herz.

„Ja. Onkel Brock wird euch ganz sicher besuchen", sagte Vinny, als er ihn losließ.

Penny streckte sich zu Brock hinüber und er nahm sie in seinen unverletzten Arm. Er wünschte, er hätte sie richtig festhalten können, doch der Druck war zu stark und Donald nahm sie ihm wieder ab, als er vor Schmerzen zusammenzuckte.

„Wollt ihr eure Zimmer sehen?", fragte Vinny und nahm Abey bei der Hand, um ihn die Treppe hinaufzuführen. Donald folgte ihm mit Penny und Alex, während Brock bei Carter im Erdgeschoss blieb.

„Warum gehst du nicht mit?"

„Das ist ein Familienmoment für Vinny. Er ..." Wenn er ehrlich war, wusste er nicht genau, warum er sie nicht begleitet hatte, außer dass es sich nicht richtig angefühlt hätte oder eben so, als ob er wirklich dazugehört hätte. Zwar hatte Brock die Kinder aus dem Auto gerettet, aber Vinny war ein Familienmitglied und Brock glaubte allmählich, dass er sich von ihnen distanzieren sollte.

Carter schüttelte den Kopf. „Du bist ein Idiot."

Brock machte einen Schritt zurück. Carter redete niemals so, wenn er nicht im Dienst war, und dort konnte er knallhart sein. Aber zu ihm war er immer nett gewesen.

„Wenn du dir eine Familie wünschst, musst du dich dafür öffnen, Teil von einer zu sein, und das bedeutet, das Gute und das Schlechte anzunehmen." Schallendes Gelächter drang die Treppe herab. „Siehst du, was du verpasst?" Das Geräusch wiederholte sich, nur diesmal von Abey und Penny gemeinsam.

Brock zögerte nur wenige Sekunden, bevor er die Treppe hinaufeilte.

„Onkel Brock, guck mal!" Abey musste ihn kommen gehört haben und empfing ihn mit einem Grinsen im Gesicht am Ende der Treppe. Er ergriff Brocks unverletzte Hand und zog ihn zu seinem Zimmer, wo Alex auf seinem Bett saß. „Es ist ein Auto."

Das Bett hatte Brock Vinny vorgeschlagen, dem es etwas verrückt vorgekommen war, doch Brock hatte gesehen, wie Abey und Alex mit Autos gespielt hatten, und gewusst, dass es gut ankommen würde. „Ja, das ist es."

„Mein Autobett." Abey schien kurz davor zu sein, vor Stolz zu platzen, doch dann wurde er plötzlich still. „Und wenn ich wieder gehen muss?" Er drehte sich um und verließ das Zimmer. Brock sah Vinny und Donald an, da er keine Ahnung hatte, was soeben passiert war. „Was ist, wenn ich nach Hause zu Mama zurückgehe?"

Brock war schockiert und Donald schien auch nicht zu wissen, was er sagen sollte. Abey war ein hochintelligentes Kind.

Vinny fing sich als Erster. „Dann wird das Bett immer hier sein, wenn du mich besuchst. Es gehört für immer dir." Er schloss Abey in die Arme. „Versprochen. Jetzt zeigen wir Miss Penny ihr Zimmer." Vinny ließ ihn los und hob Penny unter der Bettdecke hervor, wo sie sich vergraben hatte, als wäre es Zeit für ein Nickerchen.

„Das ist mein Bett, Penny. Deins ist da drüben." Abey sah sie finster an.

„Komm schon, hübsches Mädchen. Hier drüben haben wir ein rosa Bett für dich." Vinny trug Penny hinaus und Brock folgte ihm. Er setzte sie in der Tür ab und sie sah sich in ihrem sehr mädchenhaften Zimmer um. Sie hatten die hellen Wände nicht gestrichen, aber alle Einrichtungsgegenstände waren so pink wie möglich und sie rannte quietschend zu ihrem Bett und kletterte hinauf. Brumm-brumm-Geräusche drangen aus Abeys Zimmer und mischten sich unter Pennys Lachen.

„Gibt es ein schöneres Geräusch?", fragte Brock und Vinny lächelte ihm zu und trat näher an ihn heran. Brock schlang seinen unverletzten Arm um Vinnys Taille.

„Bisher habe ich noch keinen gehört."

Im Erdgeschoss schloss sich die Haustür, woraufhin sich Vinny löste und die Treppe hinunterstieg. Brock behielt vom Flur aus Penny im Auge, während Donald bei Abey und Alex blieb, die spielten.

„Was ist das alles?", hörte Brock Vinny sagen.

„Donald dachte, du könntest ein paar Vorräte gebrauchen, also hat er das Auto vollgepackt. Mit den Windeln und Windelhöschen sollte Penny eine ganze Weile auskommen und wir haben einiges von ihrem Lieblingsessen mitgebracht."

„Bist du hungrig, Penny?", fragte Brock.

Penny hörte auf zu spielen und nickte, und als Brock seine Hand ausstreckte, ergriff sie diese.

„Ich habe auch Hunger", verkündete Abey, rannte aus dem Zimmer und vor Brock und Penny die Treppe hinunter, Donald und Alex die Nachhut bildend. „Onkel Vinny, ich möchte essen."

„Okay. Dann koche ich jetzt das Abendessen." Vinny hob ihn hoch und ging um die Tüten mit Dingen im Flur herum. „Willst du mir helfen?"

„Ja!" Abey hüpfte vor Aufregung praktisch auf und ab.

„Brauchst du Hilfe beim Wegräumen?", fragte Donald.

„Wenn es euch nichts ausmacht, bitte. Es sieht so aus, als hätte ich erst einmal alle Hände voll zu tun. Vielleicht könnte Brock Penny im Wohnzimmer eine Geschichte vorlesen, um sie zu beschäftigen, während Abey und ich kochen."

„Gibt es eine Speisekammer?", erkundigte sich Carter.

„Gleich hinter der Tür da, und am oberen Ende der Treppe ist ein Vorratsraum."

79

„Dann verstaue ich die Sachen, so gut ich kann." Carter begann, die Tüten durchzusehen, während Brock Penny ins Wohnzimmer führte, gefolgt von Alex. Carter trat ein und stellte eine Tasche mit Büchern neben ihm ab.

„Los, such dir ein Buch aus, das ich dir vorlesen soll." Nachdem Brock die Tasche geöffnet hatte, schaute Penny hinein und wählte ein Babar-Buch aus. Brock machte es sich bequem, um von König Babar und Königin Celeste vorzulesen. Nach einigen Minuten kletterte Abey auf das Sofa, setzte sich auf seine andere Seite und lauschte der Geschichte.

Carter kam ins Zimmer. „Donald, Alex und ich fahren jetzt."

„Müssen wir?", jammerte Alex.

„Ihr könnt gern zum Essen bleiben", sagte Vinny in der Küche.

„Nein. Ihr vier habt heute Abend genug zu tun." Donald kam herein, um Brock vorsichtig zu umarmen, und als Donald nah bei ihm war, flüsterte ihm Brock leise zu, dass er Rhonda vor dem Haus gesehen hatte. Er nickte und Brock wusste, dass er sich darum kümmern würde. Dann umarmte Donald beide Kinder. Carter tat dasselbe, und nachdem sich auch Alex verabschiedet hatte, gingen sie.

Brock widmete sich wieder dem Lesen. Nachdem er das Babar-Buch beendet hatte, knurrte sein Magen so laut, dass beide Kinder es hörten und kicherten. Er kitzelte abwechselnd ihre Bäuche, was ihm weiteres Lachen einbrachte und ihm selbst ein breites Lächeln aufs Gesicht zauberte.

Abey suchte das nächste Buch aus und Brock machte es sich wieder bequem, um es vorzulesen. Er liebte es, Zeit mit den Kindern zu verbringen, doch irgendetwas machte ihn nervös und er hatte keine Ahnung, was. Vinny hatte das Sorgerecht für die Kinder erhalten, die Sache zwischen ihnen lief gut und schien wieder aufzuleben, die Kinder waren glücklich – alles funktionierte prima. Und das jagte ihm eine Heidenangst ein. Denn immer, wenn alles gut zu laufen schien, zerbrach es plötzlich in tausend Stücke. Vor Jahren bei Vinny und ihm, bei Clive. Sein Leben neigte dann dazu, komplett den Bach runterzugehen.

Penny zog an seinem Arm und Abey tätschelte sein Bein. Ihm wurde bewusst, dass er in seinen Gedanken versunken war, anstatt die Geschichte zu lesen.

„In ungefähr zehn Minuten ist das Essen fertig", sagte Vinny.

Brock bedankte sich, bevor er zur Geschichte über einen Welpen zurückkehrte, der sich auf einem Waldweg verirrt hatte. Offenbar stammte sie von einem ortsansässigen Autor und spielte in der Umgebung. Penny schien das Interesse daran zu verlieren und zappelte herum, bis Brock begann, die Stimmen der Figuren nachzuahmen, woraufhin sie sich wieder beruhigte. Am Ende des Buchs hatte der herzhafte Geruch des Essens Brocks Magen bereits regelmäßig zum Knurren gebracht.

„Waschen wir uns die Hände und dann können wir essen." Brock half den Kindern, dies in der Spüle zu tun. Als ihre Hände abgetrocknet waren, hatte Vinny bereits Teller und das Essen auf den Tisch gestellt. Brock half Abey, sich an den kleinen Küchentisch zu setzen. Vinny half Penny auf die Sitzerhöhung, reichte ihr einen Trink-Lernbecher und Abey einen Plastikbecher mit etwas Milch.

Vinny stellte eine Schüssel vor Penny auf den Tisch, die begann ihre Nudeln mit den Fingern herauszunehmen und sie sich in den Mund zu schieben. Als er Abey eine Schüssel gab, beugte dieser sich darüber, schnupperte an seinem Essen und probierte es widerstrebend, bevor er sich darauf stürzte.

„Was ist es?", fragte Brock.

„Nudeln mit kleinen Stückchen Chicken-Nuggets."

„Mir schmeckt's Hähnchen." Nachdem das Essen seine Prüfung bestanden hatte, aß er nun zügig.

„Du bist ein guter Esser." Brock holte sich ebenfalls etwas von der Pasta und ein Stück Hähnchenbrust und begann zu essen. „Das schmeckt wirklich gut."

„Ich habe etwas Einfaches gekocht. Nur Hähnchen in würziger Tomatensoße und Pasta. Einen Salat habe ich auch für dich." Vinny sprang auf und kehrte mit zwei Schüsseln zurück, von denen er eine vor ihn stellte. „Ich hoffe, Ranch-Dressing ist okay."

Brock gelang es, das Hähnchen mit seiner Gabel zu zerkleinern. Er hatte entdeckt, dass alltägliche Dinge, über die man sonst kaum nachdachte – wie etwa das Kleinschneiden von Essen –, mit einer Hand beinahe unmöglich waren. Auch wenn es etwas ungeschickt wirken musste, schaffte er es, sein Hähnchen mit Nudeln ohne Unfälle zu essen. Er verspeiste auch den Salat, während er dafür sorgte, dass Abey genug zu essen bekam. Der kleine Junge hatte ziemlichen Appetit und hörte nicht auf, bis er sich auf seinem Stuhl zurücklehnte und sein kleiner Bauch sich wölbte.

„Möchtest du noch Milch?", fragte Vinny und brachte Abey noch etwas davon, als dieser nickte. Nachdem er sie ausgetrunken hatte, rutschte er von seinem Stuhl, schien jedoch nicht zu wissen, was er als Nächstes tun sollte. „Bitte bleib noch bei uns sitzen, und wenn wir alle fertig sind, darfst du etwas spielen. Mr. Donald hat euer Spielzeug mitgebracht und ich zeige dir, wo es nach dem Spielen hinkommt."

Abey kletterte wieder auf seinen Stuhl und spielte nervös mit dem Geschirr, bis Vinny ihm Papier und Buntstifte brachte. Dann blieb er zumindest leise und einigermaßen ruhig, bis das Abendessen beendet war. Penny hatte ein richtiges Chaos angerichtet. Vinny säuberte sie und führte beide Kinder in den kleinen Familienraum. Brock folgte ihnen und sah, dass sich auf einem der Sessel zwei Stofftaschen befanden. Abey eilte hinüber, leerte den Inhalt auf dem Boden aus und begann, sich durch den Berg zu wühlen.

„Die blaue Kiste da drüben ist für deine Spielsachen und die pinke ist für Pennys. Kannst du ein guter großer Bruder sein und ihre Sachen für sie hineintun?"

81

Abey nickte und begann, die Puppen in Pennys Kiste zu legen. Nachdem er sie mit einigen Spielzeugen gefüllt hatte, ließ er sich auf den Boden fallen und spielte mit seinen Autos.

Penny ließ Vincents Hand los, ging zur Kiste und fiel beinahe hinein, bis sie die gesuchte Puppe gefunden hatte. Dann setzte sie sich ebenfalls auf den Boden, um damit zu spielen, während Brock sie genau im Auge behielt. Auch wenn das Zimmer kindersicher gemacht worden war, bedeutete es nicht, dass sie sich nicht verletzen konnten.

„Sind das wirklich meine?" Abey hielt in jeder Hand ein Auto.

„Ja. Das sind deine." Vinny warf Brock einen Blick zu. „Hattest du Spielzeug zu Hause? Wie Autos?"

Abey schüttelte den Kopf. „Mama hat sie einem Mann gegeben und der hat sie mitgenommen." Er presste die Autos an seine Brust, als wollte er verhindern, dass sie ihm jemand wegnahm.

„Das sind deine und keiner nimmt sie dir weg", sagte Vinny lächelnd, und schließlich begann Abey, wieder zu spielen. „Ich rede morgen früh mit Donald und frage ihn, ob Abey ihm irgendetwas darüber gesagt hat."

Brocks Gedanken überschlugen sich. „Weißt du, wer Abeys oder Pennys Vater ist? Ich weiß, dass es sich um verschiedene Männer handelt, aber die Kinder sehen einander sehr ähnlich."

Vinny ließ sich in einem der Ledersessel nieder. „Abeys Vater habe ich einmal getroffen. Rhonda war jahrelang immer mal wieder mit ihm zusammen. Nach Abeys Geburt dachte sie, er würde sich auf etwas Ernstes einlassen, aber das hat er nicht getan, sondern kam und ging. Möglicherweise ist er auch Pennys Vater. Ich weiß es nicht."

„Da sie sich in der Obhut des Jugendamtes befindet, müsste Donald einen Blick auf ihre Geburtsurkunde werfen können."

„Woran denkst du?"

„Ich bin nicht sicher. Aber Abey hat einen Mann erwähnt, der ihm sein Spielzeug weggenommen hat. Was, wenn er sein Dad ist?"

Abey stand auf und schüttelte den Kopf. „Nicht Daddy. Ich habe keinen Daddy." Er verlieh der Aussage Nachdruck, indem er mit auf den Boden stampfenden kleinen Füßen aus dem Zimmer rannte. Vinny eilte ihm nach. „Kein Daddy!", rief Abey eindeutig aufgewühlt vom anderen Ende des Hauses.

„Ist schon gut", drang Vinnys tröstende Stimme herüber.

Als Penny wimmerte, half Brock ihr auf das kleine Sofa und setzte sich zu ihr.

„Soll ich dir etwas vorlesen?" Als sie nickte, holte Brock einige Bücher aus dem Wohnzimmer und brachte sie Penny, damit sie eines aussuchen konnte. Dann las er ihr das ausgewählte Buch vor, während Abey sich noch einige Minuten aufregte und schließlich so weit beruhigte, dass Vinny ihn zurückbringen konnte. Vinny setzte sich mit Abey auf dem Schoß neben Brock und dieser las eine Geschichte nach der anderen vor, bis Pennys Lider schwer wurden. Vinny setzte Abey neben Brock, um Penny ins Bett zu bringen. Brock las weiter, bis er zurückkehrte.

„Sie schläft. Süßes kleines Ding." Als Abey gähnte, streckte Vinny eine Hand aus. „Was ist mit dir, großer Junge? Für dich wird es auch Zeit, ins Bett zu gehen. Sollen wir dir deinen Schlafanzug anziehen und dann kletterst du in dein Autobett und Onkel Brock liest dir den Rest der Geschichte vor?"

„Versprochen?", fragte Abey.

„Ich komme in ein paar Minuten hoch." Auf keinen Fall würde er eines der Kinder enttäuschen. So ging er einige Minuten später hinauf und beendete die Geschichte. Als er *Ende* las, war Abey bereits eingeschlafen. Sie verließen leise den Raum, gingen auf Zehenspitzen die Treppe hinunter und ließen sich auf das Sofa fallen.

„Mann." Brock versuchte, zu Atem zu kommen. „Sie laufen und laufen …"

„… bis sie umkippen", beendete Vinny den Gedanken.

Brock war müde, sogar noch mehr als sonst. Er gab nicht gern zu, dass die Schusswunde ihn stärker in Mitleidenschaft zog, als er wahrhaben wollte, und dass er noch immer ihre Nachwirkungen spürte. „Ich sollte nach Hause fahren." Er stand auf und wünschte sich, Vinny hätte ihm widersprochen. Aber es war das Richtige.

Er ging in den Keller hinunter, um den Rest seiner Sachen zu holen, ging dann mit dem Koffer hinauf und verabschiedete sich von Vinny. Es fühlte sich an, als ende hier etwas. Er würde Vinny wiedersehen, doch sie hatten sich aufs Neue angenähert und das hier wirkte jetzt, als wäre nun ein Teil davon vorbei. Vinny hatte jetzt die Kinder und diese mussten seine höchste Priorität sein. Obwohl Brock das begriff, war es auf gewisse Weise ätzend, dass sie sich wieder trennen mussten, wenn sie doch gerade dabei gewesen waren, sich wieder anzunähern.

Vinny beugte sich vor, küsste ihn sanft und zog sich wieder zurück, nur um dann zu gähnen und seinen Kopf an Brocks Brust zu lehnen. „Du bist nicht der Einzige, der müde ist."

„Ruf mich bald an." Brock küsste Vinny noch einmal und verließ dann das Haus, verstaute vorsichtig den Koffer im Auto und fuhr zu seiner Wohnung.

Dort trug er den Koffer die Treppe hinauf und trat ein. Da die Luft stickig war, öffnete er ein Fenster, ließ aber den Koffer an der Tür stehen. Auspacken konnte er später. Im Augenblick brauchte er eine Dusche und sein Bett.

Während der letzten Woche hatte zu Bett gehen bedeutet, mit Vinny zu schlafen, und Mann, sie hatten die Nähe wirklich ausgenutzt, zumindest so weit es möglich war, ohne Brocks Schulterverletzung zu verschlimmern. Nun war er zu Hause und wieder allein. Eigentlich hatte es ihm nie etwas ausgemacht, Zeit allein zu verbringen. Es hatte ihn nicht im Geringsten gestört. Doch nach der Woche mit Vinny wirkte die karge Wohnung mit ihren weißen Wänden und Gebrauchtmöbeln leer und sehr still. Viel Mühe hatte er sich mit der Wohnung nicht gegeben und seine wenigen Bilder standen an den Wänden, wo sie von ihm angebracht werden müssten.

Daran konnte er jetzt nichts ändern.

Brock betrat das Badezimmer, duschte vorsichtig und machte sich bettfertig. Er war noch immer eingeschränkt, was ein bequemes Schlafen anging, und positionierte sich so, dass er keine Schmerzen hatte, bevor er die Augen schloss. Das Einschlafen machte ihn nervös. Die Träume hatten sich beinahe jede Nacht fortgesetzt. Vinny war da gewesen, um ihn zu trösten und ihm zu sagen, dass alles gut werden würde, wenn er hochgeschreckt war. Er konnte jetzt nur hoffen, dass die Träume fernblieben.

Brock schickte seiner Mutter eine Nachricht, um ihr mitzuteilen, dass er zu Hause war, sich besser fühlte und sie am Morgen anrufen würde. Dann schaltete er das Licht aus und starrte sehr lange Zeit an die Schlafzimmerdecke. In Wahrheit vermisste er Vinny. Er hatte seinem Herzen wieder erlaubt, sich zu öffnen. Es fühlte sich gut an, als wäre er lebendig. Doch vieles stand zwischen ihm und seinem Glück. Nicht zuletzt die zwei Kinder, die ihm sehr wichtig waren. Er sagte sich, dass nur die Zeit zeigen würde, ob sich alles finden konnte.

6

„ICH BRAUCHE diese Berichte von dir, bevor du nach Hause gehst." Kenny lächelte ihm von der Tür aus zu und dann war er verschwunden.

Vincent warf einen Blick auf die Uhr und stöhnte. Es war bereits nach fünf und er würde eine weitere halbe Stunde brauchen, um die Berichte zu erstellen, was ihn daran hindern würde, die Kinder rechtzeitig von der Kindertagesstätte abzuholen. Es war das zweite Mal in dieser Woche, dass Kenny ihn in letzter Minute um etwas bat. Beim letzten Mal hatte er die Kindertagesstätte gerade noch fünf Minuten vor dem Schließen erreicht. Heute würde ihm das nicht gelingen.

Leicht panisch griff er nach seinem Handy und hoffte, jemand würde sich melden. Ihm blieben nicht viele Alternativen.

„Vinny. Was ist los?", fragte Brock sofort, ohne zu zögern.

„Ein Glück. Bist du im Dienst?"

„Ich verlasse gleich das Revier."

„Oh, Gott sei Dank. Ich sitze noch ʹne halbe, vielleicht auch dreiviertel Stunde hier im Büro fest. Könntest du die Kinder von der Kita abholen? Es ist die an der Ecke Pomfret und Bedford."

„Klar. Ruf einfach da an und sag Bescheid, dass ich sie abhole." Brock war so ruhig, dass ein Teil seiner Nervosität von Vincent abfiel. „Mist, ich habe keine Kindersitze."

„Scheiße", brummte Vincent leise.

„Kein Problem. Ich sehe nach, ob wir hier welche haben, oder ich parke in der Nähe und bringe die Kinder zu Fuß zu deinem Haus." Glücklicherweise hatte Brock einen Schlüssel. „Es sind nur ein paar Straßen und mein Auto kann ich dann holen, wenn du zu Hause bist. Mach dir keine Sorgen. Ruf nur die Kita an und ich kümmere mich um den Rest."

„Danke. Ich mache mich auf den Weg, so schnell ich kann." Vincent legte auf, rief bei der Kindertagesstätte an und machte sich dann gleich wieder an die Arbeit. Seine langen Arbeitszeiten waren bisher nie ein Problem gewesen. Er hatte gearbeitet, wenn es nötig gewesen war, und war nach Hause gegangen, wenn er alles erledigt hatte. Abende, Wochenenden – es gab keine Pläne, doch nun musste er da sein, um die Kinder abzuholen. Und Samstage würden ein Albtraum werden.

Er hatte alle für Kennys Bericht benötigten Daten eingegeben, also ließ er sie durchlaufen und beschäftigte sich mit anderen Dingen. Glücklicherweise war der Bericht fünfzehn Minuten später fertig. Er überprüfte ihn und schickte ihn dann an Kenny weiter. Anschließend packte er seine Sachen, fuhr seinen Computer herunter und befand sich bereits auf dem Weg zur Tür, als Kenny aus seinem Büro trat. Vincent stöhnte innerlich auf, da er damit rechnete, dass Kenny noch etwas anderes von ihm wollte, doch als Kenny lediglich winkte und in die andere Richtung davonging, eilte Vincent zum Ausgang. Er ging direkt zum Auto und fuhr so schnell, wie er es wagte.

Glücklicherweise floss der Verkehr auf dem Freeway gleichmäßig dahin, was von Tag zu Tag seltener wurde. Als er die Stadt erreichte, war es bereits sechs Uhr, also fuhr er direkt zu seinem Haus. Es war abgeschlossen und Brocks Auto war nicht zu sehen. Als er hineinging, fand er ein leeres Haus vor. Da er in der Eile seine Tasche im Auto vergessen hatte, kehrte er zum Auto zurück, um sie zu holen.

„Vincent."

Er sah auf, während Rhonda entschlossen auf ihn zuschritt, als hätte sie eine Mission. „Du darfst nicht hier sein." Er wandte sich wieder dem Haus zu.

„Ich möchte mit dir reden." Er kannte ihren herrischen Tonfall. Sie benutzte ihn, wenn sie der Meinung war, im Recht zu sein, und um jeden Preis ihren Willen durchsetzen wollte. Ob die Realität damit einherging, interessierte sie nicht. „Ich weiß, dass meine Kinder hier sind, und will sie sehen." Ihr rotes Haar, das sie in ihrer Jugend stets unglaublich gut gepflegt hatte, hing strähnig auf ihre Schultern herab und ihre Haut war fahl. Dunkle Augenringe erzählten Geschichten darüber, dass sie nicht viel geschlafen hatte. Was auch immer in ihrem Leben vor sich ging, sie hatte es eindeutig nicht im Griff.

„Dann rede mit dem zuständigen Sozialarbeiter beim Jugendamt und sprich mit dem Richter. Sie haben die Regeln dafür aufgestellt, wann und wo du Penny und Abey sehen kannst, aber du darfst nicht einfach herkommen."

„Aha ... also sind sie wirklich hier bei dir."

Vincent zuckte zusammen und wünschte sich, er wäre nicht auf etwas so Primitives hereingefallen. „Das spielt keine Rolle. Du kannst sie nicht sehen." Sie hatte eindeutig das Haus beobachtet, zumindest eine Zeit lang, also musste sie wissen, dass die Kinder im Augenblick nicht hier waren. Er zog sein Handy aus der Tasche.

Hast du die Kinder bei dir? schrieb er Brock und wandte sich dann so ruhig wie möglich an seine Schwester. „Ich rate dir, jetzt nach Hause zu gehen. Ich kann dir wirklich nicht helfen."

„Das hier ist ein öffentlicher Gehweg ..."

Vincents Handy vibrierte. *Ja. Schon zu Hause? Gehen jetzt an der Kita los. Sie haben noch schön gespielt und ich wollte sie nicht stören.*

Rhonda ist hier, schickte er zurück, während sie ihre Schimpftirade fortsetzte.

„Du kannst mich nicht daran hindern, hier draußen zu stehen und meine Kinder zu sehen. Ich bin ihre Mutter und vermisse sie. Hast du eine Ahnung, wie schrecklich das für mich ist? Ich kann nachts nicht schlafen. Ich umarme eine von Pennys Puppen, weil sie mir so fehlt." Tränen rannen ihr über die Wangen. „Ich bin ihre Mutter und vermisse sie. Es tut mir so weh." Sie presste ihre Hände gegen ihre Brust und wiegte sich von rechts nach links.

Kaufen ein Eis. Rufe jetzt Carter an, schrieb Brock, woraufhin sich Vincent ein wenig entspannte. Das Letzte, was er wollte, war, dass die Kinder ihre hysterische Mutter sahen. Sie fragten jeden Tag nach ihr und eine Szene wie diese würde ihnen nicht helfen.

„Du weißt ja nicht, wie sehr es wehtut. Ich kümmere mich um meine Kinder und liebe sie sehr. Du warst lange nicht bei uns, also hast du keine Ahnung, wie gut es uns zusammen geht. Wir unternehmen spaßige Sachen und sie machen mich sehr glücklich." Die Tränen flossen weiter, allerdings entging Vincent nicht, wie es bei allem, was sie sagte, um sie und ihre Gefühle ging und nicht darum, wie glücklich die Kinder waren oder was sie über sie dachte. Vincent sah ihre fröhlichen Gesichter vor sich, die sie beim Spielen hatten, und würde nie die weit aufgerissenen Augen vergessen, als er nach dem Essen Kekse hervorgeholt hatte. Dass die einfachsten Dinge, die ein Kind als selbstverständlich betrachten sollte, sie mit einer solchen Freude erfüllten, ließ Vincent darüber nachdenken, was Rhonda ihnen vorgesetzt hatte.

„Du musst gehen. Du wirst die Kinder nicht sehen und mein nächster Anruf wird an die Polizei gehen. Ich bin sicher, dass deine Anwesenheit hier gegen deine Kautionsauflagen verstößt, also wird sie kommen und dich wieder ins Gefängnis stecken." Er sah ihr in die benebelten Augen. Vielleicht hatte sie etwas genommen. Wer wusste, wozu sie fähig war.

„Du bist mein Bruder. Wie kannst du mir das antun?" Die Worte klangen, als hätte sie sich in eine Art Furie verwandelt.

„Rhonda, du musst gehen und dich beruhigen. Ich kann dir nicht helfen. Alles hängt jetzt von den Gerichten und dem Jugendamt ab. Außerdem werden dir einige ziemlich ernste Vergehen vorgeworfen. Ich glaube, du musst dich erst um diese kümmern, bevor du an andere Dinge denkst." Er stemmte die Hände in die Hüften und versuchte, sie mit seinem Blick niederzuzwingen. Sie konnte sagen, was sie wollte, es würde sie nicht weiterbringen.

Als sich ein Streifenwagen ohne eingeschaltete Sirene näherte, riss sie die Augen auf. Das Auto hielt an und Carter stieg in Uniform aus. Vincent war nie zuvor im Leben so dankbar für einen Einschüchterungsversuch gewesen.

„Was geht hier vor?" Carter schritt direkt auf Rhonda zu. „Sie müssen jetzt weitergehen. Das ist kein Ort, an dem Sie sich aufhalten dürfen."

„Es ist …"

„Übertreiben Sie es nicht. Ich war derjenige, der Sie verhaftet hat, als wir diese Kinder im Kofferraum Ihres Autos gefunden haben, also machen Sie sich nicht selbst das Leben schwer. Entweder steigen Sie jetzt ins Auto und fahren nach Hause oder ich verhafte Sie und wir bringen Sie vor einen Richter, der Ihre

Freilassung gegen Kaution rückgängig macht. Dann können Sie die Wochen bis zu Ihrem Gerichtsverfahren im Gefängnis verbringen." Carter hielt sich nicht zurück.

„Sie wissen nicht …"

„Das spielt auch keine Rolle. Sie müssen jetzt gehen." Carter wartete, bis sich Rhonda schließlich abwandte. Sie ging die Straße entlang davon und Carter sah ihr nach. „Sie kann nicht einmal geradeaus laufen." Carter setzte sich wieder in seinen Streifenwagen und Vincent sah, dass Rhonda ebenfalls in ihr Auto stieg. Eine Minute später fuhr sie los und Carter folgte ihr. Das würde ihr bei den Verhandlungen nicht helfen. Vincent rechnete damit, dass Carter sie doch noch verhaften würde.

Vincent kehrte ins Haus zurück und rief Brock an. „Rhonda ist weg."

„Ist Carter gekommen?"

„Ja. Ich denke, er wird sie anhalten, weil sie unter Drogeneinfluss fährt. Ich weiß es nicht. Egal, wie geht es den Kindern? Wo seid ihr?"

„Ich konnte Kindersitze besorgen, also durften sie eine Rundfahrt im Streifenwagen machen, und jetzt sind wir im Ice Barn. Penny und Abey verhalten sich, als hätten sie noch nie im Leben ein Eis gegessen."

„Ich bin unterwegs." Vincent schnappte sich seinen Schlüssel, schloss die Tür ab und machte sich eilig auf den Weg zu ihnen.

Brock und die Kinder saßen unter einem der großen rot-weißen Sonnenschirme an einem Picknicktisch. Pennys Gesicht war mit Vanilleeiscreme bedeckt, während Abey sie überall an sich hatte, auf Gesicht, Händen und seinem T-Shirt, doch sie strahlten glücklich und dafür war das anschließende Säubern ein kleiner Preis.

„Wie lief es?", fragte Brock beiläufig.

„Carter hat sich um alles gekümmert."

„Ich weiß. Er hat angerufen und gesagt, dass sie sich wieder in Gewahrsam befindet." Brock wischte Penny das Gesicht ab und kitzelte sie am Bauch, was ihm ein liebliches Lachen einbrachte. „Fahren unter Drogeneinfluss."

Vincent seufzte. Er hatte gehofft, dass Rhonda ihr Leben unter Kontrolle bringen und den Verlust der Kinder als Weckruf betrachten würde. Stattdessen schien sie sich in einem selbstzerstörerischen Kreislauf zu befinden, der sich verschlimmerte. Sie ritt sich nur immer tiefer hinein.

„Hat euch das Eis geschmeckt?"

Beide Kinder nickten grinsend.

Vincent säuberte Abey so gut wie möglich, entfernte die Schokolade aus seinem Haar. „Ich glaube, ihr bekommt heute Abend beide ein Bad."

Penny klatschte, während Abey murrte, aber nicht widersprach.

„Nach dem Bad lese ich euch eine Geschichte vor."

Brocks Versprechen heiterte die Aussicht für Abey ein wenig auf.

„Bringen wir euch nach Hause, damit ich uns etwas kochen kann." Viel würden sie ohnehin nicht essen. Ihre kleinen Bäuche waren vermutlich mit Eiscreme gefüllt. Und er rechnete damit, dass sie einige Zeit aufgedreht sein würden. „Vielleicht können wir im Garten spielen." Er musste sie den Zucker aus ihren Körpern verbrennen lassen, bevor er versuchen konnte, sie zum Schlafen zu bringen.

Vincent setzte die Kinder in ihre Sitze und fuhr sie zum Haus, wobei Brock ihnen folgte. Er fuhr einmal um den Block und durch die kleine Straße auf der Rückseite, um sicherzugehen, dass niemand anders auf sie wartete. Er wusste, dass es unwahrscheinlich war, wollte jedoch kein Risiko eingehen. Die Konfrontation mit Rhonda hatte ihn ein wenig erschreckt. Schließlich lenkte Vincent das Auto in seine Garage und ließ die Kinder in den Garten hinaus.

Dort rannten sie umher, rufend, lachend und einander jagend, während Vincent die Tür schloss und sich zu ihnen gesellte. Er setzte sich auf einen der Stühle, um ihnen beim Spielen zuzusehen, und Brock setzte sich auf den Stuhl gegenüber.

„Hast du Hunger?", fragte Vincent.

„Nicht ernsthaft. Ich habe gerade Eis gegessen. Ich hätte dir auch eins kaufen können."

„Nein." Vincent war nicht in der Stimmung. „Aber ist schon gut. Die beiden sollen sich austoben, und sobald sie im Bett sind, kann ich etwas kochen."

„Nee, ich bin dran. Ich bestelle eine Pizza, während die Kinder baden, und dann können wir vielleicht etwas reden oder so, ohne dass uns kleine Ohren hören." Brock knurrte und griff nach Abey, der kichernd und aus vollem Hals quietschend zur Seite sprang.

Vincent zuckte zusammen, als jemand an das Tor hämmerte. Er sprang auf und drehte sich um, damit er sehen konnte, was vor sich ging. „Was wollen Sie?" Er sah den Kopf eines Mannes über dem Tor aufragen. Vincent wandte sich Brock zu, der kreidebleich geworden war. Die Kinder hörten auf zu spielen. Abey rannte hinter Vincents Stuhl und Penny heftete sich praktisch an Brocks Seite.

„Das sind meine Kinder."

Brock keuchte überrascht. „Was zum T…" Er stoppte sich, bevor er fluchen konnte. „Clive?"

„Du kennst den Typen?", fragte Vincent.

„Ja, er kennt mich, und ja, ich bin der Vater dieser beiden Kinder." Er öffnete das Tor.

Brock fand seine Stimme wieder. „Raus mit dir und bleib draußen oder ich habe in zwei Minuten die Polizei hier."

„Weshalb?"

„Fürs Erste widerrechtliches Betreten eines Grundstücks, und ich lasse sie auch dein Auto durchsuchen." Brock starrte Clive wütend an, woraufhin dieser zurückwich. „Ich weiß, was du in der Vergangenheit dort aufbewahrt hast, und das genügt als hinreichender Verdacht. Jetzt geh und bleib weg. Was die Vaterschaft dieser Kinder angeht, kannst du dich mit dem Gericht auseinandersetzen." Er holte sein Handy hervor und tätigte einen Anruf. „Hier ist Officer Brock Ferguson, außer Dienst. Ich brauche wegen eines unbefugten Eindringlings Verstärkung an der Ecke Bedford und Ridge." Brock kniff die Augen zusammen und es bildete sich praktisch Eis. Brock kannte den Mann und hasste ihn.

Abey jammerte und fing dann an zu weinen.

Vincent hob ihn in seine Arme, während Brock mit seiner freien Hand Pennys Rücken streichelte. „Verschwinde und komm nicht zurück. Du hast hier keinerlei Rechte. Ich kenne dich ungefähr so gut wie einen Hundehaufen und du bist hier genauso willkommen wie einer." Vincent hatte den Kerl vielleicht einmal gesehen, aber damals hatte er noch nicht die Tattoos am Hals und den strengen Haarschnitt. Die Kinder waren unglücklich, was ausreichte, um seinen Ärger und seinen Beschützerinstinkt anzufachen. „Die Polizei ist schon auf dem Weg."

„Willst du das wirklich tun?", fragte Clive Brock, der etwas weniger blass wirkte.

„Das habe ich bereits." Brock senkte das Handy, als Sirenen ertönten.

Clive wich aus dem Garten zurück und schloss das Tor.

Brock eilte hinüber und spähte über das Tor, bevor er sich umwandte. „Alles gut. Er ist weg."

„Was sagen wir deinen Kollegen?", fragte Vincent.

„Nichts. Sie kommen nicht. Die Sirenen gelten einem anderen Einsatz." Brock grinste. „Aber Clive wird nicht in der Nähe bleiben, wenn er glaubt, dass die Polizei ihre Nase in seine Angelegenheiten steckt. Allerdings werde ich Anzeige erstatten."

„Okay." Vincent setzte sich, wobei er weiter die Kinder beruhigte, und kam zu dem Schluss, dass er und Brock nun etwas mehr zu besprechen hatten. „Geht und spielt weiter. Alles ist in Ordnung. Onkel Brock und ich lassen nicht zu, dass euch jemand wehtut. Das verspreche ich euch." Er setzte Penny auf dem Boden ab, die gleich zu einigen Kornblumen hinübertapste. Bald folgte ihr auch Abey. Es dauerte nicht lange, bis das Lachen zurück war, das schon vor wenigen Minuten den Garten erfüllt hatte.

Während Brock auf die Kinder aufpasste, bereitete Vinny ein kleines Abendessen zu, das Abey und Penny im Freien zwischen ihren Anfällen von Tatendrang zu sich nahmen. Irgendwann hatten sie genug getobt und waren erschöpft. Nachdem Vinny sie gebadet und ihnen ihre Schlafanzüge angezogen hatte, las Brock ihnen wie versprochen eine Geschichte vor. Vinny stellte einen Salat zusammen, während er auf die Pizza wartete. Als die Kinder im Bett lagen und im Haus Stille herrschte, war die Pizza eingetroffen und er setzte sich mit Brock ins Wohnzimmer.

„Willst du mir verraten, woher du Clive so gut kennst? Wart ihr mal befreundet?" Danach zu urteilen, wie blass Brock vorhin geworden war, hätte er darauf gewettet, dass mehr dahintersteckte.

„Ja und nein." Brock legte sein angebissenes Stück Pizza mit Salami, Wurst und Schinken auf dem Teller ab und schob ihn von sich. Es musste ziemlich übel sein, wenn Brock deshalb der Appetit verging. „Einst dachte ich, Clive wäre ein Freund."

„Du musst nicht darüber reden, wenn du nicht möchtest."

Brock schüttelte den Kopf. „Nein. Ich muss darüber reden, weil es die Kinder betrifft." Er trank von seinem Eiswasser und stellte es wieder auf dem Couchtisch ab. „Nachdem du mich verlassen hattest, habe ich mich mit einigen anderen Männern verabredet und dann bin ich Clive begegnet. Damals war er nicht so furchteinflößend, aber sein aktuelles Aussehen passt wirklich gut zu ihm. Ich habe ihn damals für heiß und sexy gehalten. Was ich nicht wusste, war, dass er ein Misshandler ist. Manche Männer verhalten sich in einer Beziehung dominant. Sie mögen es, das Sagen zu haben, und kümmern sich um ihren Partner. Clive dominiert eine Beziehung, aber es geht nur darum, was er will. Er beraubt Menschen ihres Selbstwertgefühls, bis sie von ihm abhängig sind."

„Ist es das, was er bei dir getan hat?"

„Ja. Als ich herausgefunden habe, dass er mit einer anderen Person zusammen war, habe ich meinen letzten Mut zusammengenommen und bin abgehauen. Ich hatte bei ihm gewohnt und musste mir etwas Eigenes suchen. Meine Freunde waren größtenteils fort, weil sie ihn hassten und deshalb auf Abstand gegangen sind. Also war ich ganz auf mich allein gestellt. Auch die Beziehung zu meinen Eltern war wegen Clive angespannt. Sie haben ihn vom ersten Moment an gehasst, und Clive drängte mich in eine entweder-sie-oder-ich-Situation, bei der ich mich wie ein Idiot für ihn entschieden habe … also blieb mir niemand. Letztendlich habe ich mich an eine Expertin für psychische Probleme gewandt und ihr ist es gelungen, mir klarzumachen, was er mir angetan hatte. Wir haben auch über eine stationäre Behandlung gesprochen und deshalb weiß ich, wie das in einem Krankenhaus abläuft, denn sie hat mir alles erklärt. Letztendlich kamen wir zu dem Schluss, dass es nicht nötig war. Ohne Clive war ich in der Lage, mein Leben neu aufzubauen, und einige meiner Freunde kamen zurück. Es war schwer." Brock wandte sich ab und betrachtete die dunklen Fenster. „Ich bin nicht stolz darauf, was ich mir von ihm habe gefallen lassen."

„Und die andere Person, mit der er sich getroffen hat?", fragte Vincent.

„Ja. Ich glaube, es war deine Schwester. Damals wusste ich es nicht, weil ich niemals ihren Namen erfahren habe, aber der Zeitrahmen passt. Clive ist ein Schwein, und wenn Rhonda eine Beziehung mit ihm hat, dann spielt er schon lange seine Spielchen mit ihr."

„Es tut mir leid." Eine weitere Sache, die er durch sein Handeln ausgelöst hatte.

„Das war nicht deine Schuld. Ich habe es selbst verursacht. Ich hätte stark genug sein sollen, um ihn abzuweisen, als ich sein wahres Gesicht erkannt habe, aber das war ich damals nicht. Jetzt weiß ich es besser."

„Also, was hast du in seinem Auto vermutet?"

„Ich glaube, bei unserer ersten Begegnung könnte Clive mir etwas in ein Getränk gemischt haben. Ich erinnere mich nicht daran, aber ich habe ihn in einem Club kennengelernt. Er hat okay gewirkt und vielleicht habe ich auch zu viel getrunken. Jedenfalls bin ich mit ihm im Bett aufgewacht und er war nett und so. Ich habe mich benommen gefühlt, doch er hat nichts dazu gesagt und ich war nicht sicher. Jetzt im Nachhinein denke ich, dass er es getan hat und vermutlich immer noch tut. Seit ich Clive in mein Leben gelassen habe, habe ich viel gelernt. Aber die Person, die ich damals war, ist niemand, auf den ich stolz bin."

„Gott." Vinny hatte keine Ahnung gehabt. „Das erklärt einiges in Bezug auf Rhonda. Wenn sie sich auf so einen Typen eingelassen hat, ist es kein Wunder, dass sie total durchgedreht ist. Selbst unter den besten Voraussetzungen war sie nie der Typ Mensch, dem es leichtfiel, die Kontrolle zu behalten. Aber mit einem solchen Mann in ihrem Leben, der sie manipuliert … hätte sie gar keine Chance."

„Leider nicht." Brock wandte sich dem Couchtisch zu und nahm sein Pizzastück wieder in die Hand. „Nun kennst du mein größtes Geheimnis."

„Dir sollte klar sein, dass ich es dir nicht anlaste und es für mich keine Rolle spielt." Vincent bewegte sich vom Sessel zum Sofa, um neben Brock sitzen zu können. „Glaubst du, in meinem Leben gab es nie Menschen, die versucht haben, mich irgendwie zu manipulieren? Meine Eltern haben es bis zu einem gewissen Grad getan und ich habe es nicht gewagt, mich ihnen zu widersetzen. Und schau, was passiert ist." Gott, so viele Dinge in seinem und Brocks Leben entstammten seiner dummen Entscheidung, nicht ehrlich zu leben.

„Sind das wieder Schuldgefühle wegen dem, was passiert ist? Wenn ja, dann wird es Zeit, dass wir es beide hinter uns lassen."

„Onkel Vinny?" Abey schlurfte im Schlafanzug ins Zimmer. Er kam direkt zu ihnen und kletterte auf Vinnys Schoß, wo er sich an ihn lehnte. „Ich hatte einen schlimmen Traum."

„Was für einen?"

„Der Mann kam zurück." Er hob den Kopf, um Vinny in die Augen zu sehen.

„Welcher Mann?", fragte Vinny und warf Brock einen Blick zu, bevor er sich wieder auf Abey konzentrierte, der in seinen Armen zitterte.

„Der böse."

Vinny versuchte, Abey zu beruhigen, indem er ihm leicht über den Rücken streichelte. „Ist das der Mann, der heute gekommen ist?" Er bemühte sich um einen sanften Tonfall und Abey nickte. „Was hat er getan?" Kaum hatte er die Frage ausgesprochen, wallte Furcht in ihm auf. Falls Clive diesen Kindern wehgetan hatte, würde Vincent den Kerl in Stücke reißen, auch wenn er gebaut war wie ein Schrank.

„Er hat Mama und mich angeschrien." Abey verspannte sich und rutschte dann plötzlich von Vinnys Schoß, um weinend ins Nebenzimmer zu eilen. Vincent folgte ihm und fand ihn über seine Spielzeugkiste gestreckt wieder, wo er schluchzte: „Nicht wegnehmen … nicht wegnehmen!"

„Meine Güte", sagte Brock ganz leise hinter ihm.

„Niemand nimmt irgendetwas weg. Das sind deine." Vincent hob den beinahe untröstlichen Abey sanft in seine Arme und beruhigte ihn, während er ihn ins Wohnzimmer trug. „Oben in meinem Zimmer findest du im oberen Schrankfach eine durchsichtige Einkaufstüte. Bring mir bitte das Tier, das dort liegt."

Brock nickte und verließ das Zimmer. Vincent bemühte sich weiterhin darum, Abey zu trösten, jedoch ohne großen Erfolg. Als Brock zurückkam, reichte er Vincent das Plüschzebra.

„Das war meins, als ich in deinem Alter war, also dachte ich, du möchtest es vielleicht haben." Er gab es an Abey weiter, der es sich unter den Arm klemmte. „Du kannst ihn zum Schlafen mitnehmen, wenn du willst. Er kann sehr gut Albträume abhalten."

„Wirklich?", fragte Abey und sah mit feuchten Augen und tränennassen Wangen zu ihm auf.

„Ja. Bei mir hat er das immer gemacht."

„Aber du bist groß."

„Ich war mal so klein wie du und hatte auch manchmal Angst." Vincent stand mit Abey auf. „Lass uns hochgehen, damit du dich wieder ins Bett legen und es ausprobieren kannst, okay?"

Abey umklammerte das Stofftier und nickte, während Vincent die Treppe hinaufstieg. Er legte Abey in sein Bett und dieser drehte sich direkt um, umklammerte das Zebra fest und schlief wieder ein.

„Die beiden haben viel durchgemacht", merkte Brock an, als er zurückkehrte.

Vincent bemerkte seine geröteten Augen und vermutete, dass er von den heutigen Vorfällen genauso wenig unberührt geblieben war wie er selbst. „Ich weiß nicht, was ich tun soll."

„Du tust es bereits. Diese Kinder brauchen, was du ihnen geben kannst."

Vincent seufzte. „Sie brauchen mehr, als ich ihnen geben kann. Falls es dir noch nicht aufgefallen ist: Sie vergöttern dich. Deine Geschichten und deine Stärke. Das ist es, was sie brauchen." Er ließ sich wieder neben Brock nieder. „Du musst etwas essen."

„Genau wie du", konterte Brock, doch Vincents Appetit war verschwunden und machte keine Anstalten, zurückzukommen.

„Keinen Hunger mehr." Vincent schloss den Deckel der Pizzaschachtel und trug sie in die Küche, wo er sie in den Kühlschrank schob. Als er ins Wohnzimmer zurückkehrte, stand Brock wartend da.

„Ich sollte jetzt gehen und …"

Vincent schritt auf ihn zu, bevor er den Satz beenden konnte, und ließ ihre Lippen aufeinanderprallen. Er legte seine Hände an Brocks Wangen, während er die Hitze des Kusses zu der eines Hochofens steigerte. „Ich will dich, Brock. Ich habe die ganze letzte Woche an dich gedacht. Ich habe dich vermisst."

„Aber die Kinder …"

„Weck sie nicht", antwortete Vincent, und falls Brock erneut protestieren wollte, schnitt sein nächster Kuss ihm das Wort ab.

Brocks unverletzter Arm schob sich um seine Taille und zog Vincent näher. „Ich? Wenn ich mich recht erinnere, bist du der Laute." Ein Lächeln blitzte auf seinen Lippen auf, doch dann wurde sein Blick feuriger und das Lächeln glitt davon, als heftige Leidenschaft seinen Platz einnahm. „Also musst du leise sein."

Vincent erstarrte und verspannte sich. „Sollten wir das mit den Kindern im Haus überhaupt tun? Ich meine, ich bin ihr Pflegevater, und was ist, wenn etwas passiert?"

Zu seiner Erleichterung wich Brock leicht zurück. „Wenn du das willst. Aber du musst nicht dein Leben auf Eis legen. Wenn du glücklich bist, werden sie auch glücklich sein." Diese Gefühle waren zurück, vielleicht noch heftiger als zuvor.

„Ich schätze, da hast du recht."

Brock grinste. „Denk an Donald und Carter. Meistens können sie ihre Hände nicht bei sich behalten. Die Anziehungskraft zwischen ihnen ist beinahe greifbar und glaubst du, sie sind enthaltsam? Sie lieben einander sehr und fürchten sich nicht davor, es zu zeigen."

Das fasste Vincent als eine Art Herausforderung auf. Vor Jahren hatte er seine Gefühle für Brock geleugnet und das würde er nicht wiederholen. Vincent hatte die Liebe losgelassen, hatte sich von seiner Angst übermannen lassen, und das durfte nicht erneut geschehen. „Die Kinder brauchen meine Hilfe und Unterstützung."

„Und wer kümmert sich um dich, während du dich um sie kümmerst?", fragte Brock mit einem Flüstern, das direkt in Vincents Unterleib zu dringen schien.

„Bewirbst du dich gerade?"

„Na, und ob." Brock küsste ihn erneut und brachte Vincents Willenskraft zum Bröckeln. Nicht, dass davon noch viel übrig war.

Als Brock sich aus dem Kuss löste, ließ er Vincent atemlos zurück, um das Licht auszuschalten und dafür zu sorgen, dass alle Türen abgeschlossen waren. Dann nahm er ihn bei der Hand und führte Vincent die Treppe hinauf in sein Schlafzimmer. Nachdem sie eingetreten waren, schloss Brock die Tür.

Wie sie sich auszogen, war absolut nicht sexy. Da sich Brocks Arm noch in seiner Schlinge befand, handelte es sich vielmehr um die Vornahme vorsichtiger Bewegungen als um leidenschaftliches Entkleiden. Nicht, dass es eine große Rolle spielte, denn Brock war umwerfend, ganz egal, wie Vincent ihn auszog und sich Zugang zu seiner glänzenden Haut und seinen Muskeln verschaffte.

„Geh und leg dich hin. Ich will sicher sein, dass du es bequem hast." Vincent entledigte sich der letzten Kleidungsstücke und näherte sich dem Bett. Er konnte sich nicht erinnern, jemals so erregt gewesen zu sein. Sein Schwanz zeigte wie durch magnetische Anziehungskraft direkt auf Brock. Er stieg auf das Bett und legte sich neben Brock nieder. „Schließ einfach deine Augen für mich. Lass dich von mir verwöhnen."

Brock fühlte Vincents Lippen zu seinen. „Warum verwöhnen wir uns nicht gegenseitig?" Er zog an Vincent, bis dieser über ihm kniete, und stützte ihn mit einer Hand, bis sich Vincents Schwanz direkt über seinen Lippen befand. Vincent atmete tief ein, als Brock den Mund öffnete und ihn zwischen seine Lippen gleiten ließ.

Verdammt, Brock war stark, um ihn dort so einhändig festhalten zu können. Doch das war nicht sein erster Gedanke, als Brocks Lippen ihn umschlossen, ihn tiefer einsaugten, ohne dass er widerstehen konnte. Vincent hätte gern gestöhnt und sich gewunden, doch er konnte keins von beidem tun. Sie mussten leise sein, falls eins der Kinder aufwachte, und verdammt, aufgrund Brocks Wunde waren heftigere Aktivitäten vorläufig kein Thema. So hielt Vincent seine Hüfte ruhig und ließ Brock das Tempo angeben.

Brock nahm ihn tief in sich auf, presste sein Gesicht an ihn und saugte kräftig. Ein wimmerndes Stöhnen, das er zu spät herunterschluckte, überquerte Vincents Lippen. Seine Augen verloren ihren Fokus und die Bilder an der Wand über dem Bett verschwammen. Nicht, dass sie ihn gerade auch nur im Geringsten interessierten. Er senkte den Blick, und seinen Schwanz zwischen Brocks sinnliche Lippen gleiten zu sehen, genügte beinahe, um ihn zum Höhepunkt zu bringen. Allein mit seiner letzten Willenskraft gelang es ihm, das zu verhindern. Es war zu früh und Brock brauchte es genauso sehr wie er.

Vincent streckte einen Arm hinter sich, um Finger über glatte Haut zu Brocks großem Schaft gleiten zu lassen, bis er ihn sicher umfasst hatte, ihn festhielt, den pochenden Schwanz zwischen seinen Fingern spürte. Kurz kam Brocks Rhythmus ins Stocken, doch Vincent schob sich vor, bis er ihn wieder tief in sich aufnahm. Hitze breitete sich im Zimmer aus, entströmte ihnen wie der warme, feuchte Wind vor einem Sommergewitter, das sich aufbaute und aufbaute, bis es schließlich über sie hereinbrach. Nur dauerte es bei diesem hier: Brocks Beherrschung hielt sie beide immer wieder zurück, brachte Vincent an den Rand des Höhepunkts, bis er am ganzen Körper bebte und zitterte. Er bewegte seine Hand heftiger über Brocks Schwanz, während er sich mit der anderen abstützte, als er von Schwindel ergriffen wurde.

Niemand anderem war es je gelungen, dass er sich so fühlte, so völlig lebendig und voller Sehnsucht nach mehr. Vincent war nicht sicher, wie Brock wusste, was Vincent wollte, doch er hielt ihn erneut zurück, während Vincents Körper um Erlösung flehte. Und doch wünschte er sich, es könnte für immer andauern. Auf Messers Schneide zu balancieren, während sich mit jedem Zusammenziehen von

Brocks Kehle und jeder Bewegung seiner Zunge die Vorfreude aufbaute, war so himmlisch für Vincent, dass er sich nicht vom Fleck bewegte.

Brock gab ein tiefes, kehliges Stöhnen von sich, das sie beide durchdrang, während er die Hüften hob und Vincent packte fester zu, bewegte seine Hand so kräftig, wie er es wagte. Das Verlangen in seinem Innern nahm zu mit mehr Hitze, als Vincent ertragen konnte. Sie brachte seinen Körper zum Kribbeln wie ein Jucken, das er nicht wegkratzen konnte und das überall war. Sein Mund öffnete sich und er musste den beinahe verzweifelten Schrei unterdrücken, der sich danach sehnte, ihm zu entkommen.

Als hätte er seine Gedanken gelesen, gab ihm Brock genau das, was er brauchte, schloss seine Lippen gerade fest genug um seinen Schwanz, um ihm den Rest zu geben. Vincent stöhnte leise und schloss fest die Augen, als sich sein gesamtes Wesen auf einmal zusammenzog, um in die Besinnungslosigkeit zu stürzen und Brock auf die fantastische Reise mitzunehmen.

STUNDEN SPÄTER wachte Vincent allein auf. Er hob seinen schweren Kopf und warf mit müden Augen blinzelnd einen Blick auf die Uhr neben dem Bett. Sie zeigte kurz nach vier Uhr an. Er erschauderte in der klimatisierten Luft und zog sich wieder die Bettdecke über den Körper. Das Letzte, woran er sich erinnerte, war, dass er an Brock geschmiegt dazulag, während warme Lippen seine Schulter küssten. Vincent lauschte, ob er Brock möglicherweise im Badezimmer hören konnte, doch es war nichts zu hören und die andere Hälfte des Bettes war kühl. Brock war wohl schon vor einiger Zeit gegangen.

So fühlte sich das also an? Sich zu lieben und dann allein zurückgelassen zu werden, während der andere sich wie ein Dieb in der Nacht davonstahl? Sein vom Schlaf verwirrter Verstand brauchte einige Minuten, um zu verarbeiten, dass Brock wahrscheinlich gegangen war, um am Morgen Fragen von Abey und Penny zu vermeiden. Was allerdings nicht die Einsamkeit linderte, die ihn verspürte. Es war schön gewesen, mit jemandem an seiner Seite einzuschlafen, und es wäre schön gewesen, am Morgen neben Brock aufzuwachen. Zu wissen, dass ihm jemand den Rücken stärkte, hätte ganz bestimmt geholfen, während er sich durch das schwierige Terrain kämpfte, das ihn sicher erwartete, während er sein Bestes gab, um sich um seine Nichte und seinen Neffen zu kümmern.

Vincent schob die Decke von sich und setzte sich langsam auf. Seine Gedanken erlaubten ihm nicht, wieder einzuschlafen. Als er eine Hand zum Nachttisch ausstreckte, um nach seinem Handy zu greifen, wurde ihm klar, dass es sich noch im Erdgeschoss befand.

Er fühlte das Rascheln von Papier und hob es hoch. Brock hatte ihm einen Zettel hinterlassen. Selbst im düsteren Zimmer konnte er die dunklen Buchstaben im krassen Kontrast zum Weiß des Papiers gut genug sehen, um Brocks individuelle Handschrift zu erkennen. Vincent schaltete das Licht ein.

96

Vinny,

als ich gegangen bin, sahst du so wunderschön aus, dass ich dich nicht wecken wollte. Es ist besser, wenn ich morgens nicht hier bin, damit die Kinder mich nicht sehen und sich fragen, warum ich hier geschlafen habe. Sie haben so viel Konstanz wie möglich in ihrem Leben verdient, und du verdienst jemanden, der dir hilft und sich um dich kümmert.

Vincent rieb sich die Augen und fragte sich, worauf Brock mit diesem Gedanken hinauswollte. Er blinzelte einige Male, bevor er sich wieder auf den Zettel konzentrierte. Die Handschrift wurde etwas unsauberer und Vincent stellte sich vor, wie Brock im beinahe dunklen Zimmer geschrieben hatte.

Du sollst wissen, dass es fantastisch war, neben dir zu schlafen, und ich es wieder tun möchte. Aber ich weiß, dass die Kinder das Wichtigste sind.

Wollte Brock ihm mitteilen, dass sie sich nicht mehr sehen sollten? Er war verwirrt und hoffte, die etwas diffusen Zeilen kamen daher, dass Brock beim Schreiben noch schläfrig gewesen war.

Die Kinder schlafen und es geht ihnen gut. Ich rufe morgen früh an, sobald ich kann. Grüß sie von mir.

Vincent wünschte, er hätte Brock bestätigen können, dass er es tun würde. Was der Text auch bedeuten mochte: er war froh, dass Brock ihn nicht einfach verlassen hatte. Vincent beschloss zu versuchen, noch ein wenig zu schlafen, bevor die Kinder aufwachten.

7

BROCK NÄHERTE sich Carters Schreibtisch, wo Carter gerade eine Pause von der Arbeit zu machen schien. „Carter, glaubst du, du könntest mir helfen? Du bist der Computerexperte hier."

„Was ist los?" Carter hob leise seufzend den Kopf.

„Wenn ich störe ..."

„Nein. Ich habe es nur satt, mit dem Kopf gegen eine Mauer zu laufen, um für Aaron etwas zu finden, was es nicht gibt. Vielleicht fällt mir etwas ein, wenn ich eine Pause mache."

„Kannst du Clive Wolverton überprüfen? Er lebt zurzeit in Carlisle."

„Weshalb?"

„Er behauptet, Abeys und Pennys Vater zu sein. Erst einmal würde ich gern wissen, ob das möglich sein könnte, und ich hätte auch liebend gern etwas, womit ich den Kerl so richtig zu Tode erschrecken kann, wenn er wieder auftaucht."

„Du meinst: *falls* ..."

„Nein: *wenn*. Clive gibt nicht freiwillig auf, wenn er der Meinung ist, dass etwas oder jemand ihm gehört." Brock wollte *nicht* darauf eingehen, doch da er die Tür bereits einen Spalt geöffnet hatte, würde Carter nachhaken, weshalb er beschloss, es so knapp wie möglich zu halten. „Offenbar ist es Clive egal, ob er einen Mann oder eine Frau dominieren kann. Verdammt, wenn er in der Nähe ist, bezweifle ich sogar, dass der jeweilige Bestand an Hunden, Katzen, Pferden, Schafen oder Ziegen sicher vor ihm ist."

„Ich verstehe." Carter wirkte, als füge er allmählich die Puzzleteile zusammen, besaß allerdings genug Taktgefühl, um nichts zu sagen. „Und wie kann ich dir helfen?"

„Ich möchte dafür sorgen, dass Vinny und die Kinder sicher sind. Gestern Abend ist er bei Vinnys Haus aufgetaucht und hat versucht, sich Zutritt zu verschaffen, um die Kinder zu sehen. Ich habe keine Ahnung, ob er der Vater ist, aber ohne einen Gerichtsbeschluss wird er nicht an die Kinder herankommen." Verdammt, wenn es nötig sein sollte, würde Brock seinen Stolz hinunterschlucken und öffentlich vor Gericht das Wesen seiner ehemaligen Beziehung zu Clive darlegen, damit er erklären konnte, um welche Art Mensch es sich bei Clive handelte, selbst wenn er damit seine Erniedrigung vor allen bloßlegen musste. Vincents, Pennys und Abeys Sicherheit waren es ihm wert.

„Also ist es etwas Persönliches?" Carter tippte bereits.

„Nicht ganz. Vinny und das Jugendamt sollten die Person kennen, mit der sie sich vielleicht auseinandersetzen müssen." Brock bemühte sich, es als Schutz für die Kinder darzustellen, um Carter zu decken. Zur Not würde er eine disziplinarische Strafe hinnehmen, um die Menschen zu schützen, die ihm immer wichtiger wurden.

„Seine Verkehrssünderkartei sieht furchtbar aus … Eine Reihe von Unfällen und einmal acht Punkte. Sein Führerschein wäre ihm bald entzogen worden, aber mittlerweile sind sie verfallen und er hat keine neuen bekommen. Ein Bußgeldbescheid wegen Geschwindigkeitsüberschreitung vor sechs Monaten und eine Festnahme wegen Trunkenheit am Steuer, aber man hat die Anschuldigungen fallen lassen." Er tippte wie wild weiter. „Aber ich weiß, dass du das auch herausgefunden hättest. Weiten wir unsere Suche mal aus."

Brock zog sich einen Stuhl heran.

„Der Staat wirft ihm nichts vor." Carter wechselte das Fenster. „Auch auf Bundesebene wird er nicht gesucht, aber vor einigen Jahren wurde eine Anklage wegen Belästigung fallen gelassen." Er wechselte zurück und startete eine weitere Suche auf Staatsebene. „Es wurde eine einstweilige Verfügung erlassen, um einen Julian Finch zu schützen. Offenbar hat er ihn wiederholt belästigt."

„Vermutlich nach einer Trennung." Brock erinnerte sich an die von Clive an den Tag gelegte Hartnäckigkeit, nachdem er sich aus Clives Einfluss befreit hatte. An diesem Punkt wäre er auf keinen Fall zu ihm zurückgegangen, doch da Clive ein Nein nicht gelten lassen wollte, hatte Brock zeitweise ebenfalls eine einstweilige Verfügung in Betracht gezogen.

„Es gibt eine zweite für dieselbe Art von Belästigung. Eindeutig ein Muster, und sie sind Teil seiner Gerichtsakte. Das könnte also hilfreich sein, wenn es so weit kommen sollte. Ich sorge dafür, dass Donald von den neuen Entwicklungen und den einstweiligen Verfügungen erfährt. Es ist nicht wahrscheinlich, dass ein Gericht ihm das Sorgerecht zusprechen würde, aber man kann nie wissen. Das System ist darauf ausgelegt, die Kinder wieder mit ihren Eltern zusammenzuführen, und wenn Vinnys Schwester als ungeeignet erachtet wird, hat Clive möglicherweise einen berechtigten Anspruch."

Brock schüttelte den Kopf. Er war mit seinen Eltern nicht immer einer Meinung gewesen. In vielen Angelegenheiten hatten sie andere Ansichten, doch er hatte niemals daran gezweifelt, dass er ihnen wichtig war und dass sie auf ihre Weise in seinem Interesse handelten. Er wollte sich nicht vorstellen, Eltern zu haben wie Pennys und Abey: eine gleichgültige Mutter oder einen derart narzisstischen Vater wie Clive. Penny und Abey hatten etwas Besseres verdient. Jedes Kind hatte etwas Besseres verdient.

„Das weiß ich zu schätzen."

„Gewöhnen sich Penny und Abey gut ein?"

„Ja. Abey hat manchmal Albträume und ich bin nicht sicher, ob sie nur damit zusammenhängen, dass sie in diesem Kofferraum eingesperrt waren.

Natürlich war das eine schlimme Situation, aber allen Aussagen zufolge hat sie nicht sehr lange angedauert, und als ich Abey nach seinem Spielzeug fragte, das er bei seiner Mutter gehabt habe, sagte er, der Mann hätte es ihm weggenommen. Verdammte Scheiße."

„Du glaubst, er hat Clive gemeint?"

„Beide Kinder haben sich vor ihm gefürchtet und ich traue es Clive zu. Ihm geht es immer um Kontrolle, und wenn Abey sich nicht zu seiner Zufriedenheit verhalten haben sollte, wäre es durchaus seine Art, damit zu drohen, ihm sein Spielzeug wegzunehmen. Und Clive gibt niemals nach und macht seine Drohungen immer wahr. Nicht, dass ein Fünfjähriger begreifen könnte, weshalb ihm sein Spielzeug weggenommen und nicht zurückgegeben wurde." Brock wusste nur allzu gut, was für ein herrschsüchtiges Arschloch Clive sein konnte, aber einem Kind sein Spielzeug wegzunehmen war inakzeptabel, auch wenn es gegen Regeln verstoßen haben mochte.

„Hier ist alles, was ich habe. Ich weiß nicht, wie sehr es helfen wird, aber einige Informationen sind besser als gar nichts." Carter reichte ihm die Ausdrucke. „Ich lasse es Donald wissen. Sag Vincent, dass er vorsichtig sein soll."

„Mache ich." Brock bedankte sich und ließ Carter an seinem Platz zurück, um sich wieder mit seiner eigenen Arbeit zu beschäftigen. Er würde dafür sorgen, dass Vincent und die Kinder sicher waren, und das hieß: er musste dafür sorgen, dass Clive sich von ihnen fernhielt.

Brock war soeben in die Papierkramhölle zurückgekehrt, als sein Handy klingelte.

„Brock …" Vincent klang atemlos und nicht auf die gute Art. „Der Typ von gestern Abend, Clive, ist an der Kindertagesstätte aufgetaucht. Sie haben mich angerufen: anscheinend hat er gesagt, sie müssten ihm die Kinder aushändigen oder er würde die Polizei rufen und sie wegen Entführung verhaften lassen. Sie haben die Polizei verständigt, aber sind nicht sicher, was sie sonst tun sollen, und ich brauche mindestens eine halbe Stunde bis dorthin." Vincent klang mit jeder Sekunde panischer.

„Keine Sorge. Sag ihnen, dass die Polizei unterwegs ist und dass sie auf die Kinder aufpassen sollen, auf alle." Brock durchquerte den Raum und machte Carter auf sich aufmerksam.

Carter zögerte nicht, sondern stand sofort von seinem Schreibtisch auf, was viel über ihn aussagte. „Ich fahre, während du mir unterwegs erzählst, was passiert ist." Sie verließen eilig das Gebäude und gingen zu ihrem Streifenwagen.

„Clive ist an der Kindertagesstätte."

„Ich fange an, den Typen zu hassen." Sie stiegen ins Auto, Carter ließ den Motor an und schaltete Sirene und Blaulicht ein, und dann fuhren sie durch die Stadt, wobei die Ampeln automatisch umsprangen, um es ihnen leichter zu machen. Vor der Kindertagesstätte hielten sie an und sprangen aus dem Auto. „Ist er das?"

100

Clive stand mit verschränkten Armen vor der Tür und warf durch das Fenster jemandem im Innern wütende Blicke zu.

„Ich nehme an, du hast immer noch nicht gelernt, ein *Nein* zu akzeptieren." Brock hatte genug von seinem Ex, sogar noch mehr als sonst. „Penny und Abey stehen unter gerichtlichem Schutz und du hast keine Rechte, solange das Gericht sie dir nicht einräumt."

„Ich bin ihr Vater."

„Woher weißt du das?", fragte Brock. „Ich habe mir die Geburtsurkunden angesehen und du stehst auf keiner, es sei denn, dein Name ist *unbekannt* ist, was ich verdammt gern über dich sagen würde." Er hatte genug von den Spielchen und wandte sich an Carter. „Verhaften wir ihn?"

„Du bist nur wegen der Sache zwischen uns gekränkt." Clive lächelte und Brock wusste, was das bedeutete. „Hat er Ihnen gesagt, dass er eine ganze Zeit lang meine Hure war?"

„Reizend", antwortete Carter, während sich Brocks Magen verkrampfte. „Sie sind ein echter Mistkerl, wissen Sie das?" Carter sah nicht in seine Richtung, als er sich der Tür näherte, die sich so weit öffnete, dass er hineingehen konnte.

„Arschloch", zischte Brock und trat vor. „Ich bin über dich hinweggekommen, weil du die Mühe nicht wert warst. Ich habe erkannt, wie du wirklich bist, und diese Kinder wirst du niemals bekommen."

„Es sind meine und das kannst du nicht ändern. Ich bin ihr Vater und das gibt mir Rechte."

„Ja? Damit du sie kontrollieren kannst? Wie? Indem du ihnen das Spielzeug wegnimmst, wenn sie dir nicht gehorchen? So wie du jedem in deinem Leben die Willenskraft und das Selbstwertgefühl entziehst, um dein Ego zu stärken? Du bist krank, Clive, wirklich krank." Er hatte genug davon, sich dafür zu schämen, was in der Vergangenheit passiert war. „Ich bin nicht derjenige, der die Schuld trägt. Du bist es. Ich habe dich gemocht und du bist auf mir herumgetrampelt, aber das wird nie wieder vorkommen."

Clives Wut war offensichtlich, seine Fäuste öffneten und schlossen sich. „Ich weiß genau, wer du warst und bist, und ich weiß genau, was du brauchst."

„Nein. Du warst ein Misshandler und sonst nichts. Das ist alles, was du bist." Brock richtete sich zu seiner vollen Größe auf, stand so gerade und mit so erhobenem Haupt da wie nie zuvor im Leben. „Du hast mein Vertrauen und meine Zuneigung missbraucht. Ich wette, Vincents Schwester hast du ebenfalls misshandelt." Brock leckte sich über die Lippen, um den schlechten Geschmack loszuwerden, doch dieser wollte nicht verschwinden.

Was Brock schockierte, war, wie Clives Gesichtsausdruck plötzlich sanfter wurde, und zum ersten Mal seit ihrer ersten Begegnung entdeckte Brock etwas anderes als Dominanz und Kontrollsucht in Clives Blick. „Ich habe niemals jemanden misshandelt."

„Doch, das hast du. Du ergreifst Besitz vom Leben anderer Menschen und schneidest sie von allen anderen ab, damit sie sich nur noch auf dich verlassen können. Dann versuchst du, alles für sie zu sein, aber nicht auf unterstützende Weise. Du hast alles an meinem Leben kontrolliert, selbst was ich essen und wann ich zur Toilette gehen durfte." Brock bemühte sich um gleichmäßige Atemzüge.

„Ich habe mich um dich gekümmert."

„Nein. Du hast mein Leben dominiert und das war nicht, was ich wollte. Das wollte ich nie." Er konnte kaum glauben, dass er mitten auf der Straße dieses Gespräch führte. „Diese Kinder brauchen dich nicht. Sie brauchen jemanden, der für sie sorgen und sie lieben kann. Es wäre schön, wenn das ihre Mutter sein könnte, aber wenn nicht, wird sich ihr Onkel Vincent um sie kümmern und das ist das Beste für sie." Brock wusste, dass er zuschlagen musste, solange sich der kleinste Hinweis auf Zweifel in Clives Blick zeigte. „Kannst du dir vorstellen, wie du mit ihnen zum Baseball fährst oder im Park auf dem Spielplatz spielst? Bist du bereit, sie beim Schaukeln anzuschieben oder ihnen jeden Abend vor dem Zubettgehen etwas vorzulesen? Vinny ist es nämlich. Er ist bereit, für sie sein Leben zu ändern." In diesem Moment wusste Brock, dass auch er bereit war, für diese Kinder und Vincent sein Leben zu ändern. Er wollte ihnen abends vorlesen dürfen und Vinny nachts in den Armen halten. Nie zuvor im Leben hatte er etwas so sehr gewollt.

Brock wartete auf Clives Reaktion, erhielt allerdings keine direkte Antwort. Stattdessen trat Clive zurück, drehte sich um und ging davon. Brock sah ihm nach, bevor er sich Carter zuwandte, der gerade aus dem Haus kam.

„Allen Kindern geht es gut und sie wollten nur, dass er weggeht."

„Das ist er." Brock sah zu, als Clive in seinen Charger stieg, ihn vom Bordstein fortlenkte und an ihnen vorbeifuhr, ohne sie anzuschauen. „Ich denke, sein Teil der Geschichte in Pennys und Abeys Leben ist vorbei. Er wollte kein Vater sein. Es ging nur um sein Ego und ich glaube nicht, dass es das Wechseln von Windeln und Kochen für die Kinder einschließt."

Vincents Auto kam quietschend hinter Carters Streifenwagen zum Stehen und er eilte auf sie zu. „Geht es ihnen gut? Sie haben Clive nicht die Kinder gegeben, oder?", fragte Vincent hektisch.

„Nein, natürlich nicht. Penny und Abey sind drinnen. Geh rein, damit du sie sehen kannst, und dann erzählen wir dir alles", teilte Brock ihm sanft mit, woraufhin Vincent durch die Tür verschwand.

„Dich hat's ganz schön erwischt, oder?", fragte Carter mit einem schiefen, albernen Grinsen.

„Ich hätte nie gedacht, dass ich ihn noch einmal in mein Leben lassen würde. Ich habe ihn dafür gehasst, dass er mich verlassen und seine Familie mir vorgezogen hat, und vielleicht habe ich auch zu viel erwartet. Ich weiß es nicht. Es war ja nicht so, als hätte ich selbst auf den Wagen bei der Pride-Parade getanzt oder vor meinen Eltern mit Regenbogenfahnen gewedelt …"

Carter hatte diesen *Du-bist-so-dämlich*-Gesichtsausdruck. „Ich bin mit Donald ausgegangen und habe ihn auch eine Zeit lang gehasst. Der Donald, in den ich mich verliebt habe, ist nicht derselbe Mann, mit dem ich vor Jahren ausgegangen bin. Er hat sich verändert und ist zu dem Mann geworden, den ich kenne. Bei euch beiden ist es wahrscheinlich ähnlich. Damals wart ihr nicht bereit füreinander. Aber jetzt scheint ihr es zu sein. Glaube ich." Carter wandte sich der Tür zu und wartete wie Brock darauf, dass Vincent wieder herauskommen würde. „Ich schätze, man könnte sagen, dass wir Menschen manchmal einfach zu früh oder zu spät begegnen."

Brock grinste und schüttelte den Kopf. „Du hast eine Theorie zu Beziehungen?"

„Ich habe zu fast allem eine Theorie." Carter verdrehte die Augen. „Ernsthaft. Ich glaube, Donald und ich haben uns zu früh kennengelernt und beim ersten Mal war es eine Katastrophe. Er war nicht bereit – ich war nicht bereit."

„Aber beim zweiten Mal wart ihr es?"

„Gott, nein. Es war Alex, der uns zusammengebracht und gezeigt hat, wie dumm wir uns verhalten haben. Wir kamen für ihn zusammen. Also dachte ich immer, wir hätten den jüngsten Kuppler aller Zeiten gehabt. Aber ich schätze, ein Baby könnte es ebenfalls schaffen. Als wir uns dann besser kannten und aufhörten, Idioten zu sein, wurde uns klar, dass wir zusammen perfekt waren und eine Familie sein konnten." Carter senkte die Stimme. „Jetzt würde ich für jeden von ihnen durchs Höllenfeuer gehen. Sie sind der Grund, warum ich morgens aufstehe und jeden Tag tue, was ich tue. Ohne sie wäre meine Welt nicht dieselbe."

Brock wusste, wie sich das anfühlte.

Vincent trat lächelnd aus dem Gebäude und Brocks Herz schlug etwas schneller. Allein sein Lächeln zu sehen, reichte aus, um Brocks Körpertemperatur anzuheben, und er war eindeutig ein bisschen aufgeregt, nur als er ihm beim Überqueren der Straße zusah.

„Sie wussten nicht, dass etwas nicht stimmte. Sie kamen angelaufen und fragten, ob es Zeit zum Heimgehen sei. Als ich sagte, ich wäre nur für eine Umarmung vorbeigekommen, habe ich eine bekommen, und dann haben sie weitergespielt." Er wischte sich mit dem Handrücken über die Stirn. „Ich habe einen Laptop mitgenommen, damit ich den Rest des Tages von zu Hause aus arbeiten kann. Wenigstens muss ich nicht zum Büro zurückfahren." Vincent warf einen Blick auf seine Armbanduhr, schien sich daran zu erinnern, dass er atmen musste, und seufzte. „Danke, dass ihr so schnell gekommen seid." Er ergriff Brocks Hand. Sie küssten sich nicht oder Ähnliches, vor allem nicht auf offener Straße, doch Brock lehnte sich einen Moment lang dichter zu Vincent hinüber, bevor er sich wieder fing und zurückwich.

„Ruf an, wenn du irgendetwas brauchst." Carter ging zum Streifenwagen zurück und Brock wartete, bis Vincent in sein Auto gestiegen und langsam davongefahren war, bevor er sich zu Carter setzte und zur Welt des Papierkrams zurückbringen ließ.

BROCKS SCHICHT dauerte viel zu lange. Immer wieder sah er auf die Uhr und verbrachte den Tag mit einem Spiel, bei dem er versuchte, möglichst viel zu schaffen, nur um die Zeit schneller vergehen zu lassen. Natürlich funktionierte das nicht ernsthaft. Als er das Revier verließ, wurde ihm klar, dass er von Vincent keine Einladung erhalten hatte und es aufdringlich wirken würde, einfach bei ihm aufzutauchen. So legte er zu Fuß die knappe Meile zu seiner Wohnung zurück und trat ein.

Im Innern roch es stickig und unbewohnt. Er war nicht viel dort gewesen und es fühlte sich leblos an, wenn er darüber nachdachte. Brock öffnete die Fenster, um etwas von der frischen Abendluft hereinzulassen, und setzte sich dann, um sich um seine Rechnungen zu kümmern. Das dauerte ganze zwanzig Minuten und danach blieb ihm nichts weiter zu tun. Das stimmte nicht so ganz: Er hätte Wäsche waschen oder das Abendessen zubereiten können, aber hatte keine Lust dazu.

Als sein Handy klingelte, stürzte er sich darauf, denn er hoffte, dass es Vincent war. „Hi, Mom." Er bemühte sich, nicht ernüchtert zu klingen.

„Eine nette Begrüßung." Selbstverständlich hatte sie seine Enttäuschung bemerkt. „Passt es dir gerade nicht? Hast du Gesellschaft?"

„Nein. Heute nicht." Er versuchte, sich seine Unzufriedenheit nicht anmerken zu lassen, aber es fühlte sich recht einsam an, hier allein zu sitzen. Nicht, dass er ein Recht darauf gehabt hätte, jeden Abend von Vinny bekocht zu werden. „Und wie geht es dir?" Er musste über etwas anderes reden. „Ist bei Dad alles in Ordnung?"

„Natürlich. Ich rufe nicht immer nur dann an, wenn etwas nicht stimmt, oder?"

„Nein, Mom."

„Wie geht es deiner Schulter? Verheilt sie gut? Isst du etwas Richtiges oder bestellst du nur jeden Abend etwas?" Ihr Tonfall war ganz eindeutig vorwurfsvoll und sie wartete nicht auf die Antwort. „Ich werde dir etwas von dem Thunfischauflauf bringen, den ich zum Mittagessen gekocht habe. Dann weiß ich wenigstens, dass du etwas Unfrittiertes isst."

Brock wandte sich von seinem Handy ab. Er hasste Thunfischauflauf, eigentlich jede Form von Auflauf. Manchmal glaubte er, dass seine Mutter noch immer in den Sechzigern oder Siebzigern gefangen war, und er hatte bereits genug Aufläufe und Schmorgerichte für den Rest seines Lebens gegessen.

„Das ist nicht nötig. Aber danke." Sein Handy kündigte mit einem Piepen eine Nachricht von Vincent an, der fragte, ob er mit ihnen essen wollte. „Vinny hat gerade gefragt, ob ich rüberkomme und den Kindern ihre Gutenachtgeschichte vorlese."

Kurz wurde die Verbindung still und Brock fragte sich, ob sie verärgert war. „Du triffst dich immer noch mit ihm?"

„Ja, Mom. Zurzeit tasten wir uns sozusagen voran."

„Und er kümmert sich immer noch um diese Kinder?" Sie klang, als äße sie etwas Saures, was Brock wütend machte.

„Du hast im Krankenhaus mit ihm gesprochen und gesehen, wie er mir geholfen hat, als es nötig war. Ich weiß, dass du dich nicht damit wohlfühlst, dass ich schwul bin, aber du musst dich auch nicht so höllisch prüde aufführen. Ich mag ihn, Mom. Er könnte ein besonderer Mensch in meinem Leben werden und diese Kinder sind fantastisch. Sie freuen sich, mich zu sehen, wenn ich sie besuche, und Abey sagt, ich sei der allerbeste Buchstimmen-Nachmacher."

Seine Mutter schniefte. „Ich dachte nicht, dass du Kinder willst."

„Weil ich schwul bin?" Er schüttelte den Kopf und schloss die Augen. „Mom, dass ich schwul bin, heißt nicht, dass ich mir nicht wünsche, was sich andere Menschen wünschen. Ich bin genauso wie die meisten anderen Leute. Ich möchte mich nur in einen Mann statt in eine Frau verlieben und den Rest meines Lebens mit ihm verbringen."

„Aber du wirst keine eigenen Kinder haben."

Brock versuchte, das Handy an seiner anderen Schulter einzuklemmen, damit er sich beim Reden fertigmachen konnte, doch die Bewegung seiner Schulter sandte einen stechenden Schmerz durch seinen Arm, der ihn leicht zusammenzucken ließ.

„Mom. Es spielt keine Rolle, wo die Kinder herkommen. Wenn ich nicht der Vater bin … ist es kein Problem. Sie mögen mich und ich mag sie. Aber bis dahin ist es noch ein weiter Weg. Falls Vinnys Schwester ihr Leben wieder in die richtigen Bahnen lenkt, ist es sehr gut möglich, dass sie die Kinder zurückbekommt."

„Ich verstehe. Und wie würdest du dich fühlen, wenn das passieren sollte?", fragte sie und plötzlich lief Brock ein kalter Schauer über den Rücken. Wenn das passieren würde, war es möglich, dass er sie niemals wiedersehen würde. Und der Gedanke, dass die Kinder in einem Zuhause mit einer Person leben könnten, die gleichgültig genug gewesen war, sie in einem Kofferraum einzuschließen, verursachte ihm eine Gänsehaut.

„Keine Ahnung. Ich werde mich damit befassen, falls es passieren sollte." Was ihm wirklich Angst machte, war der Gedanke in seinem Hinterkopf, dass Vincent ihn vielleicht nicht mehr wollen würde, wenn sie die Kinder nicht mehr hatten. Er schob den Gedanken so schnell wie möglich von sich, damit er nicht Wurzeln schlagen und wachsen konnte. Im Augenblick war er glücklich und wäre zufrieden, wenn alles so blieb. „Ich muss jetzt Schluss machen. Aber ich verspreche, dass ich mich bald melde." Wenn er das Telefongespräch mit seiner Mutter noch viel länger führte, würde er bald beginnen, wieder alles an seinem Leben infrage zu stellen. Aus irgendeinem verdammten Grund hatte seine Mutter diese Wirkung auf ihn.

Er antwortete auf Vincents Nachricht und packte eine kleine Tasche, da er hoffte, dass sich die Einladung auf die Nacht erstrecken würde. Nach dem Säubern schloss er die Fenster und fuhr zu Vincent hinüber.

Das Haus schien sich inmitten einer Krise zu befinden. Abey saß weinend auf dem Wohnzimmerboden, während Vincent Penny in den Armen hielt.

„Oh, Gott sei Dank."

„Was ist passiert?", fragte Brock, als er sich im Wohnzimmer niederließ, woraufhin Abey sich die Augen rieb und neben ihn krabbelte.

„Rhonda", antwortete Vincent nervös. „Anscheinend wurde sie freigelassen, hat beschlossen, die Kinder zu besuchen, und einfach an die Tür geklopft. Ich habe aufgemacht, und da stand sie. Die Kinder haben sie gesehen und waren sofort begeistert. Und ich musste sie wegschicken, weshalb jetzt beide untröstlich sind. Sie sollte sie morgen Nachmittag sehen und sie weiß, dass sie die Kinder nur unter Aufsicht besuchen darf. Aber all das verstehen sie nicht." Er wiegte Penny sanft und setzte sie dann auf der anderen Seite neben Brock. Sie kletterte auf dessen Schoß und er gab sich die größte Mühe, beide Kinder zu trösten. „Ich werde versuchen, etwas zu essen zu machen."

„Alles wird gut. Ich rufe Donald an und lasse es ihn wissen."

„Wie soll das helfen? Sie wird es einfach wieder tun." Vincent setzte sich mit einem Seufzen und hielt sich den Kopf, als schmerze er. „Werde ich das alles überhaupt hinkriegen?"

„Du machst das prima und der Richter muss erfahren, dass Rhonda sich nicht an die Regeln hält. Ich habe die Kinder jetzt hier und lese ihnen eine Geschichte vor."

Penny und Abey hatten aufgehört zu weinen und Abey rutschte auf den Boden, um ins Nebenzimmer zu rennen. Er kehrte mit einem Buch zurück, kletterte wieder aufs Sofa und reichte es ihm.

„Danke." Nachdem er ihnen die Geschichte vorgelesen hatte, rutschte Abey vom Sofa, um zu spielen, und Penny folgte ihm.

Brock legte das Buch ab und ergriff Vincents Hand. „Alles wird gut."

„Sie wird mir das Leben zur Hölle machen, so gut sie kann. Nichts davon hat mit den Kindern zu tun. Es geht nur um sie und ihre Gefühle. Wären sie ihr auch nur im Geringsten wichtig, würde sie sich Hilfe holen, um eine bessere Mutter zu sein."

„Hat sie etwas gesagt?"

„Nur, dass es wohl meine Schuld wäre, dass die Kinder jetzt hier seien, weil ich sie nie unterstützt hätte, und wenn ich es getan hätte, wäre ich vielleicht Teil ihres Lebens und dem der Kinder gewesen und nichts von alledem wäre je passiert. Dann ist sie in Tränen ausgebrochen und hat gesagt, es wäre so schwer für sie, die Kinder nicht zu haben. Abey hat sogar versucht sie zu trösten und dann wurde es noch tränenreicher. Das Ganze dauerte keine fünf Minuten."

Die Kinder kamen wieder zum Sofa gerannt, Abey mit einem Buch in der Hand.

„Wir kommen zurecht. Kümmer du dich ums Essen. Entweder das oder bestell etwas und lass es liefern, dann kannst du uns auf dem Sofa bei der nächsten Märchenstunde Gesellschaft leisten."

Vincent wirkte mehr als nur etwas überfordert. Er verließ das Zimmer und Brock hörte ihn telefonieren. Dann kam er zurück, setzte sich neben Abey, und Brock begann, *Der Polarexpress* vorzulesen.

NACH DEM Essen und weiteren Geschichten, begleitet von einer Frage-und-Antwort-Runde zu ihrer Mutter, steckten sie die Kinder in ihre Schlafanzüge und ins Bett. Da sie um eine letzte Geschichte baten, las ihnen Brock noch ein dünnes Buch vor, während Vinny ins Erdgeschoss zurückkehrte. Als Brock das Ende erreichte, befanden sich Penny und Abey auf dem besten Weg in den Schlaf, also stieg er die Treppe hinunter und fand Vinny mit seinem Laptop auf dem Schoß im Wohnzimmer vor. Vinny sah kaum auf, als er eintrat, und als er es schließlich tat, war sein Blick finster.

„Ich gehe nach Hause", sagte Brock leise.

„Nein. Bitte." Vinny hörte auf zu tippen. „Ich muss noch einige Dinge erledigen. Normalerweise würde ich dafür länger im Büro bleiben, aber das geht nicht, wenn ich die Kinder von der Kita abholen muss." Er wandte sich wieder dem Bildschirm zu. „Ich lasse gerade einige Berichte durchlaufen und muss sichergehen, dass sie fertig sind, damit ich sie Kenny schicken kann, bevor er morgen anfängt." Vinny wippte mit dem Bein, was seinen Laptop zum Hüpfen brachte.

„Was ist denn los?"

Vinny tippte noch einen Moment, bevor er den Laptop auf dem Couchtisch platzierte. „Ich wurde erst vor wenigen Wochen befördert und versuche noch zu beweisen, dass ich den Job hinkriege, aber das kostet viele Stunden meiner Zeit. Ich versuche, einen Teil des Teams neu aufzubauen, weil die letzte Leiterin ihre Aufgaben nicht erfüllt hat, und ich habe immer noch keinen Nachfolger für meinen Posten eingestellt. Hoffentlich wird das bald etwas. Außerdem habe ich die Kinder und ... Ich glaube, ich fühle mich ein wenig überfordert." Sein Laptop gab ein Klingelgeräusch von sich, woraufhin er sich ihn schnappte und wieder zu tippen begann. „Gott sei Dank. Einer ist erledigt."

Brock war nicht sicher, was er tun sollte. Vinny brauchte Zeit, um seine Arbeit zu erledigen, und Brock wollte ihn nicht stören. Er wartete, bis Vinny seine Arbeit erneut unterbrach, und setzte sich dann zu ihm auf die Couch.

„Du hast zu tun und ich möchte dir nicht im Weg sein." Er lehnte sich hinüber, atmete Vinnys Duft ein und schloss die Augen, bevor er sanft seinen Hals küsste. „Ich werde nach Hause gehen und dich in Ruhe lassen. Du musst arbeiten, ohne von mir unterbrochen zu werden." Er stand auf und verließ das

Zimmer, wobei er dem Spielzeug auf dem Boden auswich, um sich der Haustür zu nähern.

Er legte die Hand auf den Türgriff und hielt inne, sah sich im Haus um. *Scheiße. Was für ein Freund war er eigentlich?* Vinny kochte meistens für ihn und hatte seine gesamte Freizeit bei ihm im Krankenhaus verbracht, aber wenn Vinny zu viel zu tun hatte, um ihm Beachtung zu schenken, wollte er gleich verschwinden und nach Hause gehen?

Brock begann im Esszimmer, wo er die Überreste ihrer Mahlzeit entfernte und die Reste in den Abfalleimer warf. Auch wenn es einhändig einige Zeit dauerte, gelang es ihm, das Geschirr in die Spüle zu bringen und den Tisch abzuwischen. Er fand einen leeren Wäschekorb aus Plastik, in dem er das auf dem Boden verstreute Spielzeug sammelte. Auch das dauerte einige Zeit, doch er sammelte alle Spielsachen ein und füllte sie in die Spielzeugkisten der Kinder um, bevor er den Wäschekorb wegbrachte.

Vinny war so in seine Arbeit vertieft, dass er kaum aufschaute, während Brock sich durchs Zimmer bewegte. „Gott, danke …"

Ein Schrei durchschnitt die Luft. Gefühlt dauerte es nur Sekunden, bis Brock die Treppe hoch- und in Abeys Zimmer angekommen war, wo dieser weinend unter seiner Bettdecke vergraben lag und immer wieder *weg, weg* wiederholte.

„Was ist los?", fragte Vinny an der Tür und schaltete das Licht ein, als Brock sich bemühte, Abey aus der Decke zu befreien, während dieser weiterhin versuchte, sich zu verstecken.

„Kannst du nach Penny sehen?" Seine Polizeiausbildung kam zum Tragen und er musste wissen, dass es beiden Kindern gut ging. Schließlich gelang es ihm, Abey unter seiner Decke hervorzuholen, und er setzte sich mit ihm auf die Bettkante, hielt ihn mit seinem unverletzten Arm an sich gedrückt. „Ist schon gut. Es war nur ein Albtraum."

Abey weinte noch immer, während er seinen Kopf vor und zurück wiegte. „Der Mann hat mein Spielzeug genehmt und …" Abey schluchzte. „Nicht sagen. Nicht sagen."

Brock wurde kalt. Über dieses Verhalten hatte er etwas gelernt. Menschen, die Kindern wehtaten, schüchterten sie häufig ein, damit sie es nicht verrieten. „Ist schon gut. Ich bin hier und niemand wird dir etwas tun." Er hörte Schritte und sah auf, als Vincent das Zimmer betrat.

„Penny schläft. Ich habe ihre Tür zugemacht, damit es so bleibt."

„Gut. Ich kümmere mich um ihn, wenn du wieder an die Arbeit gehen willst. Ich weiß, dass du viel zu tun hast, und ich bleibe hier, bis er wieder eingeschlafen ist." Brock seufzte. „Ich möchte nur helfen, damit du dich nicht so überfordert fühlst."

Vinny zögerte und setzte sich dann neben ihn auf das Bett. „Die Kinder sind wichtiger." Er legte seine Hand auf Brocks Bein. „Genau wie du. Die Arbeit wird auch morgen früh noch da sein."

Brock wiegte Abey vor und zurück, während er sich beruhigte. „Sieh uns an, Abey. Onkel Vinny und Brock. Ist dieser Mann hier?"

Abey schniefte und schüttelte den Kopf.

„Also ist alles in Ordnung. Niemand tut dir weh. Das verspreche ich dir."

„Der Mann, nicht sagen."

„Wer war dieser Mann? Ist es der, der hier zu Onkel Vinnys Haus gekommen ist?", fragte Brock so sanft wie möglich.

„Nein."

„Hat er dir wehgetan?" Brock spürte, wie Vinny sich verspannte.

Abey begann wieder zu weinen. „Ich war böse."

„Nein, das warst du nicht. Abey, du bist ein sehr guter Junge. Du hilfst deiner Schwester. Du warst immer ein guter Junge." Er umarmte ihn fester und wiegte ihn wieder, um sowohl Abey, aber auch sich selbst zu trösten.

„Er hat gesagt, ich war böse." Abey wischte sich über die Augen und wimmerte leise. „Ich versuche, nicht böse sein."

„Du bist nicht böse. Du bist ein sehr guter Junge." Brocks Fantasie ging mit ihm durch und er musste sie unter Kontrolle bringen. Es würde weder ihm noch Abey helfen.

„Ich bin gut", wiederholte Abey, als wolle er nachsprechen, was man ihm gesagt hatte.

„Ja, das bist du." Brock wiegte ihn weiter, bis Abey still wurde, und legte ihn dann vorsichtig wieder ins Bett. Abey zog das Plüschzebra an sich, während er sich auf die Seite drehte. Brock stand auf und Vinny streichelte Abey über den Rücken. Brock verließ das Zimmer, um ihnen ein wenig Zeit zu zweit zu geben.

Wenige Minuten später trat Vinny zu ihm in den Flur und sie stiegen gemeinsam die Treppe hinab. „Weißt du, worum es dabei ging? Du schienst auf etwas hinauszuwollen."

„Sein Spielzeug. Erinnerst du dich? Abey hat einmal gesagt, der Mann hätte es ihm weggenommen, und da Clive darauf besteht, dass er der Vater ist, dachte ich, er könnte es gewesen sein. Ich habe ihn sogar darauf angesprochen. Aber jetzt glaube ich es nicht mehr. Ich habe gefragt, ob es war, und Abey sagte nein."

„Okay. Also hatte Rhonda jemanden in ihrem Haus, der ihm sein Spielzeug weggenommen hat."

„Das wäre die praktischste Erklärung. Aber da ist noch mehr. Abey denkt, er sei böse gewesen, und jemand hat ihm verboten, etwas zu sagen. Ich glaube, er kennt nicht die richtigen Wörter und ich muss eine Person mit mehr Erfahrung befragen, aber jemand hat Abey wehgetan. Dieser Mann, wer er auch sein mag, ist jemand, der Abey Angst macht und ihm Albträume verursacht. Wie gesagt, ich habe an Clive gedacht, weil er mir manchmal Albträume verursacht hat. Aber ich glaube das nicht mehr. Ich erzähle es morgen früh Carter, damit er Donald fragt, ob er rüberkommen und mit Abey reden kann. Er dürfte in solchen Angelegenheiten mehr Erfahrung haben."

„Oh Gott."

„Ich weiß nicht, wie viele Freunde deine Schwester hatte oder ob Clive der einzige war. Aber irgendwie ist jemand an ihn herangekommen und hat ihn eingeschüchtert, damit er nicht sagt, was bei ihm Albträume auslöst."

„Können wir irgendetwas anderes tun?", fragte Vinny zutiefst besorgt.

„Im Moment nicht und das ist wirklich traurig, aber vielleicht wird Abey uns niemals sagen können, was passiert ist. Seine Fähigkeit, den Vorfall in Worte zu fassen, scheint begrenzt zu sein. Aber die Hinweise sind vorhanden – nur bisher nicht ausreichend, um etwas damit anfangen zu können."

„Stimmt. Aber wenn das, was du vermutest, wahr ist, dann hat man Abey in Rhondas Obhut wehgetan und vielleicht auch misshandelt. Was ist mit Penny?"

Brock schüttelte langsam den Kopf. „Man kann es unmöglich wissen, wenn es keine körperlichen Narben hinterlassen hat, und die hättest du bemerkt." Er ließ sich in einen der Sessel sinken, während Vinny sich auf dem Sofa niederließ und den Laptop auf seinem Schoß platzierte.

„Bist du dir bei der ganzen Sache sicher? Rhonda kann man vieles nachsagen, aber ich kann mir nicht vorstellen, dass sie jemandem erlauben würde, einem der Kinder etwas anzutun. Ich glaube da eher an schlechtes Urteilsvermögen."

„Was ist, wenn sie mit ihrem schlechten Urteilsvermögen den falschen Babysitter ausgesucht hat?" Brocks Gedanken liefen in viele Richtungen. „Ich könnte unrecht haben, und vielleicht mache ich zu viel aus dem, was Abey gesagt hat. Aber wir sollten der Sache auf den Grund gehen."

„Okay. Ich vertraue deinem Instinkt. Ich möchte ihn nur nicht verletzen oder erschrecken, indem wir es ihn noch einmal durchleben lassen. Ich glaube, davon hatten sie beide genug." Vinny stöhnte und konzentrierte sich wieder auf seine Arbeit. „Ich muss damit wirklich fertig werden. Es sollte nicht mehr allzu lange dauern."

Auch wenn Brock wusste, wie schwer es für Vinny war, sich vorzustellen, dass seine Schwester jemandem erlauben würde, den Kindern wehzutun, konnte er den Gedanken nicht abschütteln. Doch an diesem Abend konnten sie nichts mehr tun. Abey schlief friedlich. Hoffentlich würde es für den Rest der Nacht so bleiben.

Erneut hatte Brock das Gefühl, dass er sich aufdrängte. Vinny musste seine Arbeit erledigen und Brock saß nur im Sessel und sah ihm zu.

Vinny schaute hinüber und warf ihm dann die Fernbedienung zu. „Mach es dir bequem und entspann dich. Ich komme wirklich voran." Er knurrte den Bildschirm an und setzte seine Arbeit fort. „Ich versuche hauptsächlich, die von mir benötigten Informationen aus der Datenbank zu holen, bevor alle Prozesse für die nächtlichen Updates heruntergefahren werden. Alles läuft schon, und wenn es endlich beendet wäre, wäre ich fertig."

Brock schaltete den Fernseher ein und stellte die Lautstärke auf leise ein. Er fand eine Wiederholung von *The Big Bang Theory* und wechselte dann den

Sitzplatz, um es sich neben Vinny gemütlich zu machen, der sich leicht an ihn lehnte und weiterarbeitete. Vinny fluchte, während eine Folge endete und die nächste begann. Brock wurde müde und schaltete schließlich den Fernseher aus.

„Es tut mir so leid. Das Ding will nichts anderes, als sich mit mir zu streiten, und mir bleibt keine Stunde mehr. Geh schon mal hoch ins Bett und ich komme nach, sobald ich kann." Vinny verstummte und Brock küsste ihn, bevor er sich hinauf in Vinnys Zimmer begab.

Er setzte sich auf die Bettkante, sah sich um und fragte sich, was das bedeutete. Es war klar, dass sie nicht miteinander schlafen würden. Sie würden lediglich gemeinsam einschlafen, zusammen sein. Es war das, wovon er stets gesagt hatte, dass er es wollte, also warum machte es ihm jetzt beinahe Todesangst?

Dennoch zog er sich aus, krabbelte unter die Decke und schaltete das Licht aus. Brock schwelgte im Duft der Bettwäsche, der unverwechselbar Vinnys war. Er vergrub seine Nase im Kissenbezug und atmete tief ein. Lächelnd schloss er die Augen und lauschte den Geräuschen des Hauses.

Wasser lief und Brock stellte sich vor, wie Vinny unten für ein Glas Wasser aufstand und seinen Rücken streckte, bevor er sich wieder auf die Couch setzte. Er kannte ihn und ja, er vertraute ihm, und doch wollte der alte Gedanke, dass Vinny ihn irgendwie wieder verlassen würde, nicht von ihm weichen.

Brock schloss die Augen und wartete auf ihn. Er war verdammt müde. Wer zum Teufel hätte ahnen können, dass ihm Papierkram so viel abverlangen würde? Innerhalb weniger Minuten übermannte ihn der Schlaf. Brock schlief normalerweise schnell ein und wälzte sich dann hin und her, doch nicht in dieser Nacht. Das Nächste, was er wahrnahm, war die Bewegung der Matratze, als Vinny sich neben ihm unter die Decke schob. Brock rückte näher und ließ seine verletzte Schulter auf Vinnys ruhen, damit er sich an ihn kuscheln konnte.

„So anschmiegsam warst du damals nie", flüsterte Vincent in die Dunkelheit hinein.

„Du auch nicht. Ich glaube, wir waren jünger und mehr daran interessiert, es zu treiben, als an den anderen Bestandteilen einer echten Beziehung." Brock begriff allmählich, dass er zwar verletzt worden war, aber dass Vinny und er auch einfach nicht füreinander bereit gewesen waren. So viele Jahre wütend auf Vincent zu sein, hatte weder ihm noch Vincent etwas genutzt. „Carter sagte, Beziehungen hängen mit dem Timing zusammen."

„Du lässt dir von deinem Arbeitskollegen Beziehungsratschläge geben?"

„Warum nicht? Er ist derjenige, der mir auf der Straße den Rücken freihält, und er hat durchgemacht, was wir auch durchgemacht haben."

„Scheint so. Irgendwie kann ich mir Carter nur schlecht als den Typ vorstellen, der über Beziehungen und seine Gefühle spricht."

„Ich glaube, das ist er auch meist nicht. In der Hinsicht ist er mir sehr ähnlich – behalte alles für dich, schließ es in dir ein und rede nicht darüber."

„Ist das ein Polizistending?", fragte Vinny.

„Keine Ahnung. Wir sehen viele Dinge und ich bezweifle, dass Carter Donald von allem erzählt. Für andere kann es beängstigend sein, aber für uns gehört es zum Beruf. Also vergräbt man es und kommt so gut wie möglich damit zurecht. Ich schätze, es kann zur Gewohnheit werden." Brock räusperte sich hustend. „Ich habe mich gefragt, ob diese Arbeit das Richtige für mich ist."

„Das ist sie." Es gab nicht das geringste Zögern. „Du hilfst Menschen um jeden Preis. Das macht einen guten Polizisten aus."

„Dazu gehört mehr als das." Brock schloss die Augen. „Ich muss morgen zum Arzt, damit er sich ansehen kann, wie es verheilt."

„Tut die Schulter noch weh?"

„Nur, wenn ich sie auf bestimmte Weise bewege. Ich glaube, sie verheilt allmählich. Aber die sind besorgt über die Muskeln und das Zeug im Innern." Er hoffte, er würde sich keiner weiteren Operation unterziehen müssen, um zusätzliche Korrekturen vornehmen zu lassen, auch wenn man ihn über diese Möglichkeit informiert hatte. „Und bevor ich es vergesse, die Jungs treffen sich morgen Abend im Hanover Grille, weil dann Terry schwimmt. Anscheinend wurde er neben seinem Einzelwettkampf auch für die Staffel ausgewählt. Und morgen ist das Finale. Also gehen sie alle rüber und ich dachte, wir könnten auch hingehen, wenn du möchtest. Mit den Kindern."

„Wenn ich sie dann noch habe."

Brock rückte näher, als er die Sorge in Vinnys Stimme hörte. „Ich glaube nicht, dass sie irgendetwas getan hat, das rechtfertigen würde, sie ihr zurückzugeben. Ich meine, sie wurde offensichtlich aus dem Gefängnis entlassen, denn sie ist zum Haus gekommen, aber ich glaube nicht, dass ihr Verhalten ihrem Ansehen hilft."

„Nein, das tut es nicht."

Brock zögerte. „Willst du die Kinder langfristig behalten?"

„Was?"

„Ich frage nur, ob es das ist, was du willst."

„Natürlich will ich das. Sieh dir die Kinder an. Sie lächeln und lachen jetzt und ich liebe sie. Habe ich dich durch irgendetwas daran zweifeln lassen, was ich will?" Vinny drehte sich um und in seiner Stimme schwang Verärgerung mit. „Warum fragst du so etwas?"

„Ich wollte dich nicht hinterfragen und denke nicht, dass sie dir nicht wichtig sind. Es ist eine enorme Verpflichtung. Das ist alles. Es könnte Monate dauern oder …"

„Ich weiß, was es bedeutet. Und ich bin dabei, solange es nötig ist. Ich werde sie adoptieren und großziehen, falls ich die Chance erhalte." Vinny ließ sich wieder auf die Matratze sinken.

„Ich wollte dich nicht verärgern oder andeuten, dass sie dir nicht wichtig sind."

„Ich weiß. Ich schätze, ich bin ein bisschen empfindlich. Ich frage mich immer wieder, ob ich es schaffe. Wir wurden von meiner Mutter und meinem Vater großgezogen und ich frage mich, ob eine konventionelle Familie für die Kinder besser wäre."

„Würde diese sie mehr lieben als du? Das ist es, was Kinder brauchen. Jemanden, der für sie da ist, sich um sie kümmert, aufpasst, dass sie sich nicht verletzen, und sie von Ort zu Ort bringt. Du fährst jeden Abend eilig nach Hause, um bei ihnen zu sein, und ich weiß, dass du dich um sie sorgst."

„Ich bin beinahe in Panik geraten, als die Kita angerufen hat."

„Dann machst du alles richtig und solltest aufhören, besorgt zu sein. Denn solange du nicht glaubst, dass es zu viel für dich wird, bist du die richtige Person, um auf sie aufzupassen." Brock schloss die Augen. „Kommst du mit den Kindern, um den Wettkampf anzusehen?"

„Ich versuche es. Um welche Zeit treffen sich alle?"

„Um sieben. Ich weiß, dass du dann wahrscheinlich noch Arbeit zu tun hast, und ich kann danach helfen, auf die Kinder aufzupassen, damit du sie erledigen kannst."

„Ja. Dann kommen wir zum Zusehen. Es wird den Kindern guttun, auszugehen und zu lernen, wie man sich in einem Restaurant benimmt. Ich bezweifle, dass Rhonda mit ihnen jemals irgendwo anders hingegangen ist als zu McDonald's." Vinny gähnte und Brock wurde still und ließ sich vom Schlaf übermannen.

8

VINCENT SCHAFFTE es rechtzeitig nach Hause, um die Kinder abzuholen, die wahre Energiebündel waren. Es gelang ihm, sie in weniger als fünf Minuten zu säubern und ins Auto zu befördern, was an ein Wunder grenzte, und tatsächlich einen Parkplatz in der Nähe des Restaurants zu finden. Mit Abey und Penny an der Hand ging er hinein. Gleich auf der anderen Seite der Tür blieb er stehen, unschlüssig, wohin er gehen sollte. Er sah sich im Restaurant um, das zum letzten Mal in den Achtzigern neu eingerichtet worden war, da er hoffte, Brock oder einen der anderen Polizisten zu entdecken, doch sie waren nirgendwo zu sehen.

„Kann ich Ihnen helfen?", fragte eine Kellnerin.

„Ich wollte mich hier mit einigen Leuten treffen. Sie sind hier, um sich die Olympischen Spiele anzusehen."

„Die Polizisten? Die sind hinten. Kommen Sie, ich zeige es Ihnen." Lächelnd führte sie ihn durch den mit Menschen gefüllten Speiseraum. Als sie den hinteren Teil erreichten, kam Alex herübergelaufen und zog Abey plappernd mit sich zu seinem Sitzplatz. Anscheinend hatte er ihm einen Platz freigehalten.

„Da seid ihr ja." Brock führte ihn zu einem Tisch und setzte sich, und Vincent platzierte Penny auf seinem Schoß. Sie sah zu Brock hinauf, als wäre er der Mittelpunkt der Welt. „Ich bin froh, dass du gekommen bist."

„Ich auch. Es war ein wirklich langer Tag, aber fürs Erste habe ich alles aufgeholt." Seufzend ließ er sich gegenüber von Brock nieder. Eigentlich hätte er ihn gern mit einem Kuss begrüßt, doch es war nicht der richtige Ort dafür, was ihn frustrierte, denn so viele Situationen in ihrem Leben spielten sich nicht am richtigen Ort ab.

Carter und Donald näherten sich und Brock stand auf, wobei er Penny mit seinem unverletzten Arm festhielt, als sich ein weiteres Paar zu ihnen gesellte. „Kennst du Kip und Jos?"

Vincent schüttelte beiden die Hand. „Schön, euch kennenzulernen."

„Und dieser lebhafte Blitz ist mein kleiner Bruder Isaac", sagte Jos, während Isaac zum Tisch mit den anderen Kindern ging. „Keine Sorge. Isaac hält sich gern für einen quasi Vierzigjährigen, also wird er auf alle aufpassen."

„Ist das ganze Revier hier?" Vincent sah sich im bis auf den letzten Platz besetzten Raum um.

„Alle, die nicht im Dienst sind, glaube ich. Das ist eine große Sache", antwortete Kip sichtlich aufgeregt. „Tja, ich denke, dann wird es Zeit für das Verhör. Wie lange seid ihr schon zusammen?"

„Diesmal ungefähr einen Monat, schätze ich. Vielleicht etwas weniger. Ursprünglich waren wir auf dem College zusammen."

„Aber es ging nicht gut. Damals waren wir jung und dumm." Vincent war angenehm überrascht davon, wie sehr Brock ihre Vergangenheit herunterspielte. Er betrachtete es als Zeichen, dass Brock es ihm wirklich verziehen hatte. Er war unsicher gewesen, ihn darauf anzusprechen und zu fragen.

„Das scheint öfter vorzukommen." Carter stieß Donalds Arm an.

„Hör auf." Donald stieß zurück. „Er hat mich Eiszapfen genannt. Als wir uns kennengelernt haben."

„Aber ich habe ihn geschmolzen." Carter grinste und Aaron beugte sich vom Nebentisch zu ihnen herüber, wobei er vorgab, sich einen Finger in den Hals zu stecken.

„Gott, ihr klingt wie die Freunde meiner Mutter, wenn sie sich für ein Kaffeeklatsch treffen."

Die Frau neben ihm, vermutlich Aarons Ehefrau, versetzte ihm einen Klaps auf den Arm. „Nicht jeder ist so stoisch wie du, was Gefühle angeht." Sie verdrehte die Augen. „Ich bin Martha, die Frau von dem hier." Sie lächelte ihnen zu, als sie sich vorstellten. „Sind das deine Kinder?", fragte sie Vincent.

„Die meiner Schwester. Zurzeit bin ich ihr Pflegevater." Er wollte nicht ins Detail gehen oder darüber nachdenken, wie er sich fühlen würde, wenn er sie abgeben musste. *Falls* er sie abgeben musste. Die Kinder hatten Brock und ihn zusammengebracht, also fragte er sich immer wieder, was passieren würde, wenn sie nicht mehr da wären. „Das ist Abey, kurz für Abraham, und diese kleine Süße ist Penny."

Sie lächelte, als Penny sich unter Brocks Arm hervorwand und durch den Raum tappte, bis sie vor Martha stand, die sie auf ihren Schoß hob. Penny begann, auf sie einzureden.

„Nun sieh dir das an." Vincent betrachtete sie grinsend.

„Sie ist glücklich und kommt aus sich heraus." Brock beugte sich über den Tisch zu Donald hinüber. „Ich glaube, du musst bitte mal mit Abey reden. Er hat Albträume und letzte Nacht ist er aufgewacht und hat etwas über *den Mann* geschrien. Einmal hat er erzählt, dieser Mann hätte ihm sein Spielzeug weggenommen. Ich dachte erst, er würde Clive meinen, der sowohl mein Ex als auch Rhondas gelegentlicher Freund war." Brock hob eine Hand. „Frag nicht. Es ist zu seltsam, um es zu erklären."

„Mit *seltsam* haben wir ständig zu tun", sagte Kip, der mithörte.

„Ich habe Abey gefragt, ob der Mann Clive war, aber er verneinte. *Dieser Mann* hat Abey bedroht und ihm verboten, etwas zu sagen. Ich war nicht sicher, wie sehr ich ihn drängen sollte." Brock zuckte mit seiner unverletzten Schulter.

Vincent sah zu Abey hinüber, der mit den anderen Jungen spielte. Er lächelte und kicherte über etwas, was Alex gesagt hatte, was ein fantastischer Anblick war.

„Ich werde es versuchen. In seinem Alter kann es schwer sein, sie dazu zu bringen, Dinge in Worte zu fassen. Ich schlage vor, dass ihr bei Rhonda anfangt, bevor wir ihn befragen. Vielleicht weiß sie etwas und kann euch einen besseren Ansatzpunkt als Abey geben." Als die Kellnerin an ihren Tisch kam, bestellten sie Essen und Getränke. „Wenn ihr glaubt, es könnte ihm helfen, gebe ich euch den Namen eines guten Therapeuten, der mit ihm arbeiten kann. Aber ehrlich gesagt: Je weniger Fremde in seinem Leben, desto besser."

„Ich stimme zu, dass wir vorsichtig vorgehen müssen", sagte Vincent.

Donald schien ihn zu mustern. „Du glaubst nicht, dass etwas dahintersteckt?"

„Es sind ein paar Äußerungen und einige Albträume." Er war nicht sicher, warum sie daraus eine so große Sache machten. „Haben Kinder nicht ständig Albträume?"

„Ja, die haben sie. Aber wir wissen, dass deine Schwester keine gute Mutter war. Welchen Dingen war Abey in ihrer Obhut ausgesetzt? Und wenn er diese Person öfter als einmal erwähnt hat, dann handelt es sich um jemand Realen, und seine Angst ist zweifellos echt."

„Okay." Das ergab einen Sinn und überzeugte Vincent. „Warum kommst du nicht bei uns vorbei, wenn du Zeit hast, und redest mit ihm?"

„Das mache ich, nachdem ihr versucht habt, mit deiner Schwester zu reden. Wenn sie hilfreiche Informationen hat, könnte es die Sache für Abey leichter machen."

„Wir tun, was wir können." Vincent wandte sich dem Fernseher zu, als es im Raum still wurde. Die Schwimmer kamen in einer Reihe herein und im Raum brach Jubel aus, als Terry auf dem Bildschirm erschien. Die Aufregung nahm zu, als der Sprecher den Beginn des Wettkampfes ankündigte. Abey eilte zu Vincent, der die Arme um ihn legte.

„Ein Freund von Onkel Brock macht bei einem Wettschwimmen im Fernsehen mit." Der Wettkampf fing an, Anfeuerungsrufe begannen zu ertönen, und Vincent hob Abey auf seinen Schoß, als er die Augen aufriss und bereit zu sein schien, sich zu verstecken. „Du musst dir keine Sorgen machen."

„Okay." Abey rutschte von seinem Schoß und gesellte sich wieder zu den anderen Kindern, während Vincent seine Aufmerksamkeit auf den Fernseher richtete.

Die US-Mannschaft war bei der ersten Wende leicht im Rückstand. Der zweite Schwimmer sprang ins Wasser und konnte etwas aufholen, und bei der zweiten Bahn waren sie gleichauf. Terry schwamm die dritte Teilstrecke und begann pfeilschnell, glitt durchs Wasser und lag am Ende seiner Strecke leicht in Führung. Als der vierte Schwimmer ins Wasser sprang, stand der ganze Raum, jubelnd und schreiend. Die Führung wechselte hin und her und am Ende war es zu knapp, um es mit bloßem Auge sehen zu können, doch der US-Schwimmer hatte als erster die Wand berührt und das Gold gehörte ihnen. Alle im Raum gerieten außer sich.

Vincent nahm Martha die verwirrte Penny ab und hielt sie in den Armen, als alle feierten. „Es ist etwas Gutes, Süße." Er hob seine Hand in die Luft und sie tat dasselbe, wobei sie seine Freudenrufe nachahmte.

Während die Kommentatoren den Wettkampf zusammenfassten, verlagerte sich die Aufmerksamkeit der Anwesenden vom Fernseher zum Essen, das nun gebracht wurde. Brock holte Abey, um ihn wie die anderen Jungen zum Essen auf einen Stuhl zu setzen.

„Es sieht aus, als könnte es eine Parade geben", sagte Kip. „Es passiert nicht jeden Tag, dass jemand aus der Stadt eine olympische Goldmedaille gewinnt, also bin ich sicher, dass unser Bürgermeister schon dabei ist, etwas zu organisieren."

„Und ob, und er wird sich die größte Mühe geben, zumindest für staatsweite Berichterstattung zu sorgen. Er würde wahrscheinlich Gott weiß was dafür geben, an CNN heranzukommen", mischte sich Aaron ein. „Bei unserem Bürgermeister dreht sich alles um gute Presseberichte für die Stadt, wenn er die Chance dazu bekommt."

„Und das ist ganz sicher eine. Ich rechne mit dem vollen Programm", fügte Jos hinzu.

„Das hoffe ich. Es ist fantastisch. Terry hat sehr hart gearbeitet, um an diesen Punkt zu kommen, vor allem, weil er älter ist als die meisten Schwimmer." Kip schenkte Jos ein Lächeln, bevor er über sein Essen herfiel wie ein verhungernder Mann.

Auch Vincents Bestellung traf ein, begleitet von Pennys Käsemakkaroni. Er rückte alles für sie zurecht und half ihr beim Essen, während er sein eigenes aß.

„Schmeckt es?", fragte Brock Abey, der sich bereits auf sein überbackenes Käsesandwich stürzte. Er nickte grinsend, während er das Sandwich in einer Hand hielt.

„Ich helfe ihm", sagte Isaac, woraufhin sich Abey wieder seinem Teller zuwandte.

„Die anderen Kinder tun ihm gut. Er muss Zeit mit ihnen verbringen, zudem sind sie älter, also kann er ihnen zusehen und dabei lernen." Donald schien ihren Tisch ebenfalls im Auge zu behalten.

Plötzlich drang sich eine Stimme durch den Raum, die Beton hätte zerschneiden können und die Vincent überall erkannt hätte. „Wo sind sie?"

„Das ist Rhonda", teilte Vincent Brock mit, der sich Kip und Carter zuwandte.

„Hindert sie am Reinkommen." Brock und die anderen waren bereits auf den Beinen, bevor Vincent aufstehen konnte. Donald folgte ihnen gleich, Vincent blieb zurück. Penny war erstarrt, während Abey seine Mutter glücklicherweise nicht gehört hatte und weiteraß, während er mit den anderen Jungen sprach.

Vincent hatte nichts dagegen, dass Rhonda die Kinder sah, doch das musste mit geeigneter Aufsicht geschehen, und ihr Beharren darauf, sie zu anderen Zeitpunkten zu sehen, war nicht förderlich.

„Ich helfe dir dabei, Süße." Martha drehte ihren Stuhl, sodass sie neben Penny saß. Vincent war dankbar und versuchte, seinen Puls daran zu hindern, durch die Decke zu gehen.

Kip kam zurück. „Sie wird zu ihrem Auto hinausbegleitet."

„Wo ist Donald?"

„Er und Brock wollten mit ihr reden, also gehen sie zusammen. Es sollte nicht lange dauern." Kip setzte sich zu Jos und es dauerte wirklich nicht lange, bis sich ihnen der Rest der Gruppe wieder anschloss.

„Es ist ziemlich dumm von deiner Schwester, dir zu folgen und in ein Treffen mit mehreren Polizisten zu platzen." Carter nahm wieder seinen Platz ein, was Donald und Brock ihm nachtaten.

„Wir haben eine Abmachung getroffen. Sie darf morgen Abend unter Aufsicht Abey und Penny besuchen, sofern sie bereit ist, mit Brock oder Carter zu reden."

„Ist dir das recht?", fragte Brock. „Ich hoffe, dass sie uns darüber informieren kann, wer *dieser Mann* ist."

„Es ist in Ordnung. Sie muss die Kinder sehen und die Kinder sie." Er hoffte, dass sie sich benehmen und die Kinder nicht zu sehr aufregen würde, machte sich allerdings keine großen Hoffnungen.

„Ich werde den Besuch morgen beaufsichtigen", bot Donald an. „Dann können sie mit ihr reden, bevor sie geht."

„Danke." Vincent wandte sich wieder seinem Essen zu. Martha behielt Penny noch ein wenig bei sich und sie schien sich wohlzufühlen. Er nutzte die Gelegenheit, um sein Sandwich mit Schinken, Salat und Tomaten zu essen, und da Penny bald unruhig wurde, setzte er sie wieder auf seinen Schoß. Auch dort wollte sie nicht lange still sitzen, und kaum hatte Vincent aufgegessen, rutschte sie von seinem Schoß und begann, zwischen den Tischen umherzulaufen. Natürlich schlossen sich die Jungen ihr an und bald jagten die Kinder einander wie eine wilde Polonaise.

„Ich muss sie nach Hause bringen", sagte Vincent. „Sonst folgt früher oder später das große Theater."

„Ja." Brock beugte sich vor. „Ich kümmere mich um die Rechnung. Möchtest du, dass ich rüberkomme, oder brauchst du etwas Ruhe?"

„Ich muss nicht mehr arbeiten." Vincent wackelte mit den Augenbrauen.

„Ist das der Code für *Komm rüber, damit wir den horizontalen Hula tanzen können?*" Jos schlug sich eine Hand vor den Mund und sah sich um, als wäre er selbst schockiert darüber, das wirklich gesagt zu haben. Kip brach in Gelächter aus, das nur von kurzer Dauer war, da Isaac fragte, was ein horizontaler Hula sei und ob Jos ihm den Tanz beibringen könne. „Ich und meine große Klappe." Er erklärte Isaac, dass es sich nur um einen Scherz gehandelt hatte und er aufessen sollte.

„Gut gerettet", teilte Carter ihm mit.

Jos senkte die Stimme. „Ich vergesse manchmal, dass ich aufpassen muss, was ich sage. Isaac saugt Informationen auf wie ein Schwamm."

Vincent wäre gern länger geblieben, doch Penny stand kurz vor einem Anfall. Offenbar wollte sie einige Pommes frites vom Teller einer anderen Person haben, und als Vincent nein sagte, erkannte er, dass sie nur Sekunden davor stand auszurasten. Er suchte ihre Sachen zusammen, hievte Penny in seine Arme und als sie sagte, sie müsse einmal, ging er mit ihr zur Toilette und ließ Abey bei Brock zurück. Ihm war nie klar gewesen, wie viel Energie Kinder erforderten. Als Penny fertig war, holte er Abey und schaffte es, sie ins Auto zu setzen.

Vincent hatte nicht das Gefühl, viel geatmet zu haben, bis er Penny und Abey zum Haus und in den ersten Stock gebracht hatte. Die Badezeit war stets eine Herausforderung. Man nehme zwei aktive Kinder, füge Wasser und Schaum hinzu und am Ende hatte man ein überschwemmtes Badezimmer. Immerhin beruhigten sie sich anschließend, auch wenn sie darüber jammerten, dass Brock nicht da war, um ihnen Geschichten vorzulesen. Vincent gab sein Bestes und es gelang ihm, beide Kinder ins Bett zu bekommen.

Als er die Treppe hinunterging, klopfte es leise an der Tür.

„Ich wollte nicht zu viel Lärm machen, falls die zwei schon schlafen", erklärte Brock, nachdem er eingetreten war und Vincent die Tür geschlossen hatte.

„Ich habe sie gerade ins Bett gebracht. Sie waren so aufgeregt, dass es einige Zeit gedauert hat." Vincent ging vor ins Wohnzimmer, wo er sich auf die Couch setzte. „Ich mache mir Sorgen."

„Weshalb?"

„Wegen dieses Treffens mit Rhonda morgen."

„Du musst sie nicht sehen. Donald wird bei den Kindern sein, um den Besuch zu beaufsichtigen. Er hat mir gesagt, es wäre in einer solchen Situation normal, dass die Pflegeeltern nicht anwesend sind. Bei der Gelegenheit kann sich der Sozialarbeiter ansehen, wie Kinder und Eltern miteinander umgehen."

„Oh." Darüber hatte Vincent nicht nachgedacht.

„Ich dachte, ich hole die Kinder von der Kita ab, bringe sie zum Jugendamt, wo sie sich mit ihrer Mutter treffen können, und dann werden Carter und ich uns mit ihr unterhalten, während Donald auf Penny und Abey aufpasst. Danach bringe ich sie zur Kita zurück. Du *kannst* natürlich mitkommen, aber musst nicht."

„Ich glaube, ich wäre gern dabei. Ich werde es so einrichten, dass ich nach dem Mittagessen das Büro verlasse und nach dem Treffen von zu Hause aus weiterarbeite." Er war ein wenig besorgt darüber, wie sein Chef auf die viele zusätzliche Zeit außerhalb des Büros reagieren würde. Es beunruhigte ihn grundsätzlich wegen seines neuen Postens, doch abgesehen davon erledigte er all seine Arbeit, und die Qualität, die seine Abteilung hervorbrachte, hatte sich in nur wenigen Wochen erheblich verbessert.

„Okay." Brock rutschte näher an ihn heran. „Da das jetzt geklärt ist, frage ich mich, ob du rummachen willst wie Teenager, die jede Minute damit rechnen, erwischt zu werden, weil ihre Eltern nach Hause kommen?" Er wackelte mit den Augenbrauen und Vincent stöhnte.

„Nein. Dazu bin ich viel zu alt." Er stand auf und streckte seine Hand aus. „Ich würde viel lieber das Licht ausschalten, nach oben gehen und Liebe machen wie Erwachsene, die das uneingeschränkte Recht haben, ihre Gefühle auf jede Weise auszudrücken, die sie möchten." Er führte Brock aus dem Zimmer. „Geh schon mal hoch. Ich sehe noch nach, ob die Türen abgeschlossen sind, und komme dann zu dir in mein Zimmer."

Das glimmende Feuer in Brocks Augen genügte, um eine Hitzewelle durch seinen Körper zu jagen. Widerstrebend wandte Vincent sich ab und sah nach, ob die Hintertür abgeschlossen war. Nachdem er auch die Vordertür überprüft hatte, schaltete er das Licht aus, während er den Weg durchs Haus zurücklegte und die Treppe hinaufstieg. Er sah nach beiden Kindern, die fest schliefen, wobei Penny eine Puppe umarmte, die Donald ihr mitgebracht hatte, und Abey das Zebra umklammerte wie einen Rettungsring.

„Sie sind so fantastisch." Brock schmiegte sich an seinen Rücken und seine Wärme drang durch Vincents Hemd. Er schloss Abeys Zimmertür und stand still, als Brock das Hemd aus seinem Hosenbund zog und die Hand der unverletzten Seite darunter schob. Er lehnte sich zurück und ließ Brock erkunden. „Genau wie ihr Onkel." Brock küsste seinen Halsansatz und Vincent bewegte sich langsam auf das Schlafzimmer zu. Im Innern angekommen schloss er die Tür und überließ sich Brock.

Lieder besangen häufig langsame Hände und langsames Lieben. Es war genau das, was Brock ihm jetzt gab – langsam, intensiv, liebevoll … beinahe so sehr, dass Vincent geschrien hätte. Vielleicht war das der Sinn der Sache. Er wollte Brock so sehr.

„Ich dachte, ich hätte das mit uns für immer verbockt."

„Wir müssen die Vergangenheit hinter uns lassen. Was ich gesagt habe, meinte ich auch so. Wir sind nicht mehr dieselben Menschen wie auf dem College und wir müssen einander vergeben. Ich weiß, dass es dumm klingt, aber das haben mir die Kinder gezeigt. Wie du mit ihnen umgehst, hat mir mitgeteilt, dass du dich verändert hast, und den Mann, mit dem ich jetzt zusammen bin, finde ich …" Brocks Worte stockten und er küsste ihn heftig. Vincent half Brock, die Schlinge und sein Hemd loszuwerden. Der Rest seiner Kleidung war leicht ausgezogen, und Haut an Haut dazuliegen, während sich zwischen ihnen Hitze aufbaute, war großartig. „Ich möchte dich heute Nacht spüren." Brock legte sich auf den Rücken und Vincent wartete, bis er es sich bequem gemacht hatte. Erst war er nicht ganz sicher, worum genau Brock ihn bat, doch als er ihm ein Kondom in die Hand drückte, begriff er.

Einen bebenden Brock vorzubereiten war ein grandioses Erlebnis aus Hitze, Druck und ersticktem Stöhnen, das ihn nur noch mehr anheizte. Langsam vorzugehen fiel ihm schwer, aber es gelang ihm. In Brock einzudringen, war berauschend – von Brock umschlossen und von seiner Hitze gepackt zu werden, beinahe unerträglich. Er beugte sich vor, um ihn zu küssen. Als er sich zurückzog, trafen sich ihre Blicke und Vincent begann langsam, sich zu bewegen.

Brocks Augen teilten ihm alles mit, was er wissen musste – wo er ihn berühren sollte, wie schnell oder langsam er sich bewegen musste, selbst Winkel und Druck wurden mit diesem Blick kommuniziert, der Vincent durch sein Strahlen darin baden ließ. Er erkannte diesen Gesichtsausdruck oder wusste zumindest, was er bedeutete. Bisher war er niemals einem so eindringlichen und warmen Blick ausgesetzt gewesen. Kurzum, Vincent wurde klar, dass Brock ihm ohne ein einziges Wort mitteilte, dass er geliebt wurde. Und nicht nur das, sondern auch, dass Brock ihn liebte, wie er war. Zwischen ihnen gab es keine Illusionen mehr – diese waren schon vor Jahren zerstört worden. Das hatte Vincent getan und Brock hatte es ihm verziehen. Es trug lediglich zu der zwischen ihnen herrschenden Hitze bei, die sich mit jedem langsamen Zurückziehen und von Stöhnen begleitetem Eindringen weiter aufbaute.

In diesen wenigen Minuten fühlte sich Vincents Leben so vollkommen an wie nie zuvor. Er besaß alles, was sein Herz je begehrt hatte: Auf gewisse Weise, selbst wenn es vorübergehend war, hatte er eine Familie – war er wieder Teil einer Familie.

„Ich liebe dich", flüsterte Vincent Zentimeter von Brocks Lippen entfernt. „Du warst immer alles, was ich wollte."

„Ich liebe dich auch", antwortete Brock leise und Vincent schloss die Augen, als die Erregung, die er im Zaum gehalten hatte, über ihm zusammenbrach und er auf süßen Worten dahinschwebte, während Brock ihm in den Nebel der Lust folgte.

VINCENT TRAF am nächsten Morgen so früh wie möglich in seinem Büro ein. Brock war geblieben und hatte ihm geholfen, die Kinder fertig zu machen und zur Kindertagesstätte zu bringen, worüber sie sehr glücklich gewesen waren. Er hörte Kenny hereinkommen und wollte vor der morgendlichen Besprechung mit ihm reden. Er speicherte die Tabelle, an der er gerade arbeitete, und eilte in sein Büro hinüber. Glücklicherweise war die Tür offen, was bedeutete, dass er ihn erreicht hatte, bevor er mit dem Telefonieren begann.

„Kenny …"

„Komm ruhig rein." Kenny strahlte über das ganze Gesicht. „Ich habe schon gute Fortschritte gesehen und glaube, wir haben jemanden gefunden, der deinen alten Posten besetzen kann."

„Das ist großartig." Er war nicht sicher, wie er ansprechen sollte, was nötig war. „Es gibt etwas, das du wissen musst." Als Kenny auf einen der Stühle deutete, schloss Vincent die Bürotür und setzte sich. „Ich muss heute Nachmittag gehen. Ich arbeite von zu Hause aus, um dafür zu sorgen, dass ich nicht in Rückstand gerate."

Kenny nickte. „Was ist los?"

„Ich bin der Pflegevater der beiden Kinder meiner Schwester. Sie steckt in ernsten Schwierigkeiten. Erinnerst du dich an die Geschichte mit den beiden Kindern, die im Kofferraum eingeschlossen waren?"

„Das war deine Schwester?" Kennys Gesicht zeigte nichts als Besorgnis. Er beugte sich über den Schreibtisch nach vorn. „Tu, was du tun musst. Ich weiß, dass du deine Arbeit nicht vernachlässigst. Unsere älteste Tochter war ein Pflegekind, das wir letztendlich adoptiert haben, aber nicht ohne eine große Menge Kummer und Unruhe in der Familie. Ich verstehe vollkommen, was es bedeutet, also nimm dir die Zeit, die du brauchst, und halte mich auf dem Laufenden. Die Person, die wir für deinen Posten im Sinn haben, ist erfahren und sollte in der Lage sein, gleich einzusteigen. Wir warten noch darauf, dass er unser Angebot akzeptiert, und dann kommt er vom Lager zu uns. Ich glaube nicht, dass du Marcus Spencer kennst, aber ich schon seit einiger Zeit und ich glaube, ihr werdet euch richtig gut verstehen. Er kommt nächste Woche, also kannst du etwas Zeit mit ihm verbringen, bevor er offiziell anfängt." Kenny warf einen Blick auf die Uhr, woraufhin Vincent sich erhob. Es waren nur noch wenige Minuten bis zu ihrer Besprechung.

Vincent ging, um sich vorzubereiten, und nun musste er sich nur noch wegen des eigentlichen Besuchs von Rhonda Sorgen machen.

VINCENT TRAF sich vor dem kleinen Bürogebäude des Jugendamtes in der Stadt mit Brock und den Kindern. Er meldete sich an und wurde zu einem Besprechungsraum geführt, in dem bereits Donald wartete.

„Wir müssen Rhonda etwas Zeit allein mit den Kindern geben. Ich bin hier, um sie zu beaufsichtigen. Ich erwarte sie jederzeit, also wenn ihr möchtet, könnt ihr einige Minuten in mein Büro gehen", sagte Donald.

„Ich wäre gern hier bei ihnen. Abey wird Fragen haben und meine eigenen Antworten sind mir lieber als irgendeine fantasievolle Rechtfertigung, die Rhonda in ihrem Kopf ausgearbeitet hat." Da auf dem Tisch Buntstifte lagen, forderte er die Kinder zum Malen auf und ließ sich dann in einer Ecke nieder.

Fünf Minuten später traf Rhonda ein, leicht zerzaust und mit wildem Blick.

„Mama", rief Abey und eilte zu ihr hinüber. Penny wandte sich von ihrem Bild ab, um sie anzusehen, malte dann dann weiter, was Vincent eine Menge über die Beziehung zwischen Mutter und Tochter mitteilte.

Rhonda umarmte Abey fest, weinte und sagte ihm, wie sehr sie ihn vermisse und dass sie hoffe, er sei bald wieder zu Hause. „Es ist so schwer ohne dich." Sie ließ ihn los und begann erneut zu weinen.

Abey tätschelte ihr die Schulter. „Ist schon gut, Mama." Er wirkte verloren und wandte sich von ihr ab, um wieder auf seinen Stuhl zu klettern.

Rhonda richtete ihre Aufmerksamkeit auf Penny und hob sie von ihrem Stuhl. Penny quäkte und griff nach ihrem Bild. Rhonda drehte sie um und umarmte sie fest, doch Penny blieb unruhig, bis Rhonda sie absetzte und sie wieder auf ihren Stuhl klettern konnte.

„Sie konzentriert sich immer nur auf eine Sache", äußerte sich Vincent dazu, doch Rhonda sah ihn lediglich wütend an.

„Du hast meine Kinder gegen mich aufgehetzt." Ihr Gesichtsausdruck war mordlustig. „Wie konntest du nur? Das sind meine Kinder und ich liebe sie, und du versuchst, sie mir wegzunehmen."

Penny stand von ihrem Stuhl auf, kam zu Vincent herüber, reichte ihm ihr Bild und kletterte dann auf seinen Schoß, um sich an ihn zu lehnen und zu ihrer Mutter hinauf zu blinzeln, während sie Vincent so fest umarmte, wie es ihren kleinen Armen möglich war.

„Rhonda, ich habe nichts dergleichen getan." Er sah zu Donald hinüber, der gleich neben der Tür saß, und hoffte, dass dieser alles hörte.

„Du hast dein Bestes getan, um sie von mir fernzuhalten, und ich möchte wissen, was du ihnen gesagt hast, um sie dazu zu bringen, mich zu hassen." Sie schlug die Hände vors Gesicht. „Es ist so schwer. Das hier sind meine Kinder und ich vermisse sie ständig. Ich schlafe sogar mit einer von Pennys Puppen, weil ich nicht allein schlafen kann."

„Haben die Kinder bei dir geschlafen?", fragte Vincent.

„Natürlich haben sie das. Ich wollte sie in meiner Nähe haben." Sie stemmte die Hände in die Hüften, als hätte er soeben die dümmste Frage der Welt gestellt. „Ich bin eine gute Mutter. Ich weiß, was du denkst, aber du hast unrecht." Sie sah sich um, hastete zu Donald hinüber und begann, wild gestikulierend auf ihn einzureden.

Penny rutschte von Vincents Schoß und er half ihr auf ihren Stuhl, wo sie weitermalte. Abey hatte die Auseinandersetzung zwischen ihm und Rhonda beobachtet.

„Ich habe dir ein paar Autos mitgebracht." Vincent griff in eine Tasche und reichte sie ihm.

Abey nahm sie entgegen, bevor er zu seiner Mutter hinüberrannte, um sie ihr zu zeigen. Er zupfte an der Rückseite ihres Kleides, um sie auf sich aufmerksam zu machen, doch sie ignorierte ihn, während sie noch mit Donald redete. Vincent brach es das Herz zu beobachten, wie Abey versuchte, von ihr beachtet zu werden, bis er sich schließlich abwandte. Vincent verließ seinen Stuhl, um sich auf den Boden zu setzen, damit Abey und er gemeinsam mit den Autos spielen konnten.

Penny schloss sich ihnen an und Abey gab ihr eines seiner Autos, während Rhonda ihre Kinder im Grunde ignorierte.

Als Brock sich zu ihnen gesellte, eilten Penny und Abey auf ihn zu und hüpften auf und ab, um seine Aufmerksamkeit auf sich zu lenken.

„Würdest du auf sie aufpassen, während ich zur Toilette gehe?", fragte Vincent Brock, der sich setzte und ihm zunickte, während er mit den Kindern sprach. Er war ein fantastischer Mann und zum millionsten Mal dachte Vincent darüber nach, wie er ihn hatte verlassen können und wie viel Glück er hatte, ihn zurückbekommen zu haben.

„Natürlich." Brock lächelte und kitzelte Pennys Bauch. Als sie in Gekicher ausbrach, wurde Rhonda auf sie aufmerksam.

Sie fuhr herum und Vincent kannte diesen Gesichtsausdruck. Sie stand kurz davor, die Beherrschung zu verlieren, doch dann, da war Vincent sicher, wurde ihr klar, um wen es sich bei Brock handelte, und sie hielt sich zurück.

Mittlerweile stand eine Frau bei Donald, und als Vincent nach den Toiletten fragte, bot sie an, ihm diese zu zeigen. „Ich bin Carol Young und hatte gehofft, mit Ihnen reden zu können." Sie führte ihn einen kurzen grauen Flur entlang, der mit Türen gesprenkelt war. „Ihre Schwester ist …"

„Ich weiß. Sie ist unberechenbar." Vincent nahm kein Blatt vor den Mund. „Sie ist zu meinem Haus gekommen und hat uns gestern Abend sogar in einem Restaurant aufgespürt. Ich glaube, sie folgt mir, und ich möchte, dass es aufhört. Wie Sie sehen können, ist sie ganz mit sich selbst und ihren Gefühlen beschäftigt."

„Ja. Abey hat eine Bindung zu ihr, aber Penny überhaupt nicht. Sie ist lieber bei Ihnen oder dem Polizisten."

„Er hat sie aus dem Kofferraum gerettet und wir sind ein Paar. Also sehen sie ihn recht häufig. Brock geht fantastisch mit ihnen um."

„Das sehe ich." Vor der Herrentoilette blieb sie stehen und wandte sich zu ihm um. „Es tut ihnen gut. Aber was mir die größten Sorgen bereitet, ist die Tatsache, dass zwischen ihr und Penny keine Beziehung besteht. Es ist, als wäre sie nicht von Bedeutung."

„Ich glaube, keines der beiden Kinder bedeutet ihr wirklich etwas. Es ist, als wären sie etwas, was ihr gehört, so wie ihr Auto oder ihr Wohnzimmerstuhl. Ich vermute, dass sie sie wiederhaben möchte, aber nicht bereit ist, dafür zu arbeiten oder die dafür nötigen schweren Entscheidungen zu treffen."

„Ja. Den Eindruck hatten wir auch." Sie wandte sich dem Besuchszimmer zu. „Ich wollte mit Ihnen reden, weil wir wissen müssen, ob Sie bereit wären, sich langfristig um Penny und Abey zu kümmern. Bis Ihre Schwester sich weit genug fängt, um die Kinder zurückzubekommen, dürfte noch Monate dauern, und vielleicht wird sie niemals in der Lage sein, für sie zu sorgen. Außerdem droht ihr wegen ihres Verhaltens möglicherweise Zeit im Gefängnis und kein Richter würde ihr das Sorgerecht zusprechen, bis das geklärt ist."

„Ich behalte sie so lange wie möglich, und wenn ich kann, werde ich sie als meine eigenen großziehen. Aber was Rhonda betrifft, müssen Sie mir den Rücken freihalten. Ich möchte nicht, dass sie jederzeit vor meinem Haus auftauchen und Penny und Abey aufregen kann. Wir haben eine Routine – sie werden zu regelmäßigen Zeiten ins Bett gebracht und gehen jeden Tag in die Kita. Im Herbst werde ich Abey in der Vorschule anmelden und Penny im Kindergarten, damit sie etwas nachholen kann. Sie brauchen in ihrem Leben Ordnung und Fürsorge."

„Ganz meine Meinung. Aber worüber wir hier reden, ist eine riesige Verantwortung."

Vincent schüttelte den Kopf. „Da liegen Sie falsch. Diese Kinder aufzunehmen, ist ein Akt der Liebe." Er sah sie an und Carol lächelte und wischte sich über die Augen.

„Verdammt, so etwas sollte ich nicht tun. Aber diese Kinder haben sehr viel Glück. Und ja, Sie haben recht. Es ist ein Akt der Liebe und ich wünschte, alle Kinder, mit denen ich zu tun habe, könnten dies erfahren."

„Es gibt noch etwas." Vincent kam zu dem Schluss, dass er ihr alles mitteilen musste, damit die Kinder die bestmögliche Chance bekamen. „Brock glaubt, jemand könnte Abey etwas angetan haben."

„Inwiefern?"

„Ich weiß es nicht. Abey hat uns erzählt, *der Mann* hätte ihm sein Spielzeug weggenommen, und hatte einen Albtraum, bei dem es um denselben Mann ging. Er sagt, er solle nichts verraten und er sei ein böser Junge gewesen. Erst dachte ich, es hinge mit den vielen Veränderungen in seinem Leben zusammen, aber Brock ist da nicht so sicher, und je länger ich darüber nachdenke, desto mehr glaube ich, ich hatte unrecht."

„Wenn Sie mich fragen, würde ich Ihrem Freund zustimmen. Wollen Sie deshalb mit Rhonda reden?"

„Ja. Ich denke, sie weiß etwas, selbst wenn sie nicht weiß, dass sie es weiß." Gott, das hatte verdammt verrückt geklungen.

„Wenn ich irgendwie helfen kann, werde ich es tun. Donald hat den Fall übernommen und mich um Unterstützung gebeten. Sie können mir glauben, wenn ich Ihnen sage, dass ich noch nie jemanden kennengelernt habe, der in solchen Angelegenheiten einen so guten Instinkt besitzt wie er." Mit einem Lächeln wandte sie sich ab.

Vincent trat ein, benutzte die Toilette und kehrte dann ins Besuchszimmer zurück. „Ich muss die Kinder jetzt in die Kita zurückbringen." Er sah keinen Sinn darin, den Besuch fortzusetzen, da Rhonda nicht mit den Kindern kommunizierte. Er machte sie zum Gehen bereit und nach leichtem Überreden verabschiedeten sie sich von ihrer Mutter. Brock umarmte sie ebenfalls und ermahnte sie, artig zu sein.

„Liest du uns vor?"

Brock fing seinen Blick ein, und nachdem Vincent genickt hatte, antwortete er: „Ja. Versprochen. Ich sehe euch heute Abend nach der Arbeit." Brock wandte sich an Rhonda. „Jetzt unterhalte ich mich erst einmal mit eurer Mama."

Vincent wünschte, er könnte bei dem Gespräch anwesend sein, doch es war wichtiger, sich um die Kinder zu kümmern, und Menschen zu befragen gehörte zu Brocks Beruf. Er würde lediglich im Weg sein. „Kommt, es geht zurück zur Kita und euren Freunden."

9

„ALSO GUT, Rhonda. Wir haben uns an unseren Teil der Abmachung gehalten. Jetzt haben wir einige Fragen an Sie." Brock hatte sich ihr gegenüber an den Tisch gesetzt, während Donald etwas abseits blieb.

„Ich gebe meine Kinder nicht meinem Bruder." Sie verschränkte die Arme vor der Brust. „Ich möchte meine Kinder zurückhaben."

„Wir müssen mit Ihnen über ein anderes Thema reden. Abey hat Albträume."

„Natürlich hat er die. Sie haben ihn seiner Mutter entrissen." In ihrem Blick loderten Flammen.

Brock blieb ruhig und ließ sie etwas von ihrer Wut abbauen, bevor er fortfuhr: „Er sagt, *der Mann*, wer auch immer das sein mag, hätte ihm sein Spielzeug weggenommen. Er hat außerdem gesagt, *der Mann* hätte ihm wehgetan, und er hatte schreckliche Angst vor ihm. Offenbar glaubt er, *der Mann* hält ihn für böse und möchte nicht, dass Abey etwas sagt." Brock sah zu, als Rhonda verarbeitete, was er ihr sagte. Er konnte nur schwer einschätzen, ob von dem Gesagten etwas bei ihr angekommen war. „Wissen Sie, wer diese Person sein könnte?"

„Nicht Clive", antwortete sie unnachgiebig.

„Das glauben wir auch nicht." Brock ging nicht näher darauf ein, warum sie das nicht glaubten. „Also wer könnte es sonst sein? Wer hat Abey sein Spielzeug weggenommen? War es ein Babysitter oder ein Freund?" Er konnte sehen, dass sie kalkulierte, was sie sagen sollte, und sich vermutlich irgendeine Lüge ausdachte. „Wir können die Verbindungsdaten Ihres Telefonanbieters anfordern und jeden kontaktieren, mit dem Sie im letzten Jahr gesprochen haben. Wir werden alle Ihre Freunde und jeden, den Sie kennen, anrufen und nach Informationen über Sie und die Kinder fragen. Wenn Sie kooperieren, wird es für den Richter gut aussehen. Wenn nicht, oder wenn Sie lügen, tja … In solchen Fällen gehen wir sehr gründlich vor." Er setzte sie immer mehr unter Druck, da er wusste, dass Rhonda daran zerbrechen und ihm alles verraten würde. „Dieser Mann könnte Ihrem Sohn etwas angetan haben."

„Clive hat Abey vor einigen Monaten sein Spielzeug weggenommen, wenn er sich schlecht benommen hat, aber er hat es immer zurückgegeben."

„Abey hat uns den Eindruck vermittelt, dass seine Spielsachen fort sind und dass *der Mann* sie genommen hat. Er passt sehr gut auf das Spielzeug auf, das wir ihm gegeben haben. Vincent sagt, er kommt jeden Morgen die Treppe herunter und geht direkt zu seiner Spielzeugkiste, um sich davon zu überzeugen, dass alles noch da ist." Es hatte Brock das Herz gebrochen, als er das zum ersten Mal sah. „Abey fürchtet sich vor ihm. Er wacht schreiend auf, weil er vor diesem Mann so große Angst hat."

„Ich kann es Ihnen nicht sagen." Endlich gab Rhonda einen Teil ihres Widerstands auf. „Ich weiß, wer es ist, aber ich kann es weder Ihnen noch sonst jemandem sagen."

„Warum? Wenn Sie es nicht sagen, dann muss ich vielleicht Clive oder die Nachbarn fragen und hören, was die mir sagen können. Selbstverständlich wird alles, was sie mir sagen, an das Jugendamt weitergeleitet und vor Gericht verwendet." Er war nun sicher, dass es in Rhondas Leben alles andere als blitzsauber zuging. „Was tut *dieser Mann*?" Brock konnte sich allmählich eine ziemlich gute Vorstellung vom Typ Mensch machen, um den es hier ging, trotz Rhondas Schweigen. Sie litt ganz sicher unter irgendeiner Art von psychischem Problem und Menschen wie sie versuchten häufig, sich selbst mit Medikamenten zu behandeln.

„Ich kann es nicht sagen. Er wird …"

„Wir müssen ihn von der Straße holen, damit er Ihren Kindern nicht mehr wehtun kann."

„Er wollte mich unter Druck setzen, weil ich nicht zahlen konnte und …" Diese Frau konnte wirklich nicht besonders gut Geheimnisse bewahren.

„Wofür zahlen?" Brock beugte sich vor. „Ich weiß genug darüber, wie es in der Welt zugeht, um aufgrund Ihres Aussehens zu wissen, dass Sie etwas nehmen. Ich weiß nicht, was, aber wir können einen Test machen. Das ist eine der Bedingungen, um die Kinder zurückzubekommen."

Sie wurde augenblicklich blass. „Nein …"

„Doch, das ist es. Worum handelt es sich? Gras?"

„Xanax", gab sie zu.

„Sind Sie abhängig?" Er wusste, dass das passieren konnte, und sie zeigte alle Hinweise. „Also hat Ihnen Ihr Dealer Pillen gegeben, aber Sie mussten bezahlen und er hat Abey bedroht und ihm sein Spielzeug weggenommen, um zu zeigen, dass er tun kann, was auch immer er will." Das Bild wurde mit jeder Sekunde deutlicher. „Glauben Sie, damit hört es auf? Dass er Sie nicht verfolgen und auch Ihre Kinder aufspüren wird, um an Sie heranzukommen? Dieser Typ wird sie bei Ihrem Bruder finden, also bringen Sie sowohl ihn als auch Abey und Penny in Gefahr."

Sie erblasste noch stärker, bis sie weiß war wie ein Gespenst. „Sein Name ist Freddie Marshall."

„Ist er nur Dealer oder ist das ein Nebengeschäft?"

„Ich weiß es nicht. Ich habe ihn im Gingerbread House kennengelernt. Da ist er immer." Sie wurde unruhig und sah sich um, als könnte jemand mithören.

„Gut. Und was hat er nun Abey angetan oder gesagt?", drängte Brock, doch sie schüttelte den Kopf. „Was haben Sie dann getan? Ihr Kind Ihrem Drogendealer zum Babysitten überlassen?" Die ganze Situation war so traurig. „Hören Sie zu, Sie müssen sich erst wieder in den Griff bekommen, bevor Sie irgendjemandem etwas nutzen, auch sich selbst. Wenn Sie danach fragen, steht Ihnen Hilfe zur Verfügung."

„Mir geht es gut. Mit mir ist alles in Ordnung. Ich weiß, was ich tue." Sie stand auf und es gab nicht viel, was Brock tun konnte, um sie am Gehen zu hindern. Sie hatte ihren Teil der Abmachung eingehalten und ihm dabei einen Hinweis auf rechtswidrige Drogengeschäfte in der Stadt gegeben. Carter oder jemand anders vom Revier würde den Mann kennen und wissen, wie sie ihn zur Strecke bringen konnten. Es war ziemlich klar, dass Rhonda nicht gegen Freddie aussagen oder öffentlich über ihn sprechen würde.

„Klar wissen Sie das. Sie haben selbst jetzt irgendein Zeug geschluckt, aber glauben, Sie könnten sich um Penny und Abey kümmern." Er stand auf und hoffte, dass er verdammt einschüchternd wirkte. „Sie verdienen vollwertige Eltern, für die sie an erster Stelle stehen – vor ihnen selbst, ihren Krankheiten und ihren eigenen Bedürfnissen. Ich glaube nicht, dass Sie dazu in der Lage sind."

„Was wissen Sie schon darüber?"

„Nichts. Ich bin nur der Typ, der die Kinder aus dem Kofferraum des Autos gerettet hat, mit dem Sie gefahren sind." Er sah ihr finster nach, als sie mit über den Boden klappernden Schuhen den Raum verließ und aus dem Gebäude eilte.

„Das war aufschlussreich", sagte Donald von seinem Platz aus, an dem er die gesamte Zeit gesessen hatte.

„Ja. Verwende alles, was sie gesagt hat, gegen sie. Diese Kinder dürfen ihr nicht mehr anvertraut werden."

„Nein, und dabei wusste sie, dass ich hier war, auch wenn sie mich meistens nicht wahrzunehmen schien." Donald erhob sich und sie verließen gemeinsam das Zimmer. „Ich habe heute Nachmittag noch viel zu tun."

„Ich auch." Sie gaben sich die Hand und Brock verließ das Gebäude, um zu seinem Auto zu eilen.

„Ich habe einen Namen", teilte Brock Vinny mit, sobald er ihn mit seinem Handy erreicht hatte. „Mir sagt er nichts, aber ich versuche herauszufinden, so viel ich kann, wenn ich wieder auf dem Revier bin. Sie behandelt sich auch selbst mit Medikamenten, mit Xanax und anderen Dingen."

„Ist sie süchtig?"

„Das ist sehr gut möglich." Brock war nicht qualifiziert genug, um so etwas zu erkennen, aber er hätte darauf gewettet, dass sie in ihrer Vorstellung alles brauchte, was die Drogen ihr geben konnten. „Ich werde den Captain fragen, ob ich nachforschen darf, und sehen, ob Carter mir hilft. Es hat das Potenzial, etwas Größeres zu sein. Bist du zu Hause?"

„Ja."

„Sorg dafür, dass alle Türen abgeschlossen sind. Rhonda hat Angst vor dem Typen und bestätigt, dass er derjenige war, der Abeys Spielzeug weggenommen hat. Er wollte Rhonda zeigen, dass er an sie und ihre Kinder herankommt. Ich glaube, es hat ihr reichlich Angst gemacht. Also pass auf dich auf und ruf an, wenn du etwas Ungewöhnliches siehst oder hörst."

„Mache ich, aber in den letzten Minuten hat sich nur geändert, dass du jetzt weißt, wer der Typ ist."

„Stimmt. Allerdings trifft deine Schwester keine guten Entscheidungen, also wird sie vermutlich jemandem sagen, dass ich mit ihr geredet habe, und du weißt, wie schnell sich Dinge herumsprechen können, vor allem, wenn wir es nicht möchten." Brock fuhr langsam an die Polizeistation heran und auf den Parkplatz, wobei er so wenig wie möglich seinen schmerzenden Arm benutzte. „Ich bin da und werde der Sache jetzt nachgehen. Pass nur auf dich auf, und wenn du schon dabei bist, ruf die Kita an und sag Bescheid, dass Penny und Abey zu ihrer Sicherheit die nächsten paar Tage nicht draußen spielen dürfen." Brock konnte sich vorstellen, dass eine Entführung machbar war, auch wenn die Kindertagesstätte einen Zaun besaß. Es war besser, jetzt zusätzliche Sicherheitsmaßnahmen zu ergreifen, als sich im Nachhinein zu wünschen, man hätte es getan. „Ich rufe dich an, falls wir auf etwas stoßen."

„Danke."

„Wie haben sich die Kinder gefühlt, nachdem ihr gegangen seid?"

„Verwirrt. Abey hat immer wieder gefragt, wann er nach Hause darf. Penny hat nach dir gefragt. Es war so schwer. Rhonda hat sie erst sehr aufgewühlt und dann für den Rest der Besuchszeit nicht beachtet."

„Wir können ihnen nur weiterhin unsere Fürsorge und Liebe zukommen lassen."

„Ich weiß. Es tut nur weh. Glücklicherweise waren sie wieder in Ordnung, als ich sie an der Kita abgesetzt habe."

„Das ist gut. Eine gleichmäßige Routine tut ihnen gut. Dadurch wissen sie, was kommen wird, vor allem nach so vielen Veränderungen in ihrem Leben." Vielleicht hätte er wie Donald Sozialarbeiter werden sollen. Er begann wirklich, Kinder zu verstehen. Natürlich bekam er lieber eine Kugel ab, als all die Fälle und Situationen sehen zu müssen, die regelmäßig auf Donalds Schreibtisch landeten. Abeys und Pennys Fall nach zu urteilen hatten Sozialarbeiter alle Hände voll zu tun … und auch alle Herzen voll. „Ich melde mich später bei dir." Er musste hineingehen und sich an die Arbeit machen. Bevor er auflegte, rang er Vinny ein weiteres Mal das Versprechen ab, dass er die Türen abschließen und vorsichtig sein würde.

Dennoch war Brock besorgt. Über diesen Freddie wusste er zwar nur, wie er sein Geld verdiente, aber das allein reichte aus, um ihm eine Heidenangst zu machen. „Carter, wenn du etwas Zeit hast, brauche ich deine Hilfe." Er setzte sich auf den Stuhl neben Carters Schreibtisch. „Ich konnte mit Vincents Schwester reden, und bei der Person, die Abey so erschreckt hat, handelt es sich offenbar um ihren Dealer."

„Oh Gott." Carter wandte sich von seinem Computer ab.

„Genau. Sie hat sie nicht nur durch das Einsperren in den Kofferraum in Gefahr gebracht, sondern sie auch Kriminellen und der Möglichkeit einer Entführung ausgesetzt, damit die Leute, denen sie Geld schuldete, sich von ihr holen konnten, was sie wollten."

Carter schüttelte den Kopf. „Ich verstehe Menschen nicht."

„Willkommen im Club." Brocks Schulter schmerzte ein wenig und er vermutete, dass es an der Anspannung lag, die er hatte anwachsen lassen. Er bewegte sie sanft, wodurch der Schmerz nachließ. Da der Arzt ihm versichert hatte, dass sie sehr gut verheilte, machte er sich keine Sorgen darüber, ob es mehr sein könnte. „Sie sagt, der Typ heißt Freddie Marshall. Kommt dir das bekannt vor?"

„Nein, aber lass uns nachsehen, was wir finden können. Ich nehme an, das ist alles, was du aus ihr herausbekommen hast."

„Sie sagte, dass sie ihn im Gingerbread House kennengelernt habe und er sich immer dort aufhielte. Wenn wir also keinen Erfolg haben, wissen wir zumindest, wo wir ihn finden können."

„Lass uns erst unsere Hausaufgaben machen." Carter wandte sich wieder seinem Computer zu. „Okay, ich werde von einigen Annahmen ausgehen. Davon, dass sein Name Frederick ist und dass er hier in Carlisle wohnt. Wenn es nötig sein sollte, können wir die Suche ausweiten." Während Carter tippte, kam Captain Norris vorbei und Brock klärte ihn darüber auf, was er erfahren hatte.

„Ich will diesen Kerl haben. Er taucht in letzter Zeit auch in einigen anderen Ermittlungen auf", sagte Captain Norris und verwies sie an Aaron.

Carter gelang es rasch, Informationen zu Freddie abzurufen, und Brock stieß einen schockierten Pfiff aus. Wenn man sich den Mann und die Vergehen, derer er verdächtigt wurde, ansah, handelte es sich um ein furchteinflößendes Individuum.

Aaron gesellte sich zu ihnen. „Wie ich höre, habt ihr etwas zu Marshall?"

„Ja. Allerdings wird sie nicht aussagen und wäre ohnehin keine verlässliche Zeugin. Aber es scheint, dass er der Mann ist, der für Abeys Albträume gesorgt hat."

„Für die sorgt er bei jedem, mit dem er zu tun hat." Aaron zog sich einen Stuhl heran. „Er ist Verdächtiger bei einer mit Drogen zusammenhängenden Schießerei im letzten Monat. Mit den harten Sachen hat er nichts zu tun. Sein Zweig ist Verschreibungspflichtiges. Er hat irgendwelche Beziehungen, denn er wird immer gut beliefert. Bisher konnten wir niemanden finden, der ihn verpfeifen wollte, und was wir haben, verschafft uns ein Bild, aber es ist immer noch verschwommen, was die Einzelheiten seiner Tätigkeit betrifft. Wir haben schlicht keine handfesten Beweise."

„Wie schwer kann das sein?", fragte Brock. „Wir wissen, dass der Mann mit Drogen handelt."

„Das Gingerbread House hat sich geweigert, uns Kameras anbringen zu lassen. Wir haben versucht, verdeckte Ermittler einzuschleusen, doch er beißt nicht

131

an. Er scheint nur mit Leuten zu handeln, die er bereits kennt, und wir konnten ihn nicht dabei erwischen, wie er tatsächlich Drogen weitergegeben hat. Ich glaube, er hat eine Art System. Die Drogen befinden sich nicht tatsächlich in seinem Besitz, aber er nimmt das Geld entgegen und sie werden dann von einer anderen Person geliefert oder übergeben. Bisher konnten wir nicht beide Enden des Geschäfts aufspüren." Brock konnte die Frustration in Aarons Stimme deutlich hören.

„Dann lass es uns noch einmal versuchen. Ich bin neu bei der Polizei und könnte es als verdeckter Ermittler versuchen. Ich könnte Rhondas Namen benutzen, um mir Zugang zu verschaffen."

Carter schüttelte entschieden den Kopf. „Nein. Mit deinem Arm bist du zu leicht zu erkennen und die Schießerei war sogar in der Zeitung. Sie könnten eine Verbindung herstellen und dann ist es vorbei."

„Das ist nicht wahrscheinlich und ich würde dabei ja nicht die Schlinge tragen. Niemand wird mich erkennen. Ich sehe nicht mehr so aus wie vor dem College und …" Er sah sich um. „… ich wirke nicht wie ein Polizist, zumindest nicht ohne Uniform. Euch allen sieht man das an … In meinen alten Sachen gehe ich als College-Student durch und ich bin muskulös genug, dass ich an Steroiden interessiert sein könnte. Ich bin sicher, dass er mir Wachstumshormone besorgen könnte, und das würde ausreichen, um ihn zu verhaften."

„Und dein Arm?", fragte Carter.

„Ich würde sagen, dass ich sie brauche, damit er schneller verheilt. In acht Wochen findet in New York ein Wettkampf statt, für den ich bereit sein muss. Wegen der Verletzung bin ich im Rückstand und brauche etwas Hilfe, um wieder in Topform zu kommen." Das klang logisch. „Ich bräuchte jemanden, der mich in die Bar begleiten kann, der auch wie ein Bodybuilder aussieht."

„Ich komme mit", sagte Aaron. „Ich erlaube niemandem, ohne Verstärkung zu gehen."

„Aber …"

„Wenn ich mir die Haare schneide, sehe ich ganz anders aus und wie ein knallharter Typ. Das sagt zumindest Martha." Aaron schaute finster drein und schien keinen Widerspruch zu dulden. „Ich organisiere alles, um mir die Zustimmung vom Captain zu holen, und dann gehen wir unsere Pläne durch."

„Ich würde gern wissen, wie du an einen Undercover-Einsatz kommst, obwohl du eigentlich Schreibtischdienst schieben müsstest." Carter rollte die Augen und Brock grinste.

„Ist wohl einfach Glück." Wer hätte gedacht, dass sich eine Schussverletzung mal als nützlich herausstellen würde?

CAPTAIN NORRIS reagierte anfangs zurückhaltend. „Sie glauben wirklich, Sie schaffen das? Sie sind erst seit zwei Monaten Polizist."

„Eben. Niemand kennt mein Gesicht. Ich habe einige Bußgeldbescheide ausgestellt, aber niemanden verhaftet und nichts getan, weshalb sie mich auf dem Schirm haben. Wenn Freddie eine Organisation leitet, die raffiniert genug ist, um so lange unbemerkt zu bleiben und der Gefangennahme zu entgehen, würde ich darauf wetten, dass sie die meisten Polizisten vom Sehen kennen. Das würde ich an seiner Stelle tun. Dafür sorgen, dass man den Feind kennt und so."

„Ich bin nicht sicher, ob es wirklich das Richtige ist, Sie das tun zu lassen, aber wenn irgendetwas merkwürdig wirkt, kommen Sie sofort da raus, ohne das geringste – und ich meine das *geringste!* – Zögern." Mit einem Stöhnen gab ihnen Captain Norris seinen vorläufigen Segen, vorausgesetzt, sie ließen sich einen soliden Plan einfallen.

„AUF GAR keinen Fall!", sagte Vinny außer Hörweite der Kinder, sobald Brock ihm von ihrem Vorhaben erzählt hatte. „Fahr direkt zurück zum Revier und sag denen, dass du soeben aus den Wahnvorstellungen, unter denen du gelitten hast, aufgewacht bist und es nicht tun kannst." Vinny zitterte. „Du wurdest vor wenigen Wochen angeschossen."

„Deshalb wird es funktionieren. Mit einem verletzten Polizisten würden sie nicht rechnen." Brock setzte sich und zog Vinny sanft zu sich aufs Sofa. „Ich muss das für dich und die Kinder tun. Der Typ weiß von ihnen und hat Abey bereits wehgetan. Was ist, wenn er mehr von Rhonda will und nach den Kindern sucht, um sie als Druckmittel zu nutzen? Was, wenn er schon dabei ist?" Er verstand Vinnys Sorge und war auf gewisse Weise dankbar dafür. „Es ist meine Arbeit und etwas, das ich wirklich tun möchte."

Vinny holte Luft und blies sie durch seine Zähne. „Ich habe Angst, okay? Ich …"

„Was?"

„Ich habe schon einmal an deinem Bett gesessen, als du angeschossen wurdest. Ich weiß nicht, ob ich das dauernd hinbekomme." Vinny ließ den Kopf in die Hände sinken.

„Du weißt seit dem Tag, an dem ich dir die Verwarnung gegeben habe, dass ich Polizist bin." Brock stand auf. „Ich schätze, wenn mein Beruf ein Problem wird, ist es das Beste, das jetzt zu erfahren."

„Das ist er nicht, okay?" Vinny hob den Blick von seinen Händen. „Ich weiß, dass es dein Beruf ist und er zu dir gehört, Brock. Das verstehe ich und ich weiß, dass ich es mir nicht aussuchen kann, aber es muss mir trotzdem nicht gefallen, wenn du dich in Gefahr begibst."

„Nein. Das muss es nicht. Aber du musst verstehen, dass es keine einmalige Sache sein wird. Dinge wie das hier oder die Schießerei werden ab und an passieren. Hoffentlich nicht der Teil, bei dem ich angeschossen wurde, aber es kann passieren und es gehört zu meinem Beruf." Er setzte sich wieder. „Sei dir nur bewusst, dass ich es tue, um die Stadt für dich, Abey und Penny zu einem sichereren Ort zu

133

machen. Ich dachte einmal, ich wollte wegen der Action Polizist werden, weil es cool und aufregend ist. Dabei geht es um Papierkram und Verkehrskontrollen. Aber seit ich Penny und Abey gefunden habe, weiß ich, dass es meine wahre Berufung ist, für ihre Sicherheit zu sorgen … und für deine. Ich weiß, dass es schwer wird, aber ich muss es tun." Er nahm Vinnys Hand in seine, während Penny mit ihrer Puppe unter dem Arm aus dem Spielzimmer geeilt kam.

„Ich weiß. Aber es bedeutet nicht, dass ich mir keine Sorgen um dich mache." Vinny hob Penny in seine Arme. „Wann tust du es?"

„Morgen Abend. Aaron wird heute die Bar auskundschaften und morgen gehe ich rein und spreche Freddie an." Er war sich jetzt nicht mehr so sicher wie in dem Moment, als er den Plan vorgeschlagen hatte, aber Brock wusste, dass er sich einfach umdrehen und gehen konnte, wenn sich etwas nicht richtig anfühlte.

„Abey", rief Vinny, da er sichergehen wollte, dass es ihm gut ging, und Abey kam vom Nebenzimmer hereingekrabbelt, während er ein Auto über den Boden schob. „Das habe ich bei der ganzen Aufregung vergessen: Kommst du morgen zur Gerichtsverhandlung?", fragte er Brock.

„Ja. Ich werde da sein. Der Captain hat es genehmigt, da ich der verhaftende Polizist war." Er seufzte. Morgen würde ein verdammt langer Tag werden. „Sollen wir etwas zu essen bestellen und dann die Kinder ins Bett bringen?" Brock fühlte sich ein wenig unsicher, sowohl besorgt wegen der Verhandlung und was aus den Kindern werden würde als auch nervös wegen seiner ersten verdeckten Ermittlung.

„Das ist eine gute Idee. Wenn du hier auf sie aufpasst, erledige ich den Anruf."

Brock stimmte zu. „Wenn ihr mir ein Buch bringt, lese ich euch etwas vor." Er lächelte, als Abey im anderen Zimmer verschwand und mit *Der Polarexpress* zurückkehrte. Anscheinend war das zurzeit sein Lieblingsbuch. Da Penny damit ebenfalls glücklich zu sein schien, machte Brock es sich bequem, um vorzulesen.

Die Pizza traf ein und sie aßen im Wohnzimmer, ohne dabei ein allzu großes Chaos zu verursachen. Brock räumte auf, während Vinny die Kinder ins Bett brachte. Sie waren voller Energie und es dauerte beinahe eine Stunde, bis Vinny ins Erdgeschoss zurückkehrte.

„Haben sie dir noch eine Geschichte entlockt?"

„Ja. Zwei, um genau zu sein, und dann sind sie endlich eingeschlafen." Vinny ließ sich auf dem Sofa nieder. „Ich bin besorgt wegen morgen. Ich weiß, dass ich nur der vorübergehende Betreuer für diese Kinder bin und dass sich für sie vieles ändern kann. Aber ich möchte sie nicht verlieren."

Brock nickte langsam. „Sie arbeiten sich ins Herz vor, ohne einen zu fragen. Wie ihr Onkel." Er lehnte sich an ihn und neigte sein Gesicht in Vinnys Richtung. Sie küssten sich gemächlich, doch an diesem Abend war nicht die übliche glühende

Leidenschaft vorhanden. Es ging eher um Trost und Wärme. Zumindest war es das, was Brock brauchte, und Vinny schien es ähnlich zu gehen.

„Ich weiß. Rhonda ist nicht in der Lage, für sie zu sorgen, aber ich weiß, dass sie morgen da ist, und ich habe keine Ahnung, was sie sagen wird." Vinny seufzte. „Ich habe im Internet gelesen, dass sie einen gewissen Einfluss darauf hat, wo sie untergebracht werden, auch wenn sie selbst nicht das Sorgerecht erhält. Kannst du dir die Freunde vorstellen, die sie empfehlen würde, und die Orte, an denen sie landen könnten? Hier sind sie bei mir und sie sind glücklich."

„Hast du darüber nachgedacht, das dauerhafte Sorgerecht zu beantragen?" Brock legte seinen unverletzten Arm um Vinny und hielt ihn ruhig fest.

„Dafür ist es vielleicht zu früh. Ich weiß es nicht."

„Ich auch nicht. Das ist ein Gebiet, von dem ich keine Ahnung habe, aber du kannst Donald fragen und du solltest vielleicht über einen Anwalt nachdenken. Lass ihn für dich die Unterlagen anfertigen und die Sache für dich verfolgen."

„Das werde ich, wenn es sein muss. Aber ich frage morgen Donald." Vinny klang müde. „Bist du wirklich so begeistert von dieser Undercover-Sache oder machst du nur gute Miene zum bösen Spiel, weil du schreckliche Angst hast?" Vinny zog eine Augenbraue hoch, als er sich ihm zuwandte.

„Alles davon." Brock wollte ehrlich sein. „Natürlich habe ich Angst. Das letzte Mal, als ich bei einem Notruf Teil eines echten Einsatzes war, wurde ich angeschossen. Was, wenn es wieder passiert? Oder jemand anders verletzt wird? Dann denke ich an die Chance, einen Dealer von den Straßen zu holen, einen, der Abey Albträume verursacht und ihn dazu bringt zu schreien und seine Spielsachen zu beschützen, als könnten sie verschwinden." Er erhob sich und ging langsam vor Vinnys Kamin auf und ab. „Das darf ich nicht noch einmal geschehen lassen."

Wie um seine Worte zu unterstreichen, kündigten Schritte auf der Treppe Abey an, der im Schlafanzug und mit dem Ohr seines Zebras im Mund das Zimmer betrat.

„Hattest du einen schlechten Traum?"

Abey nickte. „Der Mann hat meine Spielsachen genehmt und er …" Abey fing an zu weinen und Vinny hob ihn hoch. „Er hat gesagt *nicht verraten.*"

„Ist schon gut. Es war nur ein Albtraum und er wird dir nicht mehr wehtun." Vinny tauschte über Abeys Schulter hinweg Blicke mit Brock.

„Kannst du uns sagen, was der Mann getan hat?", fragte Brock. „Hat er dir wehgetan?" Brock sprach so gelassen wie möglich, auch wenn die Hoffnung, endlich Antworten zu bekommen, beinahe zu viel war, um Ruhe zu bewahren.

„Nich sagen."

Brock setzte sich neben sie auf das Sofa. „Ich weiß, dass er das gesagt hat. Aber es ist in Ordnung, es uns zu verraten. Deinem Onkel Vinny kannst du alles erzählen. Das ist immer in Ordnung."

„Ich bin nicht böse." Abey verbarg sein Gesicht an Vinnys Schulter.

„Nein, das bist du nicht, und Onkel Vinny alles zu erzählen, ist, was ein guter Junge tut." Er hoffte sehr, dass er ihn nicht zu heftig bedrängte. Brock wartete und schließlich begann Abey, leise zu sprechen. Er konnte ihn nicht verstehen, hoffte jedoch, dass Vinny hören konnte, was Abey sagte.

„Es ist okay. Es war nicht deine Schuld. Du warst nicht böse. Der Mann … er war böse."

„Wirklich?", fragte Abey.

„Ja. Er war sehr böse und was er getan hat, war überhaupt nicht nett. Es war richtig, es mir zu erzählen. Versprochen." Vinny umarmte ihn fest. „Der Mann kommt nicht mehr in deine Nähe, also musst du dich nicht mehr vor ihm fürchten. Onkel Brock bringt ihn ins Gefängnis."

„Wirklich?"

„Ja. Da gehen richtig böse Menschen hin und der Mann geht da auch hin. Also brauchst du keine Angst mehr vor ihm zu haben und Zebra kann dir helfen, die schlechten Träume abzuhalten." Vinny stand auf und führte Abey aus dem Zimmer.

Brock blieb geduldig sitzen, während Vinny ihn wieder ins Bett brachte und sich dann neben Brock auf der Couch niederließ. Vinny sagte kein Wort. Er atmete gleichmäßig und eine Träne rann ihm über die Wange, als er ins Leere starrte. Brock saß still, wagte es nicht, sich zu bewegen, und hielt den Atem an.

„Er war bei ihnen zu Hause." Vinny atmete zittrig. „Es gibt da einen Keller und er hat Abey hinuntergebracht. Er hat gesagt, er hatte Angst, aber dann hat er Abey in einen Hinterraum gebracht und ihm die Spinnen gezeigt. Dann hat er laut Abey die Tür geschlossen, das Licht ausgeschaltet und ihn zurückgelassen."

„All das hat Abey gesagt?"

„Nein. Aber das konnte ich mir zusammenreimen. Der Mann hat ihn in einen Kellerraum gesperrt und das Licht ausgeschaltet. Kannst du dir Abey in einem dunklen Keller eingeschlossen vorstellen? Er hat mir von den Spinnen erzählt und gezittert, als er darüber gesprochen hat, dass dieser Freddie es getan hätte, weil er ein böser Junge gewesen sei. Er hat Abey gesagt, dass er wegen etwas, das er getan hatte, im dunklen Keller eingesperrt wurde. Dieser kleine Junge war nie im Leben böse. Und meine Schwester hat es zugelassen."

„Konntest du dir ein Bild davon machen, wie lange Abey im Keller war?"

Vinny schüttelte den Kopf. „Lange genug, um Albträume auszulösen. Also dürfte es einige Zeit gewesen sein. Wären es nur wenige Minuten gewesen, hätte Rhondas Trost die Angst wohl beseitigen können. Aber er hat Albträume deshalb und fürchtet sich vor diesem Mann."

„Was ist mit den weggenommenen Spielsachen?"

„Ich weiß es nicht. Er hat es mir nicht gesagt, aber ich habe den Verdacht, dass das ein anderes Mal war. Dieses Arschloch hat Abey terrorisiert, um Rhonda zuzusetzen. Was für eine Mutter bringt ihr Kind in eine solche Lage?" Vinny sprang mit geballten Fäusten auf. „Sie ist meine Schwester, aber diese Kinder haben etwas so viel Besseres verdient als sie. Und was zum Teufel mache ich, falls sie sie zurückbekommt?" Eine weitere Träne rollte über Vinnys Wange. „Dann sehe ich sie wahrscheinlich nie wieder." Er sank auf dem Sofa zusammen wie eine leblose Stoffpuppe.

Brock öffnete den Mund, um etwas zu sagen, war allerdings immer noch zu sehr damit beschäftigt, einen Menschen zu verstehen, der einen Fünfjährigen in einen dunklen Keller sperrte. Abey musste vor Angst geweint haben, bis er heiser war.

„Dann musst du um sie kämpfen." Er ergriff Vinnys Hand. „Wir müssen um sie kämpfen. Wer wird es sonst tun, wenn nicht wir?" Auch wenn Brock sich weigerte zu weinen, war er den Tränen verdammt nah. Er wandte sich ab und versuchte, nicht zu schniefen, doch Vinny war gleich hinter ihm, streichelte ihm über den Rücken und schlang die Arme um seine Taille.

„Komm mit. Ich glaube, wir sollten nach oben gehen."

Nickend stand Brock langsam auf, Vinny ebenso, und dann schalteten sie gemeinsam das Licht aus, überzeugten sich davon, dass die Türen abgeschlossen waren, und stiegen die Treppe hinauf. Bevor sie Vinnys Zimmer betraten, sahen sie nach den Kindern. Penny schlief tief und fest in ihrem Bett, zusammengerollt wie der kleine Engel, der sie war. Brock beugte sich über das Gitter vor ihrer Tür, das sie daran hindern sollte, nachts das Zimmer zu verlassen, nur um ihr einen Augenblick lang beim Schlafen zuzusehen. Abey lag in seinem Bett, hatte die Decke von sich getreten und umklammerte sein Zebra. Er wirkte friedlich und glücklich.

„Wie könnte ich sie gehen lassen?" Vinny wandte sich Brock zu und vergrub das Gesicht an seiner Schulter. Brock wusste, dass er weinte, und bewegte ihn sanft von Abeys Tür fort und in sein Schlafzimmer.

„Schon gut. Du darfst dir ja Sorgen machen und dich sogar fürchten. Aber es ist die erste richtige Anhörung, bei der deine Schwester anwesend sein wird und sich rechtfertigen kann."

„Und was, wenn …?" Vinny klammerte sich an ihn. „Ich hätte wirklich nicht gedacht, dass ich sie irgendwann so sehr lieben würde." Er ließ los und setzte sich auf die Bettkante. „Ich weiß, dass es dir genauso geht." Vinny schlang seine Arme um Brocks Taille und sah zu ihm auf. „Du bist jeden Tag hier, um ihnen ihre Geschichten vorzulesen. Das müsstest du nicht tun."

„Ja, ich bin jeden Tag hier, um ihnen ihre Gutenachtgeschichte vorzulesen, aber wenn du wirklich glaubst, das wäre der einzige Grund, bist du verrückt. Ich bin jede Nacht hier, schlafe in deinem Bett und lasse den Staub in meiner Wohnung anwachsen – mittlerweile zentimeterhoch –, weil ich bei dir sein möchte."

„Bist du sicher? Was ist mit …"

„Die Vergangenheit ist vorüber und kann nicht geändert werden. Ich habe dir schon vor einiger Zeit verziehen. Du warst im Krankenhaus für mich da und das hat mir etwas gezeigt. Du bist nicht mehr dieser Mensch von damals und ich genauso wenig. Dir das nachzutragen, wäre dumm. Aber zu denken, dass ich allein wegen der Kinder hier wäre und dich nur als eine Art Matratzenwärmer betrachte, ist auch … verzerrt?" Er war nicht sicher, welche Wörter er benutzen sollte. Er wollte Vincent nicht beleidigen, musste aber sein Argument vorbringen. „Ich bin deinetwegen hier." Brock beugte sich über das Bett und schob Vinny langsam nach hinten. Er musste wegen seines Arms aufpassen, doch ihm war wichtiger, dass es Vinny gut ging und er seine Gefühle verstand.

„Bist du sicher?"

Brock lachte tief in seiner Kehle. „Oh, ja. Hast du mich schon einmal etwas sagen hören, was ich nicht so meinte? Ja, diese Kinder sind mir wichtig und ich möchte, dass sie glücklich sind, aber ich liebe ihren Onkel und möchte unbedingt, dass er ekstatisch, euphorisch, selig, super-duper-glücklich ist und zwar so häufig wie möglich." Na bitte. Viel deutlicher konnte er nicht ausdrücken, was er meinte. Er legte seine Lippen auf Vincents und küsste ihn heftig, entlockte ihm ein Stöhnen, das er tief in seiner Seele hörte und spürte. „Du bist die Person, die mir am wichtigsten ist. Kümmere du dich um die Kinder und ich werde dir helfen und mich um dich kümmern." Er küsste Vinny noch einmal und löste sich dann. „Geh du zuerst ins Bad."

„Du hast nicht vor …" Vinny wandte sich zum Bett um.

„Es gibt Momente, in denen Sex nicht wichtig ist – nur die Nähe zu jemandem." Brock wich ein wenig zurück. „Geh ruhig und mach dich bettfertig. Wir hatten einige harte Tage und uns stehen weitere bevor. Das wissen wir."

Vinny erhob sich und ging auf das Badezimmer zu, wobei er sich beinahe verwirrt zu ihm umsah. Er stieß gegen den Türrahmen, weil er sich mehr auf Brock konzentrierte als darauf, wo er lang ging. Nachdem er das Badezimmer betreten und die Tür geschlossen hatte, benutzte Brock das andere im Flur, um sich die Zähne zu putzen. Während er das tat, betrachtete er sich im Spiegel. Er war glücklich – selbst er erkannte das. Seine Augenringe waren verschwunden und allein beim Anblick seines eigenen Spiegelbilds, welches er in seinem Leben so häufig gesehen hatte, hoben sich seine Mundwinkel leicht, obwohl er sich die Zähne putzte.

Ein leiser Schrei von draußen erregte seine Aufmerksamkeit. Brock spuckte die Zahnpasta ins Waschbecken und spülte sich hastig den Mund aus. Dann öffnete er die Tür und lauschte. Das Geräusch war erneut zu hören und er näherte sich Abeys Zimmer. Dieser schlief noch, strampelte jedoch mit seinen kleinen Beinen, als liefe er einen Marathon. Brock ging zu seinem Bett und streichelte ihm sanft über den Rücken, woraufhin er sich wieder beruhigte.

„Schlaf gut", flüsterte er, bevor er den Raum verließ und zu Vinny ins Schlafzimmer zurückkehrte. „Abey war unruhig, also habe ich ihn getröstet." Brock zog sich bis auf die Unterwäsche aus und stieg zu Vincent ins Bett, der mit bis zur Taille hochgezogener Decke auf dem Rücken lag und an die Decke starrte. „Ich weiß, woran du denkst."

„Wenn die Kinder die geringste Chance aufs Glücklichsein haben sollen, muss ich für sie kämpfen." Vincent drehte sich auf die Seite, um Brock anzusehen.

„Bei Rhonda haben sie überhaupt keine Chance. Egal, was sie tut, sie wird immer wieder diese furchtbaren Entscheidungen treffen, die sie und die Kinder in unsichere Situationen bringen. Sie brauchen Stabilität und ein Zuhause."

„Ich weiß." Brock wurde still und schloss die Augen. „Das ist eine erschreckende Vorstellung."

„Ja, das ist es. Ich habe mich nie als Vater gesehen. Ich bin schwul und deshalb davon ausgegangen, dass Kinder für mich etwas Unerreichbares sind, aber dann ist das hier passiert. Hast du dich je als Dad betrachtet?"

„Nein." Der Gedanke war verdammt beängstigend.

„Alleine schaffe ich das nicht." Vinny erschauderte, drehte sich wieder auf den Rücken und zog die Bettdecke höher. „Ich denke immer wieder an Abey und daran, wie verängstigt er war. Diese Kinder brauchen dich genauso sehr wie mich."

„Ich möchte dabei sein, aber es ist noch ein langer Weg, bis irgendjemand Entscheidungen zu deinem Wunsch auf ein permanentes Sorgerecht trifft. Wenn du um die Kinder kämpfen willst, wird es sich lange hinziehen. Soweit ich es beurteilen kann, wird deine Schwester sie nicht freiwillig aufgeben."

„Nein, das wird sie nicht. Aber sie hat sie auf strafbare Weise vernachlässigt, also hoffe ich, dass man die Kinder bis zur Verurteilung von ihr fernhält, und danach sehen wir weiter." Vinny drehte sich von ihm weg.

Brock presste seine Brust gegen Vincents Rücken, brauchte seine Nähe. „Wir können nur die besten Argumente anführen." Vinny brummte seine Zustimmung, während er noch ein wenig zitterte. Brock wusste, dass er sich Sorgen um die Kinder machte, und schließlich drehte sich Vinny langsam um, schmiegte sich an ihn und schob ein Bein zwischen Brocks.

„Ich weiß, was du vorhin gesagt hast, aber ich will dich sehr."

Brock drehte sich auf den Rücken und zog Vinny mit sich. Er küsste Vinny und zwischen ihnen baute sich Hitze auf. Brock würde Vinny alles geben, was er brauchte oder wollte. Es gab nicht viel, was er nicht für diesen Mann getan hätte, der ein größeres und liebevolleres Herz besaß als alle, die er je kennengelernt hatte … und es war unfassbar: Vinny wollte und liebte ihn.

10

VINCENT HASSTE das Gericht. Er war seit halb neun morgens dort und wartete noch immer. Rhonda war zwar erschienen, allerdings ohne Anwalt, also dauerte es einige Zeit zu entscheiden, ob sie sich selbst vertreten könnte. Die ganze Sache war verrückt. Glücklicherweise befanden sich die Kinder in der Kindertagesstätte und er gab sich die größte Mühe, einen Teil seiner Arbeit zu erledigen, während er wartete. Gut, dass es ein Freitag war, denn das Büro war ruhig und es passierte nicht viel.

Brock kam auf ihn zu und Rhonda, die an der anderen Seite des Wartebereichs saß, warf ihm einen bösen Blick zu, hielt aber den Mund. „Wurde der Fall schon aufgerufen?"

„Noch nicht. Es gab Probleme wegen des Anwalts. Anscheinend hat sie einen Pflichtverteidiger, der sie wegen der Strafanklage verteidigt, aber hierbei hilft er ihr nicht. Also vertritt sie sich selbst."

„Okay." Brock setzte sich neben ihn. „Alles wird gut." Er tätschelte ihm die Hand und Vincent versuchte, sich wieder auf die Arbeit zu konzentrieren.

„Du weißt, dass du meine Kinder nicht bekommst", sagte Rhonda von der anderen Seite des Korridors, wo sie mit verschränkten Armen saß. Brock trug keine Uniform, doch als er aufstand und auf sie zuging, hätte er ebenso gut eine tragen können. Vincent verstand nicht, was er sagte, doch Rhonda erblasste und lehnte sich auf ihrem Stuhl zurück, als wollte sie in der Wand verschwinden.

„Was hast du gesagt?"

„Nur etwas über die harte Wirklichkeit und darüber, weshalb ich hier bin", erklärte Brock. „Sie brauchte eine Lektion bezüglich der Realität, also habe ich ihr etwas davon erklärt. Vor allem, wenn es darum geht, welche Personen ihr Haus betreten durften und was eine von ihnen Abey angetan hat." Brock setzte sich wieder und betrachtete Rhonda, die auf der Bank hin- und herrutschte.

Endlich wurde ihr Fall aufgerufen, woraufhin Brock sich erhob und auf Vincent wartete, damit sie gemeinsam den Gerichtssaal betreten konnten. Vincent und Brock nahmen auf der einen Seite ihre Plätze ein, direkt hinter Donald, der bereits im Raum war. Der Fall wurde vorgestellt und Donald trug die Einschätzung des Jugendamtes vor, begleitet von der Empfehlung, Penny und Abey in Vincents Obhut zu belassen.

„Den Kindern geht es in seiner Obhut sehr gut und es wäre das Beste, sie nicht von dort zu entfernen, bis etwas Dauerhafteres beschlossen wird."

„Haben Sie etwas hinzuzufügen?" Richter Fortier wandte sich an Rhonda, die den Kopf schüttelte. Offensichtlich war ihr klargeworden, dass sie keine Argumente hatte. „In Anbetracht der noch anhängigen Klage neige ich dazu, der Empfehlung zuzustimmen."

„Ich würde gern meine Kinder sehen", sagte Rhonda.

„Also gut." Der Richter wandte sich Donald zu. „Hiermit ordne ich an, dass die Kinder in der Obhut des Jugendamtes verbleiben und bei ihrem Onkel leben, bis über Miss Geraldinis Anklage entschieden wurde."

Vincent stand auf und Brock ergriff kurz seine Finger und ließ sie wieder los. „Euer Ehren, ich möchte Sie auch wissen lassen, dass ich bereit bin, für meine Nichte und meinen Neffen zu sorgen, solange es nötig ist. Ich werde für Penny und Abey da sein, solange sie mich brauchen. Komme, was da wolle." Er sprach nicht direkt aus, dass er um das Sorgerecht für die Kinder kämpfen würde, deutete es jedoch unmissverständlich an. „Ich bin nicht sicher, ob es das Gericht interessiert, aber Abey hat Albträume und wacht schreiend auf, weil ein fremder Mann ihn im Keller von Rhondas Haus eingeschlossen und dort zurückgelassen hat. Dieselbe Person hat ihm sein Spielzeug weggenommen, sodass Abey jetzt jedes Mal, wenn er zu Hause ins Erdgeschoss kommt, als Erstes nachsieht, ob sich seine Spielsachen noch in ihrer Kiste befinden. So sollte kein Kind leben müssen."

„Wissen Sie, wer diese Person ist?" Der Richter lehnte sich über sein Pult und sah Donald an.

Brock stand auf. „Euer Ehren, ich bin Officer Brock Ferguson von der Carlisle Police und wir sind dabei, den Vorfall zu untersuchen. Wir glauben, die Person zu kennen, und ermitteln sehr aktiv. Miss Geraldini hat uns Informationen gegeben, denen wir nachgehen, um sie zu bestätigen."

Der Richter nickte. „Warum sind Sie hier, Officer? Nicht in offizieller Funktion, nehme ich an?"

„Nein. Vincent ist mein Freund und ich bin hier, um ihn zu unterstützen."

„Was sie miteinander treiben, sorgt nicht für eine Atmosphäre, in der meine Kinder großgezogen werden sollen", fauchte Rhonda. „Wer weiß, was sie mit den Kindern im Haus anstellen?" Ein selbstgefälliges Lächeln kam in ihr Gesicht und Vincent hätte es nur allzu gern mit einer Ohrfeige von ihren Lippen entfernt.

„Mr. Geraldinis Haus wurde inspiziert und ich bezweifle, dass er und Officer Ferguson zulassen würden, dass diesen Kindern etwas zustößt. Tatsächlich könnte ich mir kein sichereres Zuhause für Penny und Abey vorstellen." Gewitterwolken zogen in den Augen des Richters auf und Vincent fragte sich, warum. „Die nächste Anhörung findet statt, sobald Miss Geraldinis Fall geklärt ist. Es ist ihr gestattet, die Kinder zu besuchen, allerdings nur unter Aufsicht des Jugendamtes. In ihre Alltagsaktivitäten hat sie nicht einzugreifen." Er schwang den Hammer und damit war es vorbei.

Vincent verließ mit Brock auf den Fersen eilig den Raum. „Ich muss so schnell wie möglich zurück ins Büro."

„Ich würde die Kinder abholen, aber ich muss mich auf heute Abend vorbereiten." Sie stiegen die Treppe hinunter und verließen das Gerichtsgebäude.

„Ich weiß." Vincent blieb stehen und drehte sich um. „Was du vorhast, erschreckt mich fast zu Tode. Der Gedanke, dass du das tust und dir vielleicht etwas zustößt, gefällt mir nicht. Wenn der Typ das ist, wofür ihr ihn haltet, wird er nicht zögern, dir etwas anzutun." Ihm war, als würde ihn alle Kraft verlassen. Er hasste dieses zittrige Gefühl, wenn er an Brock bei dieser verdeckten Ermittlung dachte. Andauernd sah er Brock in seinem Krankenhausbett vor sich. Beim letzten Mal hatte man ihm in die Schulter geschossen. Das hier war gefährlicher und er war nicht so sicher, dass Brock diesmal ähnlich viel Glück haben würde.

„Ich werde so vorsichtig wie möglich sein. Das verspreche ich. Ich muss nur dafür sorgen, dass er den Köder schluckt, und ich denke, ich kann ihm genug Geld anbieten, dass er es tut. Ich werde Verstärkung haben und …" Brock stoppte und als Vincent sich umdrehte, sah er, dass Rhonda das Gericht verließ. „Ich muss jetzt los und du musst zur Arbeit. Ich rufe dich heute Abend an. Ich verspreche, dass ich alles tun werde, um so sicher wie möglich zu sein." Brock wandte sich ab, während Rhonda sich nach kurzem Zaudern langsam Vincent näherte.

„Du musst dich um sie kümmern."

„Ich behandle Penny und Abey, als wären sie meine eigenen Kinder. Ich kann dir versprechen, dass sie geliebt und geschätzt werden, solange ich für sie sorge."

Rhondas Blick war wild und huschte über ihre Umgebung, als rechnete sie jeden Augenblick damit, jemanden aus den Büschen springen zu sehen. „Redest du über mich?"

„Nein. Ich möchte nichts sagen, was gute Erinnerungen an dich zerstören könnte. Aber Abey weiß, dass du sie im Kofferraum eingesperrt hast, und wacht schreiend wegen dem auf, was Freddie ihm angetan hat." Vincent überlegte, noch zu ergänzen, dass sie diejenige gewesen war, die diesen Mann in ihr Leben gelassen hatte, doch Rhonda war bereits niedergeschlagen genug.

„Ich habe alles in meinem Leben ruiniert. Das weiß ich." Sie öffnete ihre abgenutzte Handtasche und zog ein gebrauchtes Taschentuch heraus, mit dem sie sich die Augen abtupfte. „Es ist alles meine Schuld. Ich habe es getan und jetzt habe ich meine Kinder nicht mehr. Ich habe versucht, anderen die Schuld an meiner schlimmen Lage zu geben – dir, Mom und Dad. Aber es ist etwas, was ich verursacht habe", fügte sie kaum lauter als flüsternd hinzu, bevor sie sich abwandte und über den Gehweg davoneilte.

Etwas daran, wie sie sich bewegte und was sie gesagt hatte, machte ihm Sorgen. „Rhonda", rief er. Sie blieb stehen und er ging auf sie zu. „Bring dein Leben unter Kontrolle. Das ist das Wichtigste. Werde die Mutter, die deine Kinder verdienen."

Sie nickte und wandte sich wieder ab. Vincent war nicht sicher, was er ihr sonst sagen konnte. Er liebte sie, tat er wirklich, doch das würde ihr nicht dabei helfen, eine bessere Mutter zu werden. Was ihn wirklich fertig machte, war die Tatsache, dass sie beide keine andere Familie hatten außer einander und sie ihm dennoch monatelang ferngeblieben war, weil sie wusste, dass er ihr sprunghaftes Verhalten nicht unterstützte. Vincent hoffte, dass sie diesmal wirklich tun würde, was sie gesagt hatte, und es sich nicht nur um eine ihrer üblichen Abfuhren handelte. Jedenfalls tat er, was er konnte.

Tief in seinem Herzen bezweifelte er, dass Rhonda in der Lage war, sich zu ändern, ganz egal, wie sehr er es sich wünschte. Penny und Abey verdienten eine Mutter, die für sie sorgte, für die sie an erster Stelle standen und die alles dafür tat, dass sie glücklich und gesund waren.

„Vincent", sagte Donald, der die Treppe herunterkam. „Du hast dich da drinnen gut geschlagen."

„Ich wünschte, das hätte sie auch." Er deutete auf seine Schwester, die über die Straße rannte. „Ich liebe diese Kinder und was ich sagte, habe ich so gemeint. Aber ich weiß, dass es für sie das Beste wäre, wenn meine Schwester sich zusammenreißen und einfach die Mutter werden würde, die sie verdienen. Brock und ich könnten ihre Lieblingsonkel sein, die sie nach Strich und Faden verwöhnen. Sie hätten eine Mutter und eine Familie, die sie liebt. Wenn ich ehrlich bin, ist es das, was ich mir wünsche." Er wandte sich wieder Donald zu. „Doch das wird nicht geschehen. Was meine Schwester auch sagt, sie wird sich nicht normal verhalten oder eine gute Mutter sein. Sie ist zu egoistisch und selbstsüchtig. Ja, sie hat ihre Kinder verloren, aber sie denkt nur daran, was sie möchte."

„Du gibst dein Bestes. Mehr kann niemand von uns tun. Du liebst die Kinder und bist bereit, dich um sie zu kümmern und ihr Fürsprecher zu sein." Donald seufzte. „Ich sehe jede Woche schlimmere Situationen als diese. Es gibt bei Pflegestellen untergebrachte Kinder, die eine drogensüchtige Mutter haben, keinen Vater, keine Familie, und in ihrer Zukunft sehe ich nichts als Jahre in Pflegefamilien. Es ist nicht wahrscheinlich, dass sie jemand adoptiert. Die Mutter wird nicht auf die rechte Bahn kommen, weil sie nur der nächste Rausch interessiert, und die Kinder stehen zwischen den Fronten. Diese Kinder aber haben dich und das ist das Beste für sie."

„Willst du damit sagen, sie haben Glück?" Das war für Vincent schwer vorstellbar.

„Penny und Abey haben großes Glück und für sie hat es einen Namen. Nun, eigentlich zwei Namen, Vincent und Brock. Vergiss das nie." Donald lächelte kurz, bevor sich sein Gesicht wieder zu einer ernsten Miene verzog. „Ich weiß, was heute Abend passiert. Carter hat es mir erzählt. Warum kommst du nicht nach der Arbeit mit den Kindern zu uns und wir warten gemeinsam? Sie können spielen und wir können Junkfood essen und uns Sorgen machen. Dann sind wir wenigstens nicht allein."

„Ja, das wäre toll."

„Du überstehst das. Es gehört dazu, wenn man in einen Polizisten verliebt ist. Ich musste es genauso akzeptieren wie du."

„Aber wenn ich es nicht kann?" Vincent schluckte um den Kloß in seiner Kehle herum.

„Liebst du ihn?", fragte Donald, als wäre es die leichteste Frage der Welt. „Wenn du es tust, dann wirst du es lernen, denn einen Mann wie Carter oder Brock zu lieben, bedeutet, dass wir die Sorge zusammen mit der Stärke, dem Schutz und der Unterstützung akzeptieren, die wir von ihnen erhalten."

Vincent musste wenig überzeugt gewirkt haben.

„Was liebst du an Brock?", bohrte Donald nach.

„Er ist etwas Besonderes. Er ist stark und liebevoll und denkt niemals zuerst an sich. Nachdem er angeschossen wurde, hat er Carter darum gebeten, dafür zu sorgen, dass dem Jungen nicht das Leben ruiniert wird. Ich konnte es kaum glauben, aber er hat sich um den Täter gesorgt. Und er vergöttert die Kinder."

„Ist das alles?" Donald hatte diesen wissenden Gesichtsausdruck, bei dem er sich fragte, wie viel Einblick Donald in ihre Beziehung hatte.

„Na gut. Er gibt mir das Gefühl, dass ich alles schaffen kann, was ich mir vornehme, und er mich dabei unterstützen wird. Ich habe noch nie jemanden mit einem größeren Herzen kennengelernt."

„Dir ist klar, dass genau die Gründe, aus denen du Brock liebst, ihn auch zu einem guten Polizisten machen? Menschen sind ihm wichtig und das könnte er unmöglich abschalten, genauso wenig wie Carter. Also ja, wir machen uns Sorgen und fragen uns, ob ihnen etwas passiert, aber dann kommen sie nach Hause und wir wissen, dass sie jede Sekunde der Sorge wert sind." Donald wandte sich zum Gehen. „Wie gesagt, komm vorbei und wir warten zusammen."

„Ich komme mit den Kindern, sobald ich mit meiner Arbeit fertig bin." Vincent winkte ihm zu und eilte zu seinem Auto. Er musste jetzt zum Büro fahren, wenn er eine Chance haben wollte, pünktlich fertig zu sein.

11

BROCK WAR, gelinde gesagt, nervös, als ihn einer der Techniker mit verborgener Kommunikationsausrüstung ausstattete und er sich auf seinen Einsatz vorbereitete.

„Hören Sie zu, das ist wichtig", betonte Captain Norris. „Sie werden kein Risiko eingehen. Sie gehen rein, verbringen dort etwas Zeit und nehmen dann vorsichtig Kontakt auf. Dabei müssen Sie ein wenig ängstlich wirken, was einigermaßen natürlich wirken sollte, aber auch von sich überzeugt. Sie wissen, wer der Mann ist, und wurden an ihn verwiesen, weil sie dachte, Freddie könnte Ihnen helfen."

„Verstanden."

„Wenn Sie können, streuen Sie ein, dass sie hofft, diese Vermittlung würde helfen, ihre Schulden zu begleichen. So etwas in der Art. Ich denke, das wäre passend und etwas, was sie sagen würde."

„Alles klar. Ich kriege das hin." Brock holte tief Luft und ließ sie entweichen. „Ich weiß, was von mir erwartet wird."

„Carter wird in der Bar sein und Aaron hält sich in der Nähe auf, um, wenn nötig, unsere Truppe zu rufen. Aaron wollte reingehen, aber ich brauche ihn draußen." Captain Norris wandte sich von ihm ab und Carter tätschelte ihm die unverletzte Schulter.

„Du siehst wie ein echt harter Kerl aus. Hat Vincent dich ohne Haare gesehen?"

„Nein. Er war schon bei der Arbeit, als ich sie abrasiert habe, weil es nach dem Gerichtstermin war. Ich dachte, er könnte es sich ansehen, wenn er nach Hause kommt." Brock lachte leise. „Ich hoffe nur, dass ich mit diesem harten Look nicht die Kinder erschrecke."

„Lächle einfach und die Täuschung ist vorbei." Carter überprüfte die Uhrzeit. „Wir müssen uns auf den Weg machen. Gestern Abend ist Freddie kurz vor neun in die Bar gekommen und nach elf wieder gegangen. Er scheint nicht der Typ zu sein, der gern lange arbeitet. Stattdessen hat er die Bar mit zwei Frauen verlassen und es hat sehr vertraulich gewirkt. Also wissen wir, was sein persönliches Laster ist."

„Ich bin nicht sicher, wie uns diese Information helfen wird."

„Ich auch nicht. Aber je mehr wir wissen, desto besser ist es für uns. Ich fahre jetzt rüber und fange an, etwas zu trinken, damit ich mit dem Hintergrund

145

verschmelzen kann. Er hat mich gestern Abend gesehen, also ist es unwahrscheinlich, dass er mich heute beachtet. Tu einfach, was du tun musst, und dann hau sofort ab. Komm nicht auf dumme Gedanken. Wir wollen nur etwas, was wir gegen ihn verwenden können. Nichts Aufregendes. Wenn wir was haben, können wir sein ganzes Leben durchsuchen, um herauszufinden, was er so treibt."

„Okay. Ich halte mich an den Plan." Brock hoffte nur, der Plan verstand das auch so.

Carter machte sich auf den Weg, und nachdem Brock im Kopf noch einmal durchgegangen war, was er tun würde, erledigte er einige Anrufe. Er rief seine Mutter an, nur um mit ihr zu reden, wobei er ihr allerdings nicht erzählte, was er vorhatte, damit sie nicht vollkommen in Panik geriet. Mit seinem Vater sprach er ebenfalls und rief dann Vinny an.

„Was glaubst du, wie spät es wird?" Vinny war nervös, weshalb er abgehackt und kurz angebunden klang. „Ich werde den größten Teil des Abends dasitzen und mir Sorgen machen."

„Entspann dich einfach. Ich habe Verstärkung und Carter ist mit mir in der Bar. Viele Menschen passen auf mich auf. Also mach dir keine Sorgen. Lies Penny und Abey für mich eine Geschichte vor und ich komme nach Hause, so schnell ich kann. Es könnte spät werden …" Brock zögerte. Vermutlich wäre es das Beste, zu seiner Wohnung zu fahren, damit er nicht alle weckte.

„Ich werde nicht schlafen können, bis ich weiß, dass es dir gut geht. Also ruf mich an, wenn es vorbei ist. Ich bin bei Donald. Er sagt, wir können uns Filme ansehen und einander Gesellschaft leisten."

„Gut. Passt nur auf und schließt auf jeden Fall die Türen ab." Brock konnte beinahe sehen, wie Vinny die Augen verdrehte. Ja, das sagte er häufig, aber er machte sich Sorgen um Vinny und wollte, dass er sicher war. Zu Donald und Carter zu fahren war eine gute Idee und damit hatte Brock eine Sorge weniger. „Ich melde mich, sobald es vorbei ist und wir etwas haben. Oh … und warne die Kinder, dass ich mir den Kopf rasiert habe." Brock sah über seine Schulter. „Ich liebe dich, Vinny." Er lächelte, als einer der Polizisten hinter ihm kicherte.

„Ich liebe dich auch."

Dann hörte Brock an Vinnys Ende eine eindringliche Stimme. „Onkel Brock", sagte Abey und plapperte hastig etwas, wovon Brock nur das eine oder andere Wort verstand. Dann war Vinny zurück.

„Tut mir leid, er ist sehr aufgeregt."

„Das höre ich. Weshalb?"

„Als wir angekommen sind, hatte Donald Abeys Fahrrad von Zuhause mitgebracht und er fährt hinten damit. Donald hat die kleine Straße abgesperrt und wir sind draußen bei den Jungs geblieben, damit sie fahren können. Wenn Leute kommen, lassen wir sie durch, aber so ist es für sie sicher. Er hat so viel Spaß."

„Gut." Brock entschied, nicht zu sagen, dass sie das eigentlich nicht tun sollten. Abey und Alex brauchten einen Ort zum Fahren, und solange sie auf andere

Rücksicht nahmen, würde sich niemand beschweren. „Ich rufe an, sobald ich kann."
Brock legte auf, atmete tief durch und wandte sich den anderen zu. Er kannte den
Einsatzplan und war so bereit, wie er es jemals sein würde.

Da Brock nicht dabei gesehen werden wollte, wie er die Polizeistation
verließ, trat er aus der Hintertür und überquerte den Parkplatz, ging die Straße
entlang und um den Häuserblock herum und erreichte die Bar schließlich von der
anderen Seite. Vermutlich war es extrem, doch jeder Verdacht hätte das Vorhaben
zerstört.

Die extrem dekorierte Bar, die mit ihrer in übertrieben leuchtenden
Farben gestrichenen Holzverkleidung und ihren Lampen an ihren Namensvetter
erinnerte, befand sich dort schon seit Jahrzehnten, und obwohl das Rauchen im
Innern vor Jahren verboten worden war, roch es noch immer nach altem Rauch,
Bier, Schweiß und dem Zeug, mit dem sie die Tische reinigten. Die Tische und
Raumteiler waren äußerst dunkel, unterbrochen von beleuchteten Bleiglasfenstern
und einer viktorianischen Bar, die eine Nummer zu groß für den Raum war. Kurz
gesagt, das Innere wirkte, als wäre hier ein irrer Innenarchitekt vollkommen
durchgedreht.

Stimmen überschnitten sich in dem Gewirr der Gespräche. Brock ging direkt
zur Bar, bestellte sich eine Limonade und streifte zwischen den Tischen umher, bis
er in der hinteren Ecke fand, was er suchte. Freddie – es konnte sich nur um ihn
handeln – saß im hinteren Teil in einer großen Ecknische an einem runden Tisch
und wirkte, als gehörte ihm das Lokal. Brock ging vorbei und suchte sich einen
Tisch einige Plätze weit entfernt und auf der anderen Seite, damit er ihn ungestört
beobachten konnte. Zumindest war das sein Ziel. Als die Kellnerin kam, bestellte
er einen Salat mit separatem Dressing und wartete ab. Er wollte zusehen, wie sich
Leute Freddie näherten und was sie besprachen.

Das Ganze war sehr aufregend und zugleich verdammt beängstigend. Er
unterdrückte seine Nervosität und sah zu, wie alle paar Minuten jemand anders
Platz nahm. Sie unterhielten sich einige Zeit und bestellten meistens einen Drink
oder zwei. Dann gingen sie wieder.

Erst nach einigen dieser Besuche bemerkte Brock die winzigen Bewegungen.
Dann verstand er. Die Käufer hatten Geld in Umschläge gesteckt und schoben sie
schlicht zwischen die Polster der Bank. Dann bewegte sich Freddie ein Stück,
holte den Umschlag heraus und steckte ihn in die Tasche. Das war keine große
Überraschung. Carter hatte etwas Ähnliches beschrieben. Die Frage war nur, wie
die Ware übergeben wurde.

Ein riesiger Mann ging zu Freddie in die Nische, während die Kellnerin
Brocks Salat brachte. Zumindest hatte Brock nun etwas anderes zu tun, als lediglich
auf den Tisch zu starren.

Freddie und die Männer wirkten überaus selbstsicher. Brock saß seit
fünfzehn Minuten auf seinem Platz und sah ihnen zu, und doch hatten sie ihn nicht

angesprochen oder beachtet. Sie gingen ihrem gewohnten Geschäft nach. Brock konzentrierte sich auf sein Essen und nahm einige kleine Bissen.

„Kunde", sagte er leise, wobei er seine Lippen so wenig wie möglich bewegte. „Männlich, über eins achtzig, schwarzes Haar, mit Jeans und einem roten Polohemd. Er hat soeben die Bar verlassen. Noch ein Kunde, männlich, blond, um die eins achtundsiebzig, schwarze Hose, gestreiftes T-Shirt, scheint gleich gehen zu wollen." Der Plan war, ihnen zu folgen, um zu sehen, wie die Drogen übergeben wurden.

„Bin schon dran", hörte Brock in seinem Ohr, während er einen weiteren Bissen aß. Es war allmählich Zeit, Freddie anzusprechen und einen Kauf anzubahnen, weshalb er immer nervöser wurde.

Da der Muskelmann Freddies Nische verlassen hatte, stand Brock auf, ging hinüber und setzte sich. Freddie wirkte leicht überrascht und seine legere Haltung wurde angespannt.

„Ich habe ein Problem, und Rhonda sagte, ich solle zu Ihnen kommen, weil Sie vielleicht eine Lösung haben." Er wartete.

„Welche Art von Problem?" Freddie richtete sich auf und beugte sich vor.

„Ich bin Brock." Er streckte vorsichtig den Arm aus, woraufhin Freddie ihm die Hand schüttelte. Er hatte absichtlich die verletzte Schulter benutzt und zuckte leicht zusammen, eher des Effektes wegen als wegen echter Schmerzen. „Ich habe mir die Schulter verletzt und habe in einigen Monaten einen Wettkampf." Er spannte die Muskeln in seiner Brust und seinem unverletzten Arm an. „Rhonda sagt, Sie könnten mir besorgen, was ich brauche, um wieder mitzumischen. Der Arzt gibt mir keine Schmerzmittel mehr und ich brauche etwas Trainingshilfe, um wieder in Form zu kommen."

„Rhonda?", fragte Freddie.

„Schwarzhaarige Frau. Sie sagt, sie schuldet Ihnen was, und hofft, dass sie etwas davon begleichen kann, indem sie mich schickt." Brock begann zu zittern. „Mann, ich brauche echt Ihre Hilfe." Er bemühte sich, so verzweifelt wie möglich zu wirken.

Freddie musterte ihn und warf dann einen Blick auf das, was Brock gegessen hatte. „Klar, ich kann Ihnen helfen." Mehr sagte er nicht und Brock rutschte nervös hin und her.

„So etwas habe ich noch nie gemacht."

„Ich habe genau, was Sie brauchen." Er sah Brock in die Augen und verstummte wieder. Brock hatte das Gefühl, dass er nicht mehr aus ihm herausbekommen würde, und dann warf Freddie einen Blick auf den Platz neben ihm.

Da verstand Brock und griff in seine Tasche. Weil er keinen Umschlag hatte, schob er nur das Geld unter die Polster zwischen ihnen.

Freddie nickte bedächtig. „Wir überprüfen Ihr Guthaben und Sie werden kontaktiert. Essen Sie auf und wir melden uns." Er lächelte, woraufhin sich Brock aus der Nische schob und zu seinem Tisch zurückkehrte. Mit zitternder Hand hatte er gerade seine Gabel ergriffen, um einen Bissen zu essen, als Carter vorbeikam.

„He, Kumpel, dich hab´ ich länger nicht gesehen." Carter lächelte und Brock schüttelte ihm die Hand. „Wie läuft's?"

„Gut." Brock wandte sich bewusst nicht Freddie zu, um ihn sehen zu können, so sehr er es auch wollte. Er musste sich ruhig und cool verhalten, als hätte ihn nur ein Freund angesprochen. Brock spürte Freddies Blick. „Ich bin hier nur zum Abendessen, bevor ich nach Hause gehe und mich etwas ausruhe." Er unterstrich seine Worte, indem er sich die Schulter rieb. „Ich hoffe, in ein paar Monaten bin ich wieder in Form."

„Viel Glück." Carter ging weiter und Brock widmete sich wieder seinem Essen. Obwohl er keinen echten Hunger verspürte, aß er alles auf, um den Schein zu wahren, und bat dann die Kellnerin um die Rechnung, als sie vorbeikam. Sie brachte sie und er bezahlte in bar, bevor er sich anschickte, aufzustehen und zu gehen. Er warf einen Blick auf Freddie, der sich mit einem weiteren Mann unterhielt. Sie kannten sich eindeutig, denn sie lachten und scherzten recht laut. Als der Mann den Kopf zur Seite wandte, konnte Brock ihn besser sehen, erblasste augenblicklich und drehte sich weg. Er hätte Clive eher erkennen sollen, hatte jedoch absolut nicht damit gerechnet, ihn mit Freddie Marshall zu sehen.

Scheiße, er musste hier weg.

Das Problem war, dass es sich bei der Reihe von Nischen, in der er gesessen hatte, um eine Sackgasse handelte, was bedeutete, dass er Freddies Tisch passieren musste, um das Restaurant zu verlassen, und das bedeutete auch, er musste direkt an Clive vorbeigehen.

„Ich muss sofort hier raus."

„Warum?"

„Werde sonst erkannt." Brock trank hastig einen Schluck aus seinem Wasserglas und erhob sich.

Zwar war Clive nicht an seinen rasierten Kopf gewöhnt, doch beim genaueren Hinsehen würde er ihn erkennen, und wer wusste schon, was er dann sagen würde. Clive wusste zumindest, dass Brock Polizist war, und allein dadurch würde in dem überfüllten Restaurant vermutlich die Hölle ausbrechen.

Brock holte tief Luft und wartete, bis Clive wieder in sein Gespräch mit Freddie vertieft war, bevor er sich umwandte, dem Tisch näherte und dann anschickte, daran vorbeizugehen.

„Hey", sagte Freddie und Brock blieb stehen.

Er wagte einen Blick, doch Freddie hatte lediglich den Mann gegrüßt, der in der Sitznische gegenüber von Brock saß. Brock blies mit einem Seufzer Luft zwischen seinen Lippen hervor und entfernte sich von dem Tisch. Er war sich immer noch nicht sicher, wie die Ware übergeben wurde.

„Guten Abend, Sir", sprach ihn die Wirtin an, als er sich der Theke näherte. Sie drehte sich um und überprüfte einige Tüten. „Sie hatten etwas zum Mitnehmen bestellt." Sie hob eine große, rote Plastiktüte hoch und reichte sie ihm. „Genießen Sie Ihren Nachtisch." Sie schenkte ihm ein keckes Lächeln und Brock verließ das Restaurant. Tief im Innern wusste er, dass er soeben seine Ware erhalten hatte und zum Revier zurückkehren musste.

Er spähte hinein und roch Kuchen. In der Tüte befand sich tatsächlich ein Nachtisch. Er sah nichts anderes und fragte sich, was zum Teufel hier passierte. Als er in die Richtung, aus der er gekommen war, über den Parkplatz ging, näherte sich ihm ein Mann. Er lief zügig und zielgerichtet. Brock verspannte sich, denn er wusste nicht, was geschehen würde. Würde er angegriffen werden? Der dunkelhaarige Mann verlangsamte seine Schritte nicht und sein zuvor eindringlicher Blick wandte sich ab, als er sich näherte, während sich seine Haltung entspannte. Es handelte sich nur um irgendeinen Mann, der hier unterwegs war. Er ging an Brock vorbei, wobei der Luftzug die Tüte zum Rascheln brachte, und dann war Brock allein. Er ging bis zum Platz in der Stadtmitte und setzte sich auf eine der Bänke.

„Hat irgendjemand etwas gesehen?"

Aaron ging über den Platz in seine Richtung und ließ sich auf der Bank neben seiner nieder. „Wir sind den Männern gefolgt, die du beschrieben hast, haben aber nichts gesehen. Sie haben einfach nur das Restaurant verlassen."

„Hatten sie Tüten mit Essen zum Mitnehmen bei sich? Ich habe beim Gehen eine in die Hand gedrückt bekommen, obwohl ich nichts bestellt hatte. Das muss etwas bedeuten."

„Das denke ich auch, und ja, wir haben die zwei beschriebenen Personen beobachtet und nichts ist passiert. Aber sie hatten beide Tüten dabei und wir versuchen seither herauszufinden, was das bedeutet. Bisher ohne Erfolg: wir hatten nicht genug Anhaltspunkte, um sie anhalten zu können. Hast du mal in die Tüte geschaut?", fragte Aaron.

Brock reichte sie ihm nicht hinüber für den Fall, dass sie beobachtet wurden. „Ja. Es ist Kuchen drin. Ein Pie in einem dieser durchsichtigen Plastikbehälter. Sonst nichts." Er war verblüfft: Irgendwie musste Freddie die Ware liefern, sonst hätte er keine Kunden mehr gehabt. Menschen zu betrügen war der schnellste Weg, entweder sein Geschäft an die Wand zu fahren oder sich selbst in Gefahr zu bringen.

„Ich fahre zum Revier und du kommst nach, sobald du kannst. Warte hier und zeig dich noch eine Weile. Vielleicht kontaktiert dich jemand, also warte etwas ab, bevor du zurückkommst." Aaron stand auf und entfernte sich, als wäre nichts geschehen.

Brock stellte die Tüte auf der Bank ab, blieb eine Weile sitzen und sah den vorbeigehenden Menschen zu. Er hoffte, jemand würde sich setzen und ihn ansprechen, doch da niemand auch nur in seine Nähe kam, stand Brock nach einer halben Stunde auf und kehrte auf einem Umweg zur Polizeistation zurück.

„Nichts", sagte er, nachdem er in ihrem Arbeitsbereich angekommen war und die Tüte auf seinem Schreibtisch platziert hatte.

Aaron öffnete die Tüte und stutzte, spähte tief hinein. „Wann hast du das letzte Mal hineingeschaut?"

Brock betrachtete über seine Schulter hinweg das kleine, in Klarsichtfolie gewickelte Päckchen, das auf dem Kuchen lag. „Scheiße. Das muss der Mann vor dem Restaurant gewesen sein. Dunkles Haar, dreieckige Gesichtsform, hat ein weißes T-Shirt, Jeans und einen verschlissenen blauen Kapuzenpullover getragen. Er ist dicht an mir vorbeigegangen und ich habe mir nichts dabei gedacht." Brock kam sich wie ein absoluter Idiot vor.

„Nun, zumindest wissen wir jetzt, wie sie ihre Geschäfte abwickeln. Sie müssen irgendwie mit einem Mikro-Funkgerät kommunizieren. Ich bezweifle, dass sie Textnachrichten schicken." Aaron wandte sich dem Captain zu. „Denken Sie, wir könnten etwas installieren, um die Gegend um die Bar herum abzuhören, damit wir vielleicht ihre Signale auffangen? Wie es Diebe tun, wenn sie Passwörter und andere Informationen aus WiFi-Netzen stehlen? Vielleicht könnten wir mithören."

„Haben wir nicht genug, um ihn uns zu holen?", wollte Brock wissen. „Wir haben erfolgreich ein Geschäft getätigt und wir wissen, wie sie vorgehen. Ich habe bezahlt und wir haben die Drogen."

„Ich wünschte nur, wir hätten uns den Kurier schnappen oder jemanden dazu bringen können, ihn zu verpfeifen", antwortete Captain Norris frustriert. „Ein paar Informationen mehr und wir könnten uns die Typen packen."

Brock überlegte einige Sekunden und stöhnte. „Ich glaube, ich habe vielleicht genau das, was Sie brauchen. Ich habe einen der Männer erkannt, die mit Freddie geredet haben. Er ist ein Ex von mir. Sein Name ist Clive Wolverton. Er hat sich mit Freddie unterhalten, als ich gegangen bin, und schien eine Weile bleiben zu wollen." Gott, das Letzte, was er wollte, war eine Konfrontation, bei der Clive dafür sorgen würde, dass jeder auf dem Revier über sie Bescheid wusste. Aber wenn Clive etwas wusste, war er vielleicht ein Weg, um an Informationen zu gelangen.

„Ist Carter noch in der Bar?", fragte Captain Norris.

„Ja. Er wollte sich so genau wie möglich ansehen, was dort vor sich geht."

„Dann sollten wir es versuchen. Sagen Sie ihm, er soll die Augen offenhalten und sich melden, wenn Freddie allein ist. Wir gehen rein und versuchen, ihn uns zu holen. Wenn er der Boss ist, können wir den Rest festnehmen, sobald wir ihn haben. Ich möchte nicht, dass er uns entwischt." Captain Norris wandte sich an ihn. „Brock hat recht. Wir haben ein erfolgreiches Geschäft und kennen die Abläufe."

„Die Tüten hatten verschiedene Farben. Ich wette, so wissen sie, wer was bekommt." Das Bild von den Geschäftsabläufen wurde für ihn immer klarer.

„Okay. Ziehen wir uns um. Wir wickeln das mit so wenig Lärm und Aufhebens wie möglich ab. Ich möchte nicht, dass unschuldige Bürger verletzt werden, und ich möchte denen nicht die Gelegenheit zu einer Geiselnahme geben." Alle sammelten sich um Captain Norris, als er seinen Plan darlegte.

OBWOHL BROCK beinahe damit gerechnet hatte, zurückgelassen zu werden, gehörte er zum Team. Doch ihm war gesagt worden, dass er im Auto zu sitzen hatte und sonst nichts tun durfte. Das war enttäuschend, aber mit seiner verletzten Schulter war es vermutlich die beste Anweisung, die er erwarten konnte. In der Bar hatte er die Verletzung zu seinem Vorteil nutzen können, doch das hier war etwas anderes. Weitere Polizisten wurden hinzugezogen und binnen einer halben Stunde waren sie bereit. Carter hatte bestätigt, dass sich Freddie noch in der Bar befand, allerdings so wirkte, als wolle er seine Geschäfte zum Abschluss bringen. Sie überprüften ihre Kommunikation, stiegen in ihre Streifenwagen und machten sich auf den Weg zum Gingerbread House.

Brock beugte sich auf dem Fahrersitz nach vorn, sein Herz klopfte bereits heftig, seit der Einsatz begonnen hatte. Er hasste es, von der Seitenlinie aus zusehen zu müssen, aber immerhin durfte er überhaupt am Geschehen teilnehmen.

Ein Mann kam mit einer gelben Plastiktüte hinausgeeilt. Brock beobachtet, wie er davonging, und machte den Captain, der sich in seiner Nähe befand, auf ihn aufmerksam.

„Los", sagte der Captain durch das Funkgerät und einer der anderen Polizisten folgte dem Mann. Brock ließ den Motor an und fuhr langsam hinterher, um notfalls als Verstärkung fungieren zu können, und sein Herz raste. Er behielt sie im Auge und der Polizist hatte den Verdächtigen beinahe erreicht, als er plötzlich, sein Knie umklammernd, zu Boden ging.

Ohne darüber nachzudenken, trat Brock auf die Bremse, sprang aus dem Auto und rannte dem jungen Mann in Kapuzenpullover und Jeans hinterher. Er lief nach Norden in Richtung High Street, dicht gefolgt von Brock. Brocks Arm schmerzte beim Laufen, doch er beachtete ihn nicht. Er *musste* den Kerl erwischen. Er war der Schlüssel zu diesem Fall.

Der Flüchtende bog um eine Ecke, wobei er ein wenig ausrutschte, sich aber auf den Beinen hielt. Brock meldete, wo er war und dass er Verstärkung brauchte. Seine Füße hämmerten auf den Asphalt, während er aufholte. Vor ihm ertönten Sirenen, lauter und lauter. Der Mann sprang über einen Zaun in einen Garten, was Brock ebenfalls versuchte, doch in seiner verletzten Schulter explodierte der Schmerz und er stürzte in ein Blumenbeet auf der anderen Seite des Zauns. Als der Verdächtige versuchte, einen zweiten Zaun zu überwinden, blieb er mit dem Bein hängen. Brock hätte gelacht, wären da nicht diese verdammt heftigen Schmerzen gewesen. Es gelang ihm, auf die Füße zu kommen und seine Waffe zu ziehen, wobei er den verletzten Arm an seinen Körper gepresst hielt.

„Das reicht", stieß er, an den Verdächtigen gerichtet, zwischen zusammengebissenen Zähnen hervor, meldete dann seine Position und gab alle relevanten Informationen weiter. „Und ruft einen Krankenwagen."

„Für den Verdächtigen?", fragte die Zentrale.

„Nein. Mich." Die Schmerzen in seinem Arm waren unerträglich und es kostete ihn seine ganze Kraft, auf den Beinen zu bleiben.

„Was ist da los?", rief eine Frau aus dem Inneren des Hauses.

„Bleiben Sie drinnen und rufen Sie die Polizei. Sagen Sie, ein Polizist hat in Ihrem Garten einen Verdächtigen gestellt." Obwohl ihm schwindlig war, hielt er durch, bis Polizisten in den Garten strömten. Dann sank er auf die Knie und auf den Boden, dankbar, dass sein Verstand die Schmerzrezeptoren allmählich ausschaltete. Die Schmerzen zerrten und pochten in seinem gesamten Arm, seiner Schulter und seiner Seite.

Er nahm wahr, wie er auf eine Trage gelegt und in einen Rettungswagen geschoben wurde, doch der Rest verschwamm. Es gelang Brock, sein Handy aus der Tasche zu ziehen und Vinny anzurufen. „Ich bin in einem Krankenwagen." Das waren die letzten Worte, die er hervorbrachte, bevor ihm das Handy aus der Hand rutschte und die Dunkelheit ihn übermannte.

„Ist er wach gewerdet?" Brock erkannte Abeys Stimme.

„Ja", antwortete Vinny, woraufhin Brock die Augen einen Spalt weit öffnete. Er war das erste Mal im Aufwachraum zu sich gekommen, wo der Arzt ihm erklärt hatte, dass sie seine Schulter *erneut* zusammengeflickt hätten, er aber Glück brauchen würde, seinen Arm überhaupt noch benutzen zu können, falls er während des Heilungsprozesses noch einmal so etwas machen würde.

„Was macht ihr alle hier?" Da Brocks Kehle schmerzte, bemühte er sich, nicht zu schlucken.

„Wir sind gekommen, um Mama zu besuchen", sagte Abey ohne seine übliche Begeisterung. „Und dich."

„Rhonda?", fragte Brock heiser.

„Ja. Deine Männer haben Freddie erwischt, aber er war schon nach Stunden wieder gegen Kaution auf freiem Fuß und hat eins und eins zusammengezählt und sich Rhonda geschnappt." Vinnys Stimme teilte ihm alles mit, was er wissen musste. „Ich habe die Kinder zu ihr gebracht, damit …" Er nahm Brocks Hand in seine und beugte sich vor. „Es gibt nicht mehr viel, was man für sie tun kann. Ihr Gehirn hörte auf zu arbeiten und es wird nicht mehr lange dauern, bis nichts mehr zurückbleibt. Ich wollte den Kindern die Chance geben, sie ein letztes Mal zu sehen."

„Mama hat ein großes Aua." Abey schob sich einen Daumen in den Mund, was Brock nie zuvor gesehen hatte.

„Komm hier hoch." Brock rutschte zur Seite und Vinny hob Abey neben ihn auf das Bett. Brock legte vorsichtig seinen unverletzten Arm um ihn. „Du musst jetzt ein großer Junge sein, damit du auf Penny aufpassen kannst wie beim ersten Mal, als wir uns begegnet sind." Abey presste sein Gesicht an Brocks unverletzte Schulter und begann zu weinen. Auch Penny begann zu wimmern, woraufhin Vinny sie an seine Schulter zog und ihr über den Rücken streichelte. „Ist schon gut. Ihr habt Onkel Vinny, der sich um euch kümmert, und mich, wenn es mir besser geht." Abey weinte weiter und Brock umarmte ihn, bis er sich beruhigt hatte und neben Brock eingeschlafen war.

Vinny setzte sich auf den Stuhl neben dem Bett und warf ihm einen finsteren Blick zu. „Ich habe dir gesagt, du sollst vorsichtig sein, und du ziehst los und versuchst, über Zäune zu klettern."

„Ich hab den Kerl erwischt."

„Ja, das hast du und außerdem hast du dich verletzt. Das solltest du nicht." Vincent lehnte sich seufzend zurück.

Brock streichelte sanft über Abeys Bein. Es war alles, was er mit der einen Hand erreichen konnte. Die andere war vollständig ruhiggestellt und würde es offenbar eine ganze Zeit lang bleiben. „Also was musst du für Rhonda tun? Solltest du nicht bei ihr sein?"

Vinny schüttelte den Kopf. „Sie ist jetzt schon nicht mehr da. Ich habe die Dokumente unterschrieben, nachdem die Kinder bei ihr waren, und sage es ihnen, wenn wir zu Hause sind." Beide schliefen tief und fest und das war das Beste für sie. „Ich dachte mir, sie könnten noch einige Stunden Glück und Frieden erleben, bevor ich ihnen die schlechte Nachricht überbringe."

„Ich verstehe."

„Ja. Freddie wurde wieder gefasst und ich habe schon mit Carter geredet. Diesmal kommt er nicht raus und anscheinend konnten sie nachverfolgen, dass es sich bei Clive um einen seiner Geschäftspartner handelt. Also selbst wenn er ihr Vater sein sollte, sieht es so aus, als würden beide Eltern kein Teil von Pennys und Abeys Leben sein."

„Ich habe sie zusammen in der Bar gesehen." Brock bewegte sich ein wenig, bis er bequem lag, und schloss die Augen.

„Wie geht es Ihnen?", fragte eine Schwester, als sie das Zimmer betrat, und verstummte dann. „Wie ich sehe, haben Sie Gesellschaft …"

Brock hob die Lider und beobachtete, wie die Schwester von Vincent zu ihm sah.

„Haben Sie Schmerzen?"

„Nein. Ich habe hier die bestmögliche Medizin. Roberta, das sind Vincent, Penny und Abey. Sie sind meine Familie."

Sie überprüfte Monitore und seinen Zugang, entfernte ihn vorsichtig aus seinem Arm, während Abey einfach weiterschlief. „Der scheint ja etwas Besonderes zu sein."

154

„Das sind sie alle." Brock war so erleichtert, nicht mehr die Nadel in seinem Arm zu haben. Ein erster Schritt zurück zur Normalität.

„Stimmt etwas nicht? Wenn ich fragen darf?"

„Ihre Mutter. Wir mussten eine schwierige Behandlungsentscheidung treffen und sie ist von uns gegangen." Auch wenn Vincent den Vorfall in Euphemismen hüllte, verstand Roberta.

„Die armen Kleinen." Bald hatte sie alles erledigt. „Rufen Sie mich, wenn Sie etwas brauchen, und ich empfehle Ihnen zu tun, was er tut, nämlich ein Schläfchen machen." Sie verließ das Zimmer und Brock schloss die Augen, schlief jedoch nicht ein.

„Geht es dir wirklich gut? Schließlich war sie deine Schwester." Brock fühlte sich wegen Rhondas Tod mies. Er hätte vorsichtiger sein müssen. Er war nicht derjenige, der es getan hatte, doch er hatte dem Mann, von dem sie schließlich getötet worden war, ihren Namen genannt.

„Ich weiß es nicht. Ich glaube, ich werde es erst in einigen Tagen begreifen. Aber ich kenne dich und sehe die Zahnräder in deinem Kopf. Was passiert ist, ist nicht deine Schuld. Du hast ihr das nicht angetan, sondern er. Jetzt muss ich mich erst einmal um die Kinder kümmern und alles organisieren. Ich werde sie einäschern und dann beerdigen lassen. Es wird einen Gedenkgottesdienst geben und mehr nicht. Nichts Kompliziertes." Vincent versagte die Stimme. „Als sie das letzte Mal mit mir geredet hat, sagte sie, sie hätte eingesehen, dass sie Fehler gemacht hätte und alles ihre Schuld wäre. Ich habe immer gehofft, ihr wäre klargeworden, was in ihrem Leben schieflief, und sie würde etwas verändern, um es in Ordnung zu bringen, aber jetzt werden wir es niemals erfahren." Vincent tätschelte Penny den Rücken. Abey schnaufte und bewegte sich, schlief aber weiter.

„Wenigstens haben sie dich."

„Sie haben uns, falls das, was du der Schwester gesagt hast, wahr ist. Sie brauchen uns beide und ich brauche dich." Penny jammerte, woraufhin Vincent einen Trinklernbecher aus der Tasche zu seinen Füßen fischte. Er ließ sie trinken und anschließend senkte sie wieder den Kopf. „Ich weiß, dass alles sehr schnell geht, aber wir kennen uns seit Jahren und … Sag es mir, falls ich ein Idiot bin."

„Das bist du nicht. Ich wohne jetzt seit Wochen größtenteils in deinem Haus. Wir könnten sagen, es läge an den Kindern, aber ich weiß, dass es nicht alles ist. Ich verbringe gern Zeit mit dir, und wenn ich in meiner Wohnung bin, denke ich an dich. Also wenn du bereit bist, es zu versuchen …"

Vincent lachte leise. „Ich glaube, das haben wir schon getan. Was ich wissen möchte, ist, ob du mir helfen würdest, eine Familie für Abey und Penny aufzubauen. Sie brauchen eine und, offen gesagt, ich auch."

„Machst du Witze? Das wünsche ich mir seit Wochen, aber ich war nicht sicher, was du willst. Gott." Brock bewegte sich ein wenig, als ein schmerzhafter Stich durch seine Schulter schoss. Er drückte den Knopf, damit die Schwester kommen und ihm Schmerzmittel bringen würde. „Hast du eine Ahnung, wie glücklich das meine Mutter machen wird? Sie hat nie damit gerechnet, Enkelkinder zu bekommen, und nun werden es gleich zwei."

„Stimmst du zu, um deine Mutter glücklich zu machen?"

„Nein. Ich stimme zu, weil es mich glücklich macht, und denk doch mal darüber nach: Wie ich meine Mutter kenne, und ich kenne sie, werden die beiden Großeltern haben, die sie nach Strich und Faden verwöhnen. Ich glaube, wir können ihnen und uns ein gutes Leben geben." Brock schob seine Hand über die Bettkante, woraufhin Vincent sie ergriff und sanft streichelte.

Die Schwester kam herein, und nachdem Brock sie über seine Schmerzen informiert hatte, holte sie ihm eine Tablette und half ihm, sie zu schlucken. Die ganze Unruhe weckte Abey auf, der sich umdrehte und Brock um eine Geschichte bat.

„Wie wäre es, wenn Onkel Vinny die Geschichte vorliest und ich zuhöre?" Brock legte sich hin, um zu dösen.

Vinny musste ein Buch aus seiner Tasche geholt haben, denn er begann ein Abenteuer von Babar und Celeste. Abey lag still, bis die Geschichte vorbei war, und begann dann, sich unruhig auf dem Bett zu winden, was Brock weckte. Vincent setzte Penny auf dem Boden ab und hob Abey vom Bett. „Wir lassen dich jetzt etwas schlafen, aber nach dem Abendessen besuchen wir dich wieder." Vincent beugte sich über das Bett und küsste ihn sanft.

„Oooh. Onkel Vinny küsst Onkel Brock." Abey brach in Gekicher aus und Vincent lächelte, bevor er sich zurückzog. Sie durften alle so fröhlich wie möglich sein, denn Vincent wusste, dass es hart werden würde, sobald sie zu Hause ankamen.

„Ich liebe euch alle." Brock bekam einen Kuss von Penny und eine Umarmung von Abey. Dann schlang sich Vincent die Tasche über die Schulter und nahm die Kinder bei den Händen, um sie aus dem Zimmer zu führen. Abey wandte sich noch einmal zum Winken um, bevor er den Raum verließ. Brock seufzte und beschloss, dass er sich genauso gut ausruhen konnte. Die nächste Zeit würde für sie alle beschwerlich werden.

12

VINCENT WAR in den letzten Tagen sehr beschäftigt gewesen. Brocks Krankenhausaufenthalt hatte diesmal länger gedauert, doch nun kam er nach Hause, zu Vincent und den Kindern, und das gerade rechtzeitig für Rhondas Gedenkgottesdienst. Während die Kinder sich noch in der Kindertagesstätte befanden, fuhr Vincent zum Krankenhaus. Brock wartete bereits und so konnte er schnell mit ihm zum Haus zurückkehren. Dort sorgte er dafür, dass Brock es sich auf dem Sofa bequem machte, und ging dann hinauf, um sich umzuziehen.

Als er wieder hinunterkam, empfing Brock ihn am Ende der Treppe. „Du läufst hin und her und versuchst, alles auf einmal zu schaffen."

„Du musst dich ausruhen."

„Mir geht es gut und ich werde dich begleiten. Genau wie die Kinder. Ich weiß, dass sie jung sind, aber sie verdienen es, sich von ihrer Mutter verabschieden zu dürfen. Außerdem haben meine Eltern gesagt, dass sie ebenfalls kommen und auf sie aufpassen. Also beruhige dich und geh es langsam an."

„Ich habe so viel zu tun und …"

Brock zog Vincent zu sich. „Vinny, du musst nicht alles allein machen. Entspann dich einfach. Du willst, dass alles glattgeht, und das wird es auch. Entspann dich."

Vincent seufzte. „Sie war meine Schwester und …" Der Kummer, den er auf Abstand gehalten hatte, weil er entweder zu sehr mit den Vorbereitungen, der Arbeit oder den Kindern beschäftigt gewesen war, um darüber nachzudenken, holte ihn ein. „Ich werde sie nie wiedersehen. Ich hatte immer gehofft, ihr würde die Wende gelingen und wir könnten endlich wieder eine Familie sein, aber nun wird es nie geschehen." Er schloss die Augen und ließ sich vom Schmerz der verpassten Möglichkeiten überspülen. „Diese Kinder werden nie wieder eine Mutter haben."

„Nein. Das werden sie nicht. Sie bekommen etwas Besseres, denn sie werden ihren Onkel Vinny haben, solange sie ihn brauchen. Und ihren Onkel Brock ebenfalls. Wir werden für den Rest unseres Lebens diese Kinder lieben und für sie sorgen. Also trauere um deine Schwester, so sehr du möchtest, aber die Kinder brauchen kein Mitleid. Deinetwegen wird für sie alles gut werden."

„Nein, Brock: unseretwegen." Er presste sein Gesicht an Brocks Schulter und ließ alles heraus, was er zurückgehalten hatte. Seine Augen füllten sich mit Tränen und er wusste, dass er Brocks T-Shirt durchnässte, doch das war ihm egal.

Seine Schwester war von ihm gegangen und ihre Kinder würden ihre Mutter niemals wirklich kennenlernen, zumindest nicht den Teil ihrer Mutter, an den er sich aus seiner Kindheit erinnern konnte, bevor ihr Leben in die Brüche gegangen war. „Nach dem Tod von Mom und Dad hatte sie keine Chance. Sie hatte sich immer auf sie verlassen." Im Nachhinein betrachtet waren sie Rhondas Fels gewesen und sie konnte mit ihrer Hilfe alles zusammenhalten, doch nachdem dieser Fels verschwunden war, war sie allein mit allem nicht klargekommen. Er presste fest die Augenlider aufeinander, als er von Wellen des Bedauerns überrollt wurde.

„Du kannst ihre Vergangenheit genauso wenig ändern wie unsere." Brock zog ihn etwas enger an sich.

„Ich weiß. Aber sie war meine Schwester, und als alles …" Ihm versagte die Stimme und er konnte nicht länger darüber reden.

„Du weißt, dass nichts davon deine Schuld ist. Deine Schwester hat ihre eigenen Entscheidungen getroffen und es waren keine guten. Du hättest sie nicht für sie ändern können."

„Ich weiß. Aber ich hätte für sie da sein sollen." Er löste sich und sah Brock an. „Sie hatte so viel Potenzial, aber hat es nie ausgenutzt." Vincent schniefte und wischte sich mit dem Handrücken über die Augen.

„Du bist für sie da. Du bist für ihre Kinder da. Ich kannte deine Schwester nicht und bin ihr nur wenige Male begegnet, aber sieh dir Penny an. Sie hat die Augen ihrer Mutter und Abey ist ihr wie aus dem Gesicht geschnitten. Sie sind das Vermächtnis deiner Schwester. Das Wichtige ist, dich an die guten Dinge zu erinnern und den Rest loszulassen. Rhonda war nicht mehr die Person, mit der du aufgewachsen bist. Wer weiß, was sie getan hat, aber sie hat sehr dafür bezahlen müssen."

„Ich weiß. Die Person, mit der ich aufgewachsen bin, war ein mitfühlender, sanfter Mensch. Sie war diejenige, die ein Kätzchen gefunden und das arme kleine Ding wieder aufgepäppelt hat." Gott, er erinnerte sich daran, wie sie beinahe die ganze Nacht wach geblieben war, um sich darum zu kümmern. Es war schwer verletzt gewesen, doch ihre Pflege hatte es gerettet. Vincent erinnerte sich daran, wie sie es in ihrem Kinderwagen untergebracht hatte, bis es nicht mehr umhergefahren werden wollte. „Sie war eine gute Seele, und ich glaube, die Welt hat ihr übel mitgespielt. Nun, die und die Tatsache, dass niemand auf dieser Erde so wenig Talent zum Aussuchen von guten Freunden hatte wie sie. Wenn die falschen Leute in der Nähe waren, klebte sie praktisch an ihnen."

„Schatz." Brock schwankte leicht und Vincent führte ihn zum Sofa zurück. „Danke."

Vincent überprüfte die Uhrzeit. „Bist du sicher, dass du der ganzen Sache gewachsen bist?"

„Ja. Ich werde nicht hierbleiben. Wenn du mir beim Anziehen hilfst, begleite ich dich. Ich kann genauso gut dort auf einem Sofa sitzen wie hier." Er seufzte und die Falten in seinem Gesicht wurden etwas deutlicher.

Vincent wusste, dass Brock Schmerzen hatte. „Du musst dich ausruhen."

„Ich muss für dich und die Kinder da sein. Das ist es, was ich wirklich muss. Hol mir bitte einfach eine Schmerztablette und meine Kleidung und ich ruhe mich hier aus, bis es Zeit ist zu gehen. Versprochen." Brock legte sich hin und Vincent starrte ihn mit in die Hüfte gestemmten Händen an. Manchmal konnte Brock der sturste Mann sein, dem er je begegnet war. Doch diese Sturheit war auch gekoppelt mit seiner beschützenden Art und auf diesen Schutz verließ sich Vincent immer mehr.

„Ich hole dein Hemd." Vincent ging hinauf, um für Brock eine Schmerztablette und frische Kleidung zu holen. Als er wieder runterkam, war Brock beinahe eingeschlafen. Er holte etwas Wasser und half ihm, die Tablette zu schlucken. Dann legte er ihm seine Kleidung zurecht. Wenn er Glück hatte, würde Brock so tief einschlafen, dass Vincent nur mit den Kindern zum Gottesdienst gehen konnte und Brock ihn verschlafen würde.

„Denk erst gar nicht daran", knurrte Brock, ohne die Augen zu öffnen. „Wann müssen wir los?"

„In einer Stunde." Vincent stieg erneut die Treppe hinauf, um sich selbst umzuziehen und Kleidung für die Kinder bereitzulegen. Er musste sie bald abholen. Sie hatten darum gebeten, in die Kindertagesstätte gehen zu dürfen, und Vincent wollte ihren Tagesablauf so normal wie möglich gestalten, solange es möglich war.

Schnell duschte er und zog die Kleidung für den Gottesdienst an. Nachdem er nach Brock gesehen hatte, der fest schlief, verließ er das Haus, um die Kinder abzuholen.

Penny und Abey waren während der gesamten Heimfahrt Energiebündel.

„Wir müssen leise sein, weil Onkel Brock schläft", warnte Vincent, bevor er die Haustür öffnete. Beide trippelten wie Zeichentrickfiguren auf Zehenspitzen hinein, wobei sie genauso viel Lärm machten wie üblich.

„Höre ich da die Knirpse?", fragte Brock und natürlich rannten Penny und Abey zu ihm. Nachdem er beide behutsam umarmt hatte, nahm Vincent sie mit in den ersten Stock, um sie fertig zu machen. Brock folgte ihnen, und sobald Abey und Penny umgezogen waren, half Vincent Brock mit seinem Hemd und dann waren sie bereit. Das übliche Geplauder im Auto blieb diesmal aus. Selbst Penny spürte, dass etwas anders war, und blieb still.

Brocks Eltern warteten bereits auf sie und eilten zu ihrem Auto. Seine Mutter hob Penny aus ihrem Sitz, während sein Vater sich um Abey kümmerte, und die Kinder ließen es bereitwillig geschehen. Penny plapperte mit Brocks Mutter und Vincent wandte sich ab, damit sie nicht die Tränen sahen, die ihm über die Wangen liefen. Seine Eltern hätten so viel dafür gegeben, Zeit mit ihren Enkeln verbringen zu können.

„Ist schon gut." Brock näherte sich ihm von hinten. „Ich weiß, dass es schwer wird."

„Ich möchte nur das Beste für sie."

„Daran gibt es keinen Zweifel. Und ich möchte das Beste für euch alle." Brock zog ihn erneut einarmig an sich, woraufhin Vincent vorsichtig die Arme um Brocks Taille schlang und die Augen schloss. Andere Menschen gingen leise redend an ihnen vorbei, doch Vincent nahm sie kaum wahr. Er brauchte Brocks Kraft, und er war da. Vincent wusste tief in seinem Herzen, dass er immer da sein würde. „Ich liebe dich, Vinny."

„Ich stehe total neben mir und dann sagst du mir das." Vincent löste sich etwas und hob den Blick zu Brocks Augen. Das musste der unromantischste Moment sein, den man sich vorstellen konnte.

„Natürlich tue ich das. Wenn ich dich lieben kann, während dir Tränen über die Wangen laufen und du besorgt und mit den Nerven am Ende herumhetzt, dann kann ich dich auch lieben, wenn du glücklich bist und mit Penny und Abey lachst. Liebe bedeutet, neben dem Guten auch das Schlechte zu akzeptieren und die schwierigen Dinge neben den leichten und angenehmen. Sie bedeutet nicht, nur wegen des Lachens zu bleiben, aber die Tränen nicht fortzuwischen. Liebe meint das Gesamtpaket und so ist es bei mir für mich. Also lass uns hineingehen, uns von deiner Schwester verabschieden, und danach kannst du dein Leben weiterleben."

„Wie philosophisch."

„Klugscheißer." Brock beugte sich vor. „Ich weiß, dass ich auf dich zählen kann, und du kannst auf mich zählen. Ich werde für dich, Penny und Abey da sein." Brock küsste ihn und führte ihn hinein.

Vincent seufzte und gab sich die größte Mühe, den Schmerz loszulassen und sich an die guten Zeiten mit seiner Schwester zu erinnern.

DER TAG schien nicht enden zu wollen. Beim Gedenkgottesdienst herrschte gedrückte Stimmung, vor allem, als Abey nach vorn ging, um sich das Foto seiner Mutter anzusehen, das neben der Urne mit ihrer Asche stand. Vincent hielt es nicht mehr aus, als er sich umdrehte und mit tränenüberströmtem kleinem Gesicht nach seiner Mama fragte. Er hob ihn hoch, drückte ihn an sich und versuchte, ihn so gut wie möglich zu trösten, während der Gottesdienst begann.

Nun, zu Hause, wo Penny und Abey satt, mit einer Geschichte versorgt und hoffentlich schlafend im Bett lagen, saß er im Ledersessel neben der Couch, auf der Brock schlief. Brock sah im Schlaf so wunderschön und friedlich aus. Selbst verletzt erledigte er alles mit Volldampf, bis zum Zusammenbruch. In dieser Hinsicht hatten er und die Kinder viel gemeinsam.

„Siehst du mir beim Schlafen zu?" Brocks Augen öffneten sich und er streckte ächzend seinen unverletzten Arm.

„Ja. Ich sehe dich gern an und du hältst nur still, während du schläfst."

„Das hat meine Mutter auch immer gesagt."

160

Vincent stand auf und begab sich in die Küche, um ihnen Gläser mit Traubensaft zu holen. Er half Brock, sich aufzusetzen, bevor er ihm eins davon reichte. „Du musst etwas trinken." Er saß da und wartete, bis Brock das Glas auf dem Couchtisch abgestellt hatte. „Ich wollte dir auch offiziell die hier geben." Er reichte Brock einen Schlüsselbund. „Die sind für das Haus und einer für mein Auto."

„Bist du sicher?" Brock nahm die Schlüssel entgegen und hielt sie vorsichtig in der Hand.

„Selbstverständlich. Du bist seit Wochen hier und ich finde, wir sollten es zu etwas Dauerhaftem machen. Ich *möchte* es zu etwas Dauerhaftem machen. Du bist nie in deiner Wohnung, also weshalb gibst du sie nicht einfach auf und ziehst hier bei uns ein? Wir brauchen dich und wir lieben dich. Unsere Familie ist ohne dich nicht vollständig, genauso wenig wie mein Herz." Vincent schob sich vom Sessel und kniete sich neben ihm auf das Sofa.

„Du meinst das ernst."

„Das tue ich. Das heißt, wenn du es möchtest. Ich weiß, dass es beim letzten Mal nicht besonders …" Vincent verstummte, als Brock mit den Fingerspitzen sein Kinn berührte.

„Ich wünsche mir nichts mehr, als mein Leben mit dir zu verbringen. Das wollte ich schon damals, aber es hat nicht sein sollen und ich dachte, die Möglichkeit dazu würde ich nicht mehr bekommen."

„Ich bin dabei zu lernen, dass es niemals zu spät ist, wenn man etwas nur stark genug will." Vincent schob Brock nach hinten, bis er wieder flach auf den Sofakissen lag. Dann ließ er seinen Kopf auf Brocks Bauch ruhen.

„Onkel Vinny", sagte Abey, der mit Penny an der Hand das Wohnzimmer betraten. Er hatte sein Zebra unter dem Arm und Penny ihre Puppe.

„Was ist los, ihr zwei?"

„Hunrig", antwortete Penny und Abey nickte.

„Also gut." Vinny stand auf, nahm sie bei den Händen und führte sie in die Küche. Er zerschnitt einen Apfel und richtete für jeden einen Teller her. Als Brock hereinkam und sich neben Penny setzte, schnitt Vincent für ihn ebenfalls einen Apfel klein. „Du bist nur ein großes Kind."

Vinny setzte sich zu ihnen, während sie ihren späten Snack aßen. Er zog sein Handy aus der Tasche und machte ruhig ein paar Fotos, bevor er es zur Seite legte. Nachdem die Kinder aufgegessen hatten, brachte er sie wieder hinauf ins Bett. Mit vollen Bäuchen schliefen sie augenblicklich ein.

Brock näherte sich ihm, als er Pennys Tür schloss, und führte ihn ins Schlafzimmer.

Vincent erkannte die Hitze in Brocks Augen. „Du weißt, dass das keine gute Idee ist."

„Es ist zu lange her." Brock schloss die Tür und zupfte an Vincents Hemd.

„Dann lass mich das machen." Vorsichtig zog er Brock das Hemd aus und half ihm auch bei Hose und Boxershorts. Brock stand nackt da und sah selbst mit seinem Arm in der Schlinge umwerfend aus. Vincent schob ihn gegen das Bett und kniete sich vor ihn, nahm Brocks Schwanz zwischen die Lippen und saugte, bis Brocks Beine zitterten.

„Ich brauche mehr." Brock entzog sich ihm schwer atmend und legte sich auf das Bett. Vincent zog sich aus und legte sich zu ihm. Brock drehte sich auf die Seite und Vincent schmiegte sich an seinen Rücken. „Ich will, dass du mich liebst. Ich will dich spüren."

Stöhnend holte Vincent die nötigen Utensilien aus dem Nachttisch, nur um sich dann wieder zu Brock zu legen und seine Schulter und seinen Rücken zu küssen.

Sie liebten sich leise und vorsichtig, und Vincent hielt Brock fest, während er von ihm umschlossen wurde. Es war ein unglaubliches Erlebnis – ruhig und doch so intensiv, als Vincent alles, was er hatte, in Brock ergoss. Er liebte ihn und wurde im Gegenzug innig zurückgeliebt. Hier ging es weniger um Sex als um Nähe und darum, einander zu brauchen. Als sie zum Höhepunkt kamen, zog Vincent Brock fest an sich, schloss die Augen und ließ sich von Brocks erdigem Duft berauschen.

Zusammen hatten sie eine Beziehung wiederaufgebaut und zugleich auch eine Familie und ein Zuhause. Alles, was sich Vincent je gewünscht hatte.

EPILOG

VINCENT SUCHTE sich einen Weg durch die an der Straße aufgereihte Menge zu dem Zelt, das er in der Ferne sehen konnte. Dabei umklammerte er fest Pennys Buggy und Abeys Hand, während er gleichzeitig den Rucksack trug, in dem sich alles befand, was er für nötig hielt.

„Wir dachten schon, ihr würdet es nicht schaffen." Donald half ihm, den Rucksack von seinem Rücken zu nehmen, und Abey eilte zu seinem besten Freund Alex, der auf einem kleinen Stuhl direkt am Bordstein saß. Zwei weitere Stühle standen leer neben ihm, bis Abey sich auf einen davon setzte. Der dritte war für Penny, falls sie ihn wollte. Vincent rechnete damit, dass sie lieber auf seinem Schoß oder seinen Schultern sitzen würde, aber es war großartig von Donald, an sie alle zu denken.

„Das ist verrückt", sagte Vincent.

„Der Andrang ist größer als bei der Corvette-Parade und das will einiges heißen. Anscheinend haben alle Fernsehsender die Parade beworben. Der Gouverneur wird hier sein, ebenso der Bürgermeister, beide Senatoren und alle Bezirksleute." Donald winkte ihn zu einem Stuhl und drückte ihm eine Flasche Wasser in die Hand, bevor er sich umsah. „Kennst du alle?" Er stellte rasch die Partner der anderen Polizisten vor. „Mal ein anderes Thema: Wie lief es vor Gericht?"

Die Hälfte der umstehenden Personen wurde still. „Der Richter hat mir gestern das dauerhafte Sorgerecht zugesprochen. Damit gehören Penny und Abey rechtmäßig zu mir, beziehungsweise zu uns, und nun werden die Dokumente für die Adoption vorbereitet." Bis zum richterlichen Beschluss war Vincent ein Nervenbündel gewesen. Glücklicherweise war Brock wie immer da gewesen, um ihn zu beruhigen.

„Das ist fantastisch."

„Daddy. Schultern." Penny zupfte an seinem Hosenbein, woraufhin Vincent sie hochhob und sie auf seine Schultern setzte, damit sie über die Menge hinwegsehen konnte, während ihm Tränen in die Augen traten. Vor einigen Tagen hatte sie aus heiterem Himmel begonnen, ihn *Daddy* zu nennen, und Vincent hatte kaum gewusst, was er sagen sollte. Er war den Tränen nahe gewesen. Und dann hatte Abey dasselbe getan, und als sie es dann vor dem Richter wiederholten, war es beinahe um seine Fassung geschehen gewesen.

„Das ist meeega."

„Es ist neu und ich kann euch nicht sagen, wie viel es mir bedeutet." Er blinzelte einige Male, um nicht vor allen anderen zu einer totalen Heulsuse zu werden.

„He, ihr alle, Vincent hat das Sorgerecht bekommen", sagte Donald über seine Schulter hinweg, woraufhin alle Frauen und Männer jubelten. Es war total anrührend.

„Also, wissen wir, wann sie kommen?"

Wie aufs Stichwort ertönten Sirenen und alle wandten sich den aufblitzenden Lichtern zu. Um die Ecke am Ende der Hanover Street bogen Polizeiautos und fuhren die Straße herunter.

„Bleib an deinem Platz", warnte Vincent Abey, als dieser von seinem Stuhl aufstand. Er war unglaublich aufgeregt. „Du musst sitzen bleiben oder bei mir stehen."

Abey setzte sich wieder, ließ jedoch seine baumelnden Beine wie verrückt schwingen. Als die Polizeiautos näherkamen, stand Abey auf und winkte so heftig, wie es seine kleinen Arme erlaubten. „Wo ist Daddy Brock?" Das war ebenfalls neu und gefiel Vincent unendlich gut.

„Ich bin nicht sicher."

Die Autos fuhren vorbei und hinter ihnen ging zu Fuß eine kleine Gruppe Polizisten. Vincent sah seinen Partner ... Liebsten ... Sie hatten noch keine feste Bezeichnung füreinander gefunden, aber das war in Ordnung. Brock sah in seiner Uniform fantastisch aus, obwohl sein Arm noch in einer Schlinge lag.

„Daddy Brock!", rief Abey, so laut es seine kleine Lunge erlaubte, und natürlich kam Brock gleich herbeigeeilt. „Darf ich auf deine Schultern?" Abey drehte sich zu Penny um, die auf Vincents saß.

„Das geht nicht. Meine Schulter ist noch nicht verheilt."

„Willst du auf meiner sitzen?", fragte Kip und hob Abey hoch. „Bitte sehr, kleiner Mann. Der beste Ausblick, der zu haben ist."

Alex war etwas älter und zu groß, um auf Schultern zu sitzen, doch Carter nahm ihn bei der Hand, damit er sich der Parade ebenfalls anschließen konnte, und beide Jungen winkten allen zu.

„Sie sind alle etwas Besonderes." Vincent sah zu, bis die Kinder aus seinem Blickfeld verschwanden, da sich die Parade weiterbewegte. Als Nächstes kam die Highschool-Kapelle, dann Autos mit dem Gouverneur, den Senatoren, verschiedenen Ehrengästen und eine weitere Kapelle, gefolgt von einem Festwagen, der vom Verband örtlicher Zimmerer gebaut worden war.

„Da ist Terry", rief Donald, wobei er wie ein Kind klang. Terry stand an der höchsten Stelle des Wagens, in seiner Olympiakleidung und mit einer Silber- und zwei Goldmedaillen um den Hals. Er hatte in Rio die Staffel und im Einzelwettkampf Gold und Silber gewonnen. Er war der Held der Stadt und, wie es aussah, auch der des ganzen Bundesstaates.

Penny winkte und Terry winkte zurück. Die Leute auf dem Wagen warfen Halsketten mit Goldmedaillen aus Plastik in die Menge, gesponsert von der örtlichen Kleinbrauerei. Donald fing eine auf und reichte sie Penny, die sie umlegte und dann weiterwinkte. Es war eine ziemlich beeindruckende Parade.

„Erinnerst du dich an Onkel Terry und Onkel Red?", fragte Vincent. Sie hatten sich in der letzten Woche alle bei Donald und Carter getroffen, nachdem sie aus Rio zurückgekommen waren, und Terry hatte den Kindern erlaubt, seine Medaillen umzulegen und sich mit ihnen fotografieren zu lassen, was unglaublich nett gewesen war.

„Ja." Penny fuhr fort zu winken und zu jubeln, bis die Feuerwehrautos vorbeikamen, mit denen die Parade endete. Die Menge zerstreute sich und Vincent setzte Penny auf dem Boden ab, um Donald zu helfen, die Stühle zusammenzupacken.

„Komm her, Schatz, wir suchen Daddy Brock und Abey."

„Ich komme mit." Sie trugen die Stühle zwischen den Gebäuden hindurch zum Parkplatz an der kleinen Seitenstraße und verstauten sie im Kofferraum von Donalds Auto. „Sie sind am anderen Ende der Stadt und es dürfte nicht leicht werden hinzukommen. Wie seid ihr hergekommen?"

„Zu Fuß", antwortete Vincent. Penny fühlte sich in ihrem Buggy wohl und genoss es, alles ansehen zu können. „Ich bin davon ausgegangen, dass es mit dem Auto ein Albtraum wird." Alle Straßen waren überfüllt mit Menschen, die sich von der Paraderoute entfernten. „Fahr zu uns und ich sage Carter und Alex, dass wir uns dort treffen."

„Okay." Donald stieg ins Auto, auch wenn es nicht so aussah, als würde er zeitnah irgendwo ankommen.

Vincent machte sich auf den Weg. Es waren keine eineinhalb Kilometer, und da sich die Menge auf dem Gehweg ausdünnte, kam er gut voran. Am Ende der Route fand er Brock, Carter und Abey, die alle mit strahlendem Lächeln im Schatten eines Baumes standen.

„Hattest du Spaß mit Mr. Kip und Daddy Brock?"

Abey nickte energisch. „Ich durfte in der Parade sein."

Brock trat näher und Vincent musterte ihn. „Bereit, nach Hause zu gehen und dich eine Weile auszuruhen?" Brocks Kräfte ließen mittlerweile eindeutig nach.

„Du kümmerst dich so gut um mich."

„Donald trifft sich mit uns allen bei uns zu Hause, sobald er mit dem Auto da rausgekommen ist. Die Straßen waren ziemlich verstopft."

„Dann lasst uns gehen."

„Ich muss zurück zur Station, um auszuhelfen."

„Tschüss, Mr. Kip", rief Abey, als Kip zu einem der Streifenwagen eilte und auf der Beifahrerseite einstieg. Bald fuhr der Wagen zügig davon, vermutlich zurück zur Arbeit.

Als Gruppe legten sie die zwei Häuserblöcke bis zu Vincents Haus gemächlich zurück. Als sie ankamen, wartete Donald bereits vor der Tür und Vincent führte sie alle hinein und dann hinten hinaus in den Garten. Brock setzte sich auf einen der Stühle und Donald und Carter nahmen sich ebenfalls welche, während die Kinder auf die Wiese stürmten, um zu spielen.

Vincent brachte einen Krug mit Limonade und Gläser hinaus in den Garten, goss allen etwas ein und setzte sich dann ebenfalls. „Das war ziemlich großartig. Die ganze Stadt und sogar Vertreter des Staates, mitsamt einem republikanischen Senator, alle hier, um Terrys Siege zu feiern ... der ein stolzer, offen schwuler Mann ist. Das bedeutet so viel."

„Es bedeutet, dass er ein Junge aus Pennsylvania ist und deshalb gefeiert wird. Der Teil mit dem Schwulsein wurde in vielen Artikeln praktischerweise vergessen." Donald klang ein wenig verstimmt. „Aber ich freue mich so für Terry. Er hat so unglaublich hart dafür gearbeitet."

Ein leises Schnarchen war über die Brise hinweg zu hören und Vincent lächelte. „Er hat es übertrieben."

„Aber ich konnte ihn nicht davon abhalten." Das Eis in Carters Glas klimperte, als er trank. „Er wollte, dass die Polizei gut in der Parade repräsentiert wird, und da so viele Polizisten die Route sichern mussten, war er fest entschlossen mitzulaufen. Brock ist ein guter Polizist. Er versteht die Brüderlichkeit, die nötig ist, um zusammenzuarbeiten und einen harten Job auszuüben."

„Ich bin übrigens gleich hier", ächzte Brock.

„Wissen wir." Carter leerte sein Glas und platzierte es auf dem Tablett. Donald tat dasselbe und dann standen sie auf. „Wir gönnen dir jetzt etwas Ruhe. Wie ich gehört habe, fängst du in einer Woche wieder an."

„Schreibtischdienst." Brock sagte es auf dieselbe Weise, auf die er gesagt hätte, dass man ihn ins Gefängnis werfen würde.

„Und diesmal bleibt es dabei." Nachdem Carter Alex geholt hatte, verließen sie den Garten durch das Tor und gingen zu ihrem Auto.

Die Kinder spielten weiter und Vincent lehnte sich zurück, während er Brock im Schatten dösen ließ. „Weißt du, hier, in diesem Moment, ist es beinahe perfekt. Das ist Perfektion. Du, den Kindern beim Spielen zuzuhören, die Brise in den Bäumen, Glück und Frieden."

Brock öffnete zwar nicht die Augen, aber streckte eine Hand aus, die Vincent ergriff. „Du weißt, dass nicht immer alles friedlich und ruhig sein wird."

„Nein. Aber ich werde immer dich haben. Mit allem anderen, was auf mich zukommt, kann ich umgehen."

Brock beugte sich vor und Vincent küsste ihn sanft, während von den spielenden Kindern ein *Oooh* zu hören war. Alles war ziemlich perfekt.

166

ANDREW GREY ist der Autor von mehr als zweihundert Werken im Bereich zeitgenössischer schwuler Liebesromane. Nach siebenundzwanzig Jahren im unternehmerischen Amerika hat er sich nun mit Dominic, seinem Ehemann seit über fünfundzwanzig Jahren, und seinem Laptop in Central Pennsylvania niedergelassen. Eine interessante Dreiecksbeziehung. Andrew wuchs im Westen von Michigan auf, mit einem Vater, der gern Geschichten erzählte, und einer Mutter, die sie gern las. Seitdem hat er überall im Land gelebt und die Welt bereist. Er durfte den Centennial Award der Romance Writers of America entgegennehmen, hat einen Masterabschluss der University of Wisconsin-Milwaukee und ist nun Vollzeitautor. Andrews Hobbys sind unter anderem das Sammeln von Antiquitäten, Gartenarbeit und sein schmutziges Geschirr an jedem anderen Ort als der Spüle stehen zu lassen (vor allem, wenn er gerade schreibt). Andrew schätzt sich glücklich, eine tolerante Familie zu haben, fantastische Freunde und den hilfsbereitesten und liebevollsten Partner der Welt. Andrew lebt derzeit im wunderschönen historischen Carlisle in Pennsylvania.

E-Mail: andrewgrey@comcast.net
Website:www.andrewgreybooks.com

Von Andrew Grey

Alles nur für dich
Cowboys im zahmen Osten
Geborgtes Herz
Malen nach Zahlen
Neue Wege
Sein größter Fang

CARLISLE COPS
Feuer und Wasser
Feuer und Eis
Feuer und Regen
Feuer und Schnee
Feuer und Hagel

GESCHICHTEN AUS DER FERNE
Ein weites Land – Miteinander
Ein weites Land – Dunkle Wolken
Ein weites Land – Unruhige Zeit
Fremde Weiten

HERZENSSACHEN
Das Licht der Liebe

IM FEUER
Erlösung in Feuer
Gestählt im Feuer
Sieg über das Feuer

EIN NEUES KAPITEL
Ein neues Kapitel

SIEBEN TAGE
Sieben Tage

SINNE
Liebe kommt auf leisen Sohlen

Veröffentlicht von DREAMSPINNER PRESS
www.dreamspinner-de.com

Carlisle Cops: Buch 1

Officer Red Markham kennt die Schattenseiten des Lebens. Von einem Autounfall, der seinen Eltern das Leben kostete, hat er hässliche Narben davongetragen, die ihm den Umgang mit anderen Menschen schwer machen. Sein Job als Polizist auf den Straßen von Carlisle, Pennsylvania, trägt ebenso dazu bei, da sich in letzter Zeit Drogenmissbrauch mit tödlichem Ausgang häuft. Eines Nachmittags wird Red wegen eines Kindes, das bei einem Unfall fast ertrunken wäre, zum örtlichen Schwimmbad gerufen. Am Unfallort stellt er fest, dass das Kind von dem Rettungsschwimmer Terry Baumgartner gerettet wurde. Red ist nicht überrascht, als der gut aussehende Terry ihn und sein hässliches Gesicht keines Blickes würdigt.

Mit anzuhören, dass einer der Rettungskräfte ihn für oberflächlich hält, öffnet Terry die Augen. Vielleicht ist er doch nicht so nett, wie er immer gedacht hat. Seine Freundin Julie schlägt vor, dass er Menschen unterstützt, denen es nicht so gut geht, indem er Essen an ältere Leute liefert. Auf seiner Tour trifft er die offenherzige Margie, eine Frau, die sagt, was sie denkt. Es stellt sich heraus, dass sie die Tante von Officer Red Markham ist.

Reds und Terrys Welten prallen aufeinander, als Red versucht, den Ursprung der Drogenwelle zu finden und Terry vor seinem Exfreund zu beschützen, der ein Nein nicht akzeptieren kann. Zusammen finden sie vielleicht mehr, als sie erwartet hatten – wenn sie es schaffen, hinter die Fassade des anderen zu blicken.

FEUER UND EIS

ANDREW GREY.

CARLISLE
COPS
2

Carlisle Cops: Buch 2

Carter Schunk ist ein hingebungsvoller Polizist mit einer schwierigen Vergangenheit und einem großen Herzen. Als er zu einer häuslichen Ruhestörung gerufen wird, findet er eine tödlich verletzte Frau und Alex, ein Kind, das dringend Hilfe benötigt. Das Jugendamt wird gerufen und der letzte Mann, den Carter sehen will, tritt durch die Tür. Vor einem Jahr hatte Carter eine kurze Affäre mit Donald und stellte fest, dass dieser kalt wie Eis ist, als sie zu Ende ging.

Donald (Ice) Ickle hatte ein hartes Leben, das er mit niemandem teilt und er hat sein Herz vor allem und jedem verschlossen. Einerseits um sich davor zu bewahren, verletzt zu werden und andererseits, um mit seinem Job, in dem er sehr gut ist, zurechtzukommen, denn er tut, was er tun muss, ohne sich emotional zu involvieren. Als er Carter wiedertrifft, behält er seine übliche Distanz bei, doch Carter geht ihm unter die Haut und entgegen besseren Wissens lässt er sich von Carter dazu überreden, Alex aufzunehmen, als so kurzfristig kein Platz in einer Pflegefamilie zu finden ist. Carter bietet sogar an, ihm bei der Versorgung des Jungen zu helfen.

Donald spricht mit niemandem über seine Vergangenheit, am wenigsten mit Carter, der selbst seine Vergangenheit gern für sich behalten möchte. Doch es sind die Geheimnisse von Alex, die sie zusammenbringen oder auseinanderreißen können – Geheimnisse, die der Junge ihnen nicht erzählen kann, die aber dennoch der Schlüssel zum Glück für sie drei sein könnten.

Carlisle Cops: Buch 3

Seit dem Tod seiner Mutter hat Josten Applewhite alles in seiner Macht stehende getan, um sich um seinen kleinen Bruder zu kümmern und die Familie zusammenzuhalten. Aber mit einem Schlag verliert er das Zuhause, das er sich so hart erarbeitet hat, und Jos und Isaac landen auf der Straße.

Dort findet sie Officer Kip Rogers. Obwohl er weiß, dass eigentlich die Behörden für die Jungs zuständig sind, schafft er es nicht, sie abzuweisen. Stattdessen lädt er sie sogar ein, bei ihm zu wohnen, bis sie wieder auf ihren eigenen Füßen stehen. Mit Hilfe von Kip und seinen Freunden beginnt Jos sein Leben neu aufzubauen. Aber die Erfahrung hat ihn gelehrt, dass man nichts umsonst bekommt. Die Großzügigkeit, die ihm entgegengebracht wird, scheint zu gut, um wahr zu sein – genau wie alles an Kip.

Kip verliebt sich Hals über Kopf in Jos und dank Jos und Isaac fühlt sich sein großes Haus endlich wie ein richtiges Zuhause an. Aber dieses Glück kann nicht von Dauer sein. Denn Jos will seinen eigenen Weg gehen. Dann taucht eine entfernte Verwandte auf, die entschlossen ist, Jos' Familie auseinanderzureißen. Kip weiß nun, dass Jos ihn braucht – auch wenn er selbst vielleicht noch nicht bereit ist, es zuzugeben.

FEUER & SCHNEE

ANDREW GREY

CARLISLE COPS 4

Carlisle Cops: Buch 4

Fisher Moreland wurde von seiner Familie verstoßen, nachdem sie nicht länger mit seinen Problemen umgehen konnte. Fisher ist bipolar, lebt von Tag zu Tag und versucht, mit seiner Erkrankung zurechtzukommen, doch er hatte nicht immer allzu viel Kontrolle über sein Leben und musste sich mit allem, was er finden konnte, so gut wie möglich selbst helfen.

JD Burnsides' Familie hat wegen eines Skandals an seinem Heimatort den Kontakt zu ihm abgebrochen. Er ist nach Carlisle gezogen, hat aber Charme und Wärme des Südens mitgebracht. Als er Fisher an einem Winterabend auf einer Parkbank entdeckt, lädt er ihn zu einem späten Abendessen mit sich und seinen Freunden ein.

Anfangs weiß Fisher nicht, was er von ihm halten soll, kommt jedoch allmählich aus sich heraus. Und als Fishers Arbeitsplatz wegen eines Brandes in Gefahr gerät, ist JDs Unterstützung und Sorge mehr, als er je erwartet hätte. Doch als Menschen aus Fishers Vergangenheit inmitten einer wiederauflebenden Drogenepidemie auftauchen, ist Fisher klar, dass sie seine aufkeimende Beziehung zu JD sabotieren könnten.

EIN TITEL DER 'EIN NEUES KAPITEL' SERIE

EIN NEUES KAPITEL

ANDREW GREY

Ein Titel der Ein Neues Kapitel Serie

Als Dex Grippons Mutter stirbt, betrachtet er das als Zeichen, die Schauspielerei an den Nagel zu hängen und in seine Heimatstadt zurückzukehren. Wenn es ihm gelingt, den Buchladen seiner Mutter zu retten, kann er dadurch diese letzte Verbindung zu seinen Eltern bewahren. Doch einen unabhängigen Buchladen am Laufen zu halten, erweist sich als schwieriger als erwartet, und Dex ist nicht der Einzige, der sich fragt, was seine Mutter möglicherweise zusätzlich verkauft hat.

Der frühere Polizist Les Gable befindet sich zwar nicht mehr im Dienst, muss aber unbedingt wissen, was in dem Buchladen vor sich gegangen ist. Er würde alles tun, um seine Neugierde zu befriedigen – einschließlich, sich mit dem neuen Besitzer anfreunden, indem er ihm Hilfe bei der Renovierung des Geschäfts anbietet. Irgendetwas an dem Buchladen kommt ihm nicht ganz koscher vor, und Les ist entschlossen, herauszufinden, was das ist.

Das Problem ist jedoch, dass seine Neugier auf Dex ziemlich schnell größer ist, als das Interesse an den Geschehnissen im Laden. Doch während aus Neugier Liebe wird, bedroht die Vergangenheit des Ladens ihre Zukunft. Wird es Les und Dex gelingen, das Geheimnis des Buchladens zu lüften und ihre Beziehung – und ihr Leben – zu retten, oder wird ihnen alles um die Ohren fliegen?

Noch mehr Gay
Romanzen mit Stil
finden Sie unter....

www.dreamspinner-de.com

www.ingramcontent.com/pod-product-compliance
Lightning Source LLC
Chambersburg PA
CBHW031235260626
47169CB00007B/2309